もふもふとむくむくと異世界漂流生活 5

こ

Mofumofu to Mukumuku to
Isekai hyouryuseikatsu

CONTENTS

Mofumofu to Mukumuku to Isekai hyouryuseikatsu

CHARACTERS

ニニ

ケンの愛猫。
一緒に異世界転生を果たし、魔獣のレッドリンクスになった。

マックス

ケンの愛犬。
一緒に異世界転生を果たし、魔獣のヘルハウンドになった。

シャムエル
（シャムエルディライティア）

ケンたちを転生させた大雑把な創造主。
リスもどきの姿は仮の姿。

ケン

元サラリーマンのお人好しな青年。
面倒見がよく従魔たちに慕われているが、ヘタレな所もある。

グレイ
（グレイリーダスティン）

水の神様。
人の姿を作ってやってくる。

シルヴァ
（シルヴァスワイヤー）

風の神様。
人の姿を作ってやってくる。

ギイ
（ギーベルトアンティス）

天秤と調停の神様の化身。
普段はハスフェルに似た見た目だが様々な姿に変化できる。

ハスフェル
（ハスフェルダイルキッシュ）

闘神の化身。
この世界の警備担当。
身長２メートル近くある超マッチョなイケオジ。

クーヘン

クライン族の青年。
ケンに弟子入りして魔獣使いになった。

シュレム

怒りの神様。
小人の姿をとっている。
怒らせなければ無害な存在。

オンハルト
（オンハルトロッシェ）

装飾と鍛冶の神様。
人の姿を作ってやってくる。

エリゴール
（エリゴールバイソン）

炎の神様。
人の姿を作ってやってくる。

レオ
（レオナルドエンゲッティ）

大地の神様。
人の姿を作ってやってくる。

ラパン

ケンにテイムされたブラウンホーンラビット。
ふわふわな毛並みを持つ。

セルパン

ケンにテイムされたグリーンビッグパイソン。
毒持ちの蛇の最上位種。

ファルコ

ケンにテイムされたオオタカ。背中に乗ることもできる。

アクアゴールド

アクアやサクラ、スライムたちが金色合成した姿。
いつでも分離可能。

ソレイユ

ケンにテイムされたレッドグラスサーバル。
最強目覚まし係。

コニー

ケンにテイムされたレッドダブルホーンラビット。
垂れ耳のウサギ。

プティラ

ケンにテイムされたブラックミニラプトル。
羽毛のある恐竜。

アヴィ
（アヴィオン）

ケンにテイムされたモモンガ。
普段はケンの腕やマックスの首輪周りにしがみついている。

フランマ

カーバンクルの幻獣。
最強の炎の魔法の使い手。

ベリー

ケンタウロス。
賢者の精霊と呼ばれており、様々な魔法が使える。

タロン

ケット・シーの幻獣。
普段は猫のふりをして過ごしている。

フォール

ケンにテイムされたレッドクロージャガー。
最強目覚まし係。

STORY

早駆け祭りが終わり、クーヘンの店『絆と光』がついにオープンする。
行列につぐ行列で大騒動になりながらもケンは元営業マンの手腕を発揮し、
従魔や神様たちと協力し、なんとか店を回していく。
開店初日を乗り切り営業に慣れてきた所で、クーヘンとケンたちは別れた。
その後7色のスライムを揃えたい！　というシルヴァとグレイの要望から
色違いのスライムを集めていく。
テイムのやりすぎで死にそうになりながらもケンは全員分のスライムを集めると、
なんとスライムたちが合体しゴールドスライムになった。
修復等新たな能力も増え、レアキャラの登場に皆は大いに喜んだ。

しかし未開の地下洞窟の探索を始めると、ジェムモンスターとの戦闘で負傷したり、
地下水路に飲み込まれたり、次から次へとケンに災難が降り注ぐ。
それでも超貴重なミスリルや宝石ジェムは手に入り、
やっと洞窟を抜け出そうとした段階でまさかの落盤事故が発生、
危機一髪ながらも脱出できた。
そこで本来の仕事に戻るため、名残惜しくも
ケンはシルヴァ、グレイ、レオ、エリゴールと別れることに。
彼女らが残した馬を買い取ってもらおうと、
ケンたちはカルーシュの街へと向かう。

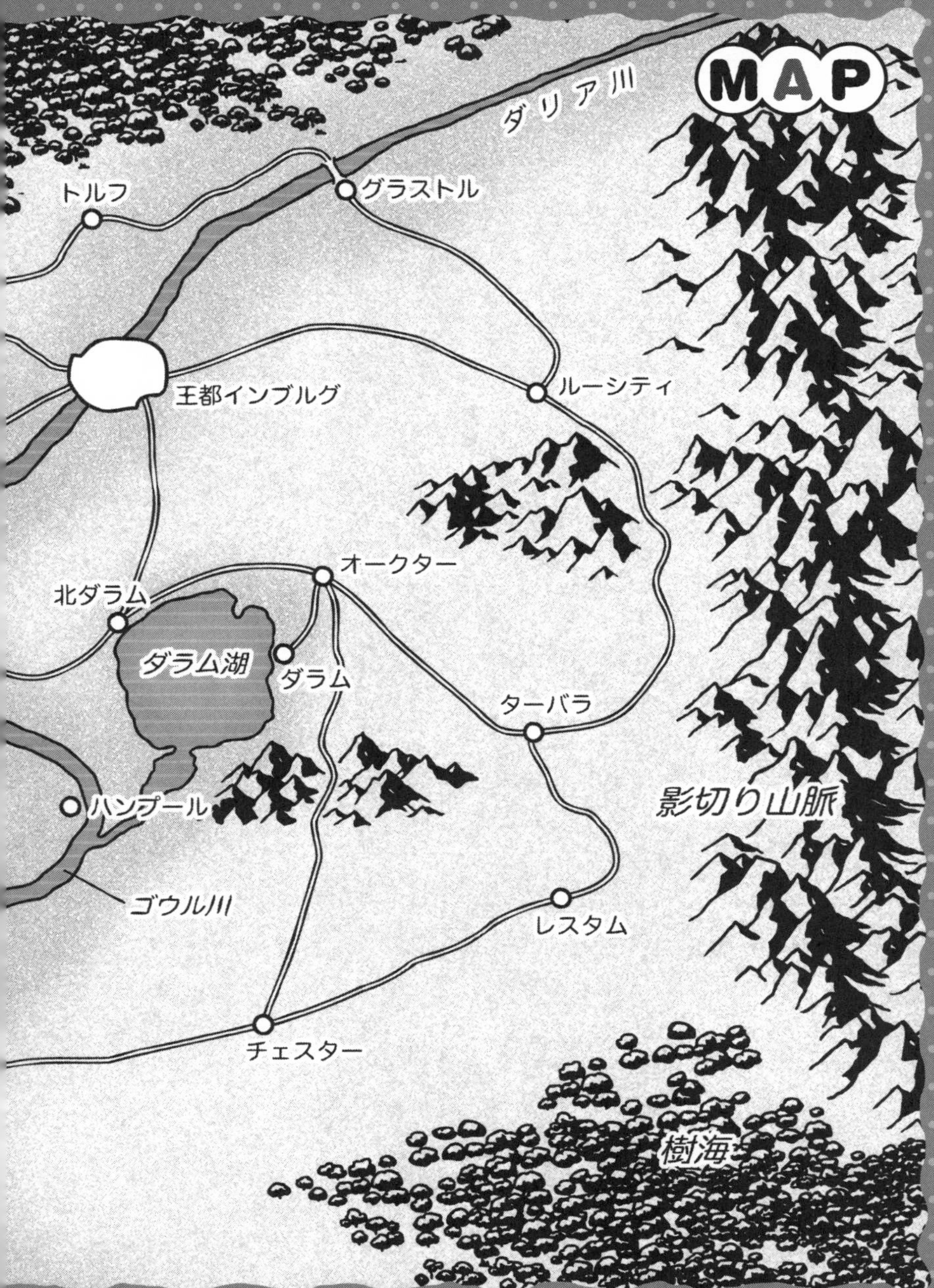
MAP
ダリア川
トルフ
グラストル
王都インブルグ
ルーシティ
オークター
北ダラム
ダラム湖
ダラム
ターバラ
ハンプール
影切り山脈
ゴウル川
レスタム
チェスター
樹海

バイゼン
セントリム
ルーステラ
グラス
ウォルス
ホーマ
リーワーフ
北アクスヒル
イスラ
北オウマ
南オウマ
南アクスヒル
北グラスダル
南グラスダル
カルーシュ
カデリー
西アポン
東アポン
ハンウィック
ターポート

第51話　テイムする事の意味とカルーシュの街

「ううん、良い眺めだ」

眼下に延々と広がる緑の森を眺めながら、思わずそう呟く。

シルヴァ達が残して行った馬を買い取ってもらう為、俺と従魔達はファルコに、ハスフェル達はいつもの大鷲に乗せてもらい、空からのんびりとカルーシュの街へ向かっているところだ。

「大鷲に運んでもらうのも慣れて何とも思わなくなっているけど、これってもしも地上に誰かいて見たら、どうなんだろう？」

ふと心配になったんだけど、ハスフェルは笑ってファルコを見た。

「お前は魔獣使いなんだから、羽のある子をテイムしたら当然乗るだろうが。まあ、初めて見た奴は驚くだろうがな」

すると、俺の右肩に座ったシャムエル様がいきなり妙な事を言い出した。

「そう言えば、空を飛ぶだけなら一時支配なんて方法もあるよ。テイムするんじゃあなくて、文字通り一時的に支配して言う事を聞かせる方法。魔獣使いの中でも出来る人は少ないけど、ケンなら余裕だね」

「それはつまり、一時的にテイムするって事か？」

「そうそう。名前はつけずに、今みたいにどこそこまで運んでくれ。とか、期間限定で従魔になってもらうとかだね」

「期間限定でね。成る程。そんな方法もあるんだ」

「何だよそれ、そんなの俺も知らんぞ」

すぐ近くを飛んでいたハスフェルが、驚いたようにそう言ってこっちを見る。

「珍しいから知らなくても当然だね。過去にこれが出来た魔獣使いは、本当にごく僅かだったからさ」

「でも、ケンなら出来るのか」

「十分可能だね」

ハスフェルの質問にシャムエル様が何故《なぜ》だかドヤ顔で答える。

「それって、具体的にはどうやるんだ?」

「テイムと同じだよ。やっつけて確保して、大人しくなったところでお願いすれば良いだけ。一時的に支配するから何々をしてくれって感じにね」

俺の質問に得意気に答えてくれるシャムエル様。だけどそれを聞いていた従魔達が、何か言いたげに揃って俺に注目した。飛んでいるファルコまで、甲高い声で鳴いて何か言いたげだ。

「ええと、どうかしたのか?」

手を伸ばして、俺の横で伏せてスライム達に確保されているマックスの前脚を撫でてやる。

すると、マックスは妙に悲しそうな声で鳴いて俺に頭を擦り付けて来た。

「ご主人、いくらなんでもそれは可哀想です。出来ればちゃんとテイムしてください」

「可哀想？」

　意外な言葉に驚く俺だったが、従魔達全員が真剣に頷いている。

「ええと……ドユコト？」

　困った時の神頼み。シャムエル様を見ると、何とこっちも驚いている。

「ちょっと待って。それってどういう意味？」

　シャムエル様の質問に、マックスは困ったようにニニやソレイユ達を見た。しばしの無言の譲り合いの後、ソレイユとフォールが振り返ってシャムエル様を見た。

「シャムエル様。私達は、魔獣使いやテイマーに確保されると、その時に意識が鮮明になり覚悟します。ああ、これから先この人に従うんだなって。つまり、そう理解するだけの知能がその時に備わるんです。それなのにそれが一時的で、用が済んだら放逐される？」

「そんな事されたら、寂しくて悲しくて泣き崩れると思うわ。私だったら絶対に耐えられない。きっと泣き喚いて、どうして連れて行って貰えなかったんだろう、自分に何が足りなかったんだろうって考えてずっと悲しいまま生きる気力を失って、最後には力尽きてしまうと思うわ。何も考えずに存在しているだけの時と違って、自分ってものを理解してから捨てられるんだもの。そんなの絶対に耐えられないわ」

　その言葉を聞いて、俺は思わず近くにいたマックスを抱きしめようとした。

「ご主人、今は危ないから無理に動いては駄目ですよ」

　優しい声でそう言われて、俺は堪《たま》らなくなった。

「約束する。俺は絶対にそんな事はしない」

心を込めて断言する。それから右肩にいるシャムエル様を見た。

「シャムエル様。きっと魔獣使い達が一時支配をしなくなったのは、きっと今のように従魔達から聞いたからだよ。捨てられた子が、その後どんな運命を辿るのかをね」

呆気にとられるシャムエル様だったが、次の瞬間、マックスの頭の上に現れた。

「そんな事になるなんて知らなかった。ごめんなさい。一時支配は消去しておく。全部テイムすれば良いんだよね」

そう言ってマックスの頭を何度も撫でて、順番にソレイユ達の頭も撫でてから戻って来た。

「まだまだ、行き届いていない事があるね。もっと頑張らないと」

そう言って笑うシャムエル様は、ちょっと神様っぽかったよ。


森の外れに到着して大鷲達が飛び去っていく。同じく俺達を運んでくれたファルコにもお礼を言って撫でてやり、定位置の左肩に留まらせてやる。それから順番に従魔達をしっかりと抱きしめてやり、それぞれに違ったもふもふを気が済むまで堪能した。セルパンは、もふもふじゃなくてつるつるだったけどね。

「お待たせ。それじゃ行こうか」

振り返ってそう言うと、黙って待っていてくれた三人とシャムエル様が揃って笑顔で俺を見ていたよ。照れ臭くなった俺は、誤魔化すように一気にマックスの背に飛び乗った。

「そうだな。まずはカルーシュへ行こう」

「それなら今夜はギルドの宿泊所に泊まって、明日、食材の買い出しくらいは出来るかな？」

食糧の備蓄がかなり心細くなっている。四人に減ったとはいえ、ある程度の確保は必須だからな。

「いいんじゃないか。あの街の朝市もにぎやかだぞ」

ハスフェルの言葉に頷き、揃って街道目指して走り出した。


俺達が街道に入った途端、見事なまでに周りから人がいなくなった。

時々、ハンプールの英雄だとか、早駆け祭りの魔獣使いだなんて声が聞こえるけど、俺達の周りは見事なまでにポッカリと空間が空いている。

「久し振りの扱いだな」

シリウスに乗ったハスフェルがそう言いながら笑っている。ブラックラプトルのデネブに乗ったギイの周りに一番空間が空いているのは、まあ仕方なかろう。

「こんなに可愛いのにな」

マックスの首筋を撫でてやりながら俺がぼやくと、一人だけ馬に乗ったオンハルトの爺さんが素知らぬ顔で笑っていた。

日が暮れる前に街に入れたので、ハスフェル達の案内で、まずは冒険者ギルドへ向かう。

どこのギルドも基本的なつくりは同じで、銀行のような受付カウンターがずらっと並んでいる。

中に入ると、呆然と俺達を見ている冒険者達と目が合った。不自然なまでの沈黙の後、もの凄いどよめきが起こった。

「すげえ！　ハンプールの英雄一行だぞ！」

「うわあ、本当に恐竜だよ……」

「あれをテイムするって、有り得ねえよ」

聞こえてくる言葉に俺達が揃って吹き出す。

「ハスフェル、それにギイも良く来てくれたな。早駆け祭りの噂はここまで届いているぞ」

その時、カウンターの中から、いかにも元冒険者って感じの大柄なおっさんが出て来た。

「ギルドマスターをやってるアーノルドだ。よろしくな魔獣使い」

グローブみたいな分厚くて大きな右手を差し出されて、笑って握り返した。

「ケンです、よろしく。ええと、登録をお願いします」

「もちろん、まあ座ってくれ」

笑顔でそう言われて登録カウンターの受付に座る。例の、謎の箱にペロッとカードを飲み込ませてカルーシュの街の名前を書き加えてもらう。

「これって、本当にどういう仕組みなんだろうなあ？」

返してもらったカードを見ながらそう呟くと、ハスフェルが笑ってカードを突っついた。

「この機械もバイゼンで作られているが、中の仕組みは知らんな」

「へえ、これもバイゼン製なんだ」

「お前さんがバイゼンへ行ったら、さぞ楽しいだろうな」

オンハルトの爺さんにそう言われて、笑顔で頷く。

「次の目的地だもんな。どんな街なのか気になるよ」

話をしながら立ち上がりかけて、慌てたギルドマスターに呼び止められて座り直す。

「待て待て、噂は聞いているぞ。どんなジェムでも買い取るから出してくれ！」

満面の笑みでカウンターを叩くギルドマスター。

「もちろん。ええと、ここでいいですか？」

背後から冒険者達の好奇の視線を感じる。衆人環視の中でアイテムの出し入れはあまりしたくないよ。

俺の言いたい事を察してくれたらしく、苦笑いしたギルドマスターがカウンターの奥にある個室へ案内してくれた。スタッフさん達もついて来る。

相談の結果、ブラウングラスホッパーのジェムを1万個と亜種も五千個買い取ってもらい、買取り金は口座に入金をお願いした。

少しは在庫が減ったと密かに喜んだが、買取り金額がいくらになるのか考えて怖くなってきた。だけどまあ、口座に入れておけば少なくともギルドが有効に運用してくれるだろうから良い事にする。

次に、馬の鑑定をしてもらう為に全員揃って外へ移動した。

俺は大人しく後ろで見学していたんだけど、かなりの高値で買い取ってくれたみたいだ。良い馬だって言っていたもんな。

それから、一泊分のお金を払って受付で手続きをしてもらった。

ハスフェル曰く、屋台の出ている広場は道が狭いから、大きな従魔は連れて行かない方がいいらしい。って事で従魔達は宿泊所の部屋で留守番をしていてもらい、俺達は夕食を食べに屋台へ向かった。


「おお、良いなこれ！」

到着した広場を見て、俺は思わずそう言って満面の笑みになった。

ハンプールの中央広場よりも広いその場所は、妙にアジアンチックでごちゃごちゃした大小の屋台で埋め尽くされていた。

肉まんっぽいのや、焼き栗や焼きもろこしなんかもある。

そんな中、俺はある一軒の屋台に吸い込まれて行った。

「おお、夏だけどおでんの屋台発見！　練り物！　ジャガイモに大根、こんにゃく！　焼き豆腐と厚揚げもある！」

鍋を覗き込んだ俺は、思わず拳を握ってそう呟いた。もちろん今日の夕食はここに決定！

お願いして、一通りお任せで買ってみる。ここで食べると言うと、木のお椀にまとめて入れてくれた。そして当然のようにお箸が添えられる。

「ああ、屋台でおでん食えるとか、何この幸せ……」

屋台の横に並んだ丸太のベンチに座らせてもらい、さっそくいただく。

「若干出汁《だし》は甘めだが、間違いなく俺の知るおでんだよ」

感動のあまり涙ぐんでおでんを食う俺を見て、ギイとオンハルトの爺さんがドン引きしている。

「もしかして、これもお前の故郷の味か？」

以前、俺が屋台村でご飯や焼き魚を食いながら涙ぐんでいたのを覚えていたらしいハスフェルが、苦笑いしながら俺を覗き込んでくる。

「そうなんだよ。これも俺の故郷の料理でさ。特にこの豆腐って食材を探していたんだよ」

厚揚げを口に入れて、懐かしさのあまり感動に打ち震える。

「良かったな。ここの屋台も持ち帰り出来るから、頼めば鍋に入れてくれるぞ」

「おお、それは良い事を聞いたよ。是非買って帰らせてもらうよ」

そう言って笑い、泣き笑いの俺はこの世界のおでんを満喫した。

食べ終えた俺は、店主にお願いして手持ちの大鍋に全種類たっぷりと入れてもらった。

それから、用意してもらっている間にさり気なく話を振った結果、豆腐は、米が主食のカデリー平原の辺りでは普通に食べられている事が分かった。

ただし、生の豆腐は保存が利かない為、他の地域にはあまり流通してないそうだ。そしてこの豆腐は、自分で作っているんだって。おお、すげえ。

「豆腐が好きなら、この先に俺の友達がやっている店があるぞ。良かったら覗いてやってくれ」

「そうなんですか。一回りするつもりなんで、寄ってみますね」

大鍋を受け取って鞄に入れて、その場を離れ、それから順番に屋台を見て回った。

ハスフェル達は、大きな肉の串焼きを買って齧《かじ》りながら歩いている。

「ああ！　味噌田楽だ！」

教えられた店に並んでいたのは、串に刺さった豆腐やこんにゃく、野菜などに味噌を塗って焼いである味噌田楽だった。

早速買って食べてみたら、やや甘めの味噌だれが最高に美味しい。お願いして大量購入！

そしてその隣の屋台を覗いて、俺は歓喜の声を上げた。

「焼きおにぎり発見！　しかも味噌と醤油味！」

小さな屋台だけど、並んでいる大きめのおにぎりはどれも美味しそう。

当然、ここでもお願いして大量買いしたよ。


「うう、早くバイゼンにも行きたいけど、カデリー平原も気になるぞ」

歩きながら思わずそう呟くと、三人が揃って俺を見る。

「気になるなら行けばいいじゃないか」

「別に誰かと約束している訳ではないだろう？」

「我らは別に構わんぞ」

「どうせ、当てなんて無い旅なんだから、自由を楽しめば良いのに」

右肩に座ったシャムエル様にまでそう言われて、思わず笑ってしまう。確かにその通りだ。

勝手に目的地を変更しても何ら問題はないし、彼らも気にしてないみたいだ。

「じゃあ、そのカデリーって街へ行く事にする。そこでしっかり食材を買い込んで、それからバイゼンに行くよ」

「次の目的地は決定だな」

「カデリーなら転移の扉が近くにあるから、すぐに行けるよ」

シャムエル様の言葉に、俺も笑って頷いた。

宿泊所に戻って、当然のように全員が俺の部屋に集まってくる。

「ええと、先にカデリーへ行くべきか？　それとも一度ハンプールに戻ってからの方が良いのかな？」

お茶を入れてやり、机に地図を取り出して広げながら腕を組んで考える。

「旅の目的地を決める時って、何だか無性にワクワクするんだよな……あれ、ちょっと待った。この世界に来てから、今まで俺が決めた目的地ってあるか？　ええと、最初にシャムエル様に教えてもらってレスタムの街へ行った。ハスフェルと出会って、色々あって行こうとしていたチェスターをスルーして東アポンへ。そこでクーヘンと出会って、彼の目的地だったハンプールへ。その後も、神様軍団に頼まれるままにスライム集めに走り回り、誘われるままに地下迷宮へ行き、死にかけたっと……うん、俺が自分で決定した行き先って、よく考えてみたらまだ一つも無いぞ」

改めて今までの移動を数えて吹き出す。

ずっと目的地だって言い続けているバイゼンは、まだはるか先だ。

まあ、元々流されやすい性格だから、あの神様達の顔ぶれを考えたら仕方がない気もする。

それに確か、ハスフェルに会う前の頃って……何処《どこ》へ狩りに行くとか、従魔達にその日の行動を決定されていたよな。

思わず遠い目になった俺は、首を振って気を取り直して改めて地図を見つめた。

「どうした。地図なんぞ出して」

オンハルトの爺さんが、そう言って覗き込んでくる。

「ハンプールとカデリーなら、どちらを先に行くべきかと思ってさ」

ハスフェルとギイも、地図を覗き込んできた。

「それなら、先にカデリーへ行くべきだな。カルーシュの近くには7番の転移の扉が、カデリーの近くには6番の扉があるが、ハンプールのすぐ近くには転移の扉が無いんだよ」

ハスフェルの言葉に改めて地図を見ると、確かにハンプールの近くには無い。

「なあ、どうしてハンプールの近くには作らなかったんだ？　大きな街なのに」

机の上に座って、一緒に地図を見ているシャムエル様の尻尾を突っついてやる。

「おお、この良きモフモフ……撫で回したい」

思わずそう呟くと、嫌そうに尻尾を取り返された。

「駄目です。私の大事な尻尾を弄ばないで」

「何それ、人聞きの悪い」

文句を言って、顔を見合わせて同時に吹き出す。

「転移の扉を作ったのは、まだこの世界を作った初期の頃だったんだ。ハンプールは、旧市街のあの場所に小さな村があるだけだったんだよね。川沿いの街なら、移動は船があるから馬で地上を行くより遥かに早いでしょう。だからまあいいかなって思って、無理に川沿いには作らなかったんだ」

シャムエル様の言葉に、もう一度改めて地図を見る。

「成る程。じゃあ、まずは転移の扉でカデリーへ行って目的の食材をがっつり買い込んで、それからハンプール。それからバイゼンだな」

「良いんじゃないか。その予定で」

三人が揃って頷いてくれる。

残っていたお茶を飲み干して、地図を畳んだ。

「それじゃあ、休むとするか」

ハスフェルとギイが立ち上がり、オンハルトの爺さんもカップを片付けて立ち上がった。

「それじゃあまた明日。おやすみ」

部屋に戻る三人を見送り、机の上を手早く片付けた。


「それじゃあ、おやすみ前のモフモフタイムだ！」

そう言って、俺の後ろにいたニニに抱きつき、それを見て巨大化した子達を順番に抱きしめてモフモフを楽しむ。

「おお、やっぱりフランマのモフモフっぷりが最強だな」

大型犬サイズのフランマの尻尾を握りながらそう言うと、嬉しそうに笑ったフランマはいきなり巨大化した。

「どう？　ご主人。こうすればもっとモフモフよ」

俺の体よりも大きな尻尾で叩かれて撃沈したよ。

「巨大フランマキター！」

叫んでそのまま飛びつく。

「おお、体ごと沈んだぞ……何これ、最高のモフモフ……」

俺の大きな体が埋もれるほどのモフモフの海に沈みかけたが、しばしの沈黙の後大きく深呼吸をして俺は起き上がった。

「駄目だこれ、暑いぞ！」

そう、夜になって若干気温が下がっているとは言え、部屋は妙に蒸し暑いのだ。この温度でこれは無理。

笑って立ち上がり、元の大きさに戻ってもらうように頼む。これは冬場の楽しみにしておこう。


「よし、それじゃあもう寝ようか」

窮屈な装備や靴を脱ぐと、サクラが一瞬で綺麗にしてくれた。

ニニがベッドに横になり、俺はニニの腹毛の海に埋もれ、マックスがその横に来て俺を挟む。ウサギコンビは背中側、フランマとタロンが俺の腕の中に潜り込んできて並んで収まった。

ソレイユとフォールは、ベリーのところへ行ったみたいだ。

「じゃあ消すね」

アクアの声が聞こえて、ニュルンと伸びた触手がランタンを一瞬で消してくれた。

「ありがとうな。それじゃあおやすみ。明日も、移動だ……」

小さく呟き、気持ち良く眠りの国へ旅立って行ったのだった。


ぺしぺしぺし……。

ふみふみふみ……。

カリカリカリ……。

つんつんつん……。

気持ち良く腹毛に埋もれて寝ていた俺は、眠い目を擦って大きな欠伸《あくび》をした。

「おう……起き、るよ……」

だけど当然、いつもの如くそのまま撃沈。

耳元で呆れたようなため息が聞こえたが、眠くて反応出来ずにそのままスルー。

「ご、しゅ、じん」

「お、き、て」

耳元で、ハートマークが付いていそうな甘い声で左右から囁《ささや》かれる。

うん、これはこれで良いかも……。

半寝ぼけの頭でそんな事を考えていると、いきなり俺の両頬を思いっきり舐められたよ。

ジョリジョリって音がリアルに聞こえたぞ！

「起きる起きる！　待って痛い！」

慌ててそう叫んで逃げるように横に転がる。そのまま豪快にベッドから転がり落ちた。

「おお……助けてくれてありがとうな」

呆然と天井を見上げてそう言った俺は起き上がって、一瞬で床に広がり受け止めてくれたアクアゴールドを撫でてやった。

大きく伸びをしてから、まずは水場で顔を洗って口をゆすぐ。

分解したスライム達が跳ね飛んできたので、順番に受け止めてそのまま水場に全員放り込んでやった。

ファルコとプティラも飛んできて、気持ち良さそうに水浴びを始めた。

「この世界の何が良いって、街や郊外に綺麗な水が豊富にあるって事だよな」

「だって、水は命の源だもの。切らすわけにはいかないでしょう？」

水から出て来たサクラに綺麗にしてもらい、身支度を整えているとシャムエル様の声が聞こえた。

「おはよう。確かにそうだな。水は無いよりはあったほうが絶対良いよ。今後もそれでお願いします！」

「もちろんだよ。私はこの世界の人達に、出来るだけ笑顔で暮らして欲しいからね」

「良い考えだと思うから、これからもそれでお願いします！」

とりあえず、両手を合わせて拝んでおきました。

『おはよう。もう起きてるか？』

その時、頭の中にハスフェルの声が聞こえた。

「おう、おはよう。今身支度が済んだところだよ。今から従魔達とベリーとフランマに飯を出してやるところ」

『了解だ。じゃあ準備出来たら言ってくれ』

そう言って気配が途切れる。

振り返った俺は、良い子座りをしているタロンにグラスランドチキンの胸肉を出してやり、ベリーとフランマに果物の箱を追加で色々と渡しておいた。

この前、俺が水路に落ちた時に思ったんだよ。食糧は、ある程度分散して持っておくべきだろうって。

ハスフェル達は、自分用の携帯食をかなり持っているみたいだからな。

まあ、全員収納の能力持ちなんだから、非常用の食料ぐらいは自分で持っておくべきだよな。

そこまで考えて我に返った。

あれ……この理論でいくと、俺が一番のたれ死ぬ確率が高いぞ。

サクラとはぐれたら、俺って金も食料も水も最低限しか持っていない。

「これはどうするべきだ？」

思わず腕を組んで考える。

「どうしたの？」

右肩に座ったシャムエル様が、心配そうに覗き込んできた。

「まあ良いや。収納を持っていないのは仕方がない。お願いだから俺から離れないでくれよな」

今は金色になっているアクアゴールドを捕まえて、撫でたり揉んだりしながらお願いしておく。

「今なら、少量の収納なら付与してあげられるよ」

突然耳元で聞こえたシャムエル様の予想外の言葉に、俺は勢い良く振り返った。

「是非お願いします！」

「うわあ、凄い食い付き。そんなに欲しかったの？」

ドン引きしたシャムエル様にそう言われて、俺は苦笑いして頷いた。

「だって、収納の能力なんて俺の世界には無かったからさ」

「そうなんだ。じゃあ、ちょっと待ってね」

胸元によじ登って来たシャムエル様を見て、とにかく椅子に座った。

「収納と保存の能力を授ける。決して悪事に使う事なかれ」

例の神様みたいな厳かな声でそう言ったシャムエル様は、俺の首元に手をついてしばらくじっとしていたあと、すぐに肩に戻ってきた。

「どう、分かる？」

そう言われて、内心ワクワクしながら気配を探ってみる。

「あ、なんか変な感じがする。これかな……？」

しかし、思ったよりもその謎の気配は小さく感じる。

「収納能力ってどれくらいあるんだ？」

「その鞄で言えば、十個分くらいかな」

持っている鞄は、アウトドア用の大きめのリュックくらいはありそうだ。

これが十個分……おお、結構入るよ。

「充分だよ。ありがとうございます！」

目を輝かせてお礼を言った俺は、鞄を開けて水筒を取り出した。

しかし、いざやってみようとするとどうにもよく解らない。完全に未知の世界だよ。

「ええと、どうやるんだ？」

水筒を持って上下左右に色々と動かしてみるが、水筒が手から消える事は無い。

「何だろう、この雲を摑《つか》むような感じは……」

諦めて、一旦鞄に水筒を戻した。

「あれ、もしかして今入った？」

確かに、水筒を持っている感じがするし、覗き込んだ鞄の中に水筒は無い。

「おお、出来たみたいだ。で、これを……どうやって取り出すんだよ！　駄目だ。何だこれ、さっぱりやり方が分からない」

困り果てて、丸椅子に座って頭を抱える。

『鞄に手を突っ込んで水筒を取り出してみろよ』

いきなり頭の中に笑ったハスフェルの声が聞こえて、俺は飛び上がった。

「え？　鞄から出す？」

思わず周りを見回し、念話だった事に気付いて小さく吹き出す。

それから、言われた通りに足元に置いた鞄を手に持った。

水筒を取り出すイメージを思い浮かべて、鞄に手を突っ込んだ。

「あ、出てきた」

さっき無意識に入れた水筒が俺の手の中にある。

少し考えて水場に行って水筒を洗い、新しい飲み水を満タンまで入れてしっかり栓をして、ゆっくり鞄に入れてみた。

「駄目だ。入らない！」

普通に鞄に入った水筒を見て、俺は膝から崩れ落ちた。

「まあ、これは慣れだからな。頑張って出し入れする練習をすれば出来るようになるさ。多分な」

声が聞こえて振り返ると、アクアゴールドが開けた扉から三人が揃って部屋を覗き込んでいた。

「いつまで経っても連絡が無いから、部屋で倒れているんじゃないかと心配したぞ」

笑うギイの言葉に、オンハルトの爺さんも笑っている。

「良い能力を貰ったじゃないか。頑張って使いこなせるようにならないとな」

笑ったハスフェルの言葉に、俺は頭を抱えて机に突っ伏した。

「使いこなすのなんて絶対無理っぽい。全然分からないよ」

「だから慣れだよ。頑張って練習してくれ」

笑ってつむじを突《つつ》かれて、俺は情けない声で返事をするしかなかった。

「ご主人、大丈夫？」

心配そうなアクアゴールドの言葉に、苦笑いした俺は顔を上げた。

「まあ、頑張って練習するよ。お前達は凄いな。最初から収納の能力を易々《やすやす》と使いこなしていたもんな。今度教えてくれよ」

手を伸ばして、もう一度捕まえてアクアゴールドをおにぎりにしてやる。

「任せて～！」

「いくらでも教えてあげるからね！」

アクアだけでなくサクラの声も聞こえて、笑った俺はアクアゴールドを鞄の中に入れてやった。

「その姿の時は、人目に触れないようにしないとな。じゃあ食料の収納は今まで通りにサクラに、武器やジェムの収納は今まで通りにアクアにお願いするよ。俺は、自分の水筒とお金をまずは自由に出し入れ出来るように頑張って練習するよ」

「は～い。じゃあ頑張ってね」

鞄から返事が聞こえて、小さく笑って鞄を背負い直した。

「せっかく頂いた能力だけど、すぐに使いこなすのはちょっと無理みたいだ。暇を見て頑張って練習してみるよ」

シャムエル様にそう言うと、苦笑いして頷かれた。

「人の子が収納の能力を持っている場合は、生まれつきの能力だから、無意識に使いこなせるようになるんだ。だからいきなり収納の能力持ちになったケンが戸惑うのは当然だよ。私は気にしないから無理しない程度に頑張って練習してね」

慰めるみたいに頬を撫でられて、小さくため息を吐《つ》いた俺だった。

「おお、賑やかだな」

また従魔達には部屋で留守番していてもらい、広場に到着した俺はある一軒の屋台を見つけてそこへ吸い込まれるようにして近寄って行った。

「よし、朝粥《あさがゆ》発見！　何々？　メニューは全部で五種類か。鶏肉、玉子、海老団子、鶏団子、ええ？　川海苔？」

メニュー用の板に書かれた最後の文字に、俺は思わず大声を上げた。

屋台にいた店主のおっさんが驚いてこっちを見ている。

「ああ、すみません。この川海苔ってのは、どんなのですか？」

「何だい、兄さん川海苔を知らんのか？　ほれ、味見してみな。良い香りだぞ」

小皿に、鍋から少しだけすくって渡してくれる。

緑がかったそのお粥を食べてみると、間違いなく俺の知るあおさ海苔と同じだった。

「美味しいですね。じゃあこれを一人前ください」

小皿を返してそう言うと、おっさんは笑顔になった。

「お口に合ったかい。そりゃあ嬉しいな」

そう言って、木製のお椀にたっぷりとよそってくれた。添えてくれたのは、お箸やレンゲじゃなくて大きめの木のスプーンだったけどな。

この広場では何処の屋台も同じで、横に細長い机と一緒に丸太や小さな丸椅子が並んでいて、座ってそこで食えるようになっている。質素だがテントのような屋根もあるので、まあ小雨ぐらいなら濡れないだろう。

「はい、これもな」

渡された小皿に載せられていたのは、どう見ても大根の漬物と塩昆布。

「おお、これまた発見！　これは出来れば、もうちょっとここで買い出しをしたいぞ」

そう呟きつつ、年季の入った丸椅子に座った。

「いただきます！」

手を合わせてそう言ってから、まずは粥を一口。

「ああ、海苔の香りが美味しい！」

一口食べて感動に打ち震えている俺を、少し離れた焼き肉の屋台に座った三人が呆れたように眺めていた。

たくあんのコリコリとした食感を楽しみ、また粥を食べる。

「今度はこっち」

塩昆布を口に入れた俺は、またしても感動に打ち震えた。

「間違いなく塩昆布だ！　絶対に、これでおにぎりを握るぞ！」

顔を上げてガッツポーズを作った俺は、そこからはもう夢中でお粥を食べたよ。かけらも残さず、綺麗に完食したよ。

「ご馳走様。美味しかったよ」

空になったお椀を返してからおっさんにお願いして、今あるお粥を全種類、手持ちの鍋に入れてもらった。それから、漬物と塩昆布も大量にお皿に取り分けてくれた。

これはおっさんのお母さんが作っているらしいが、別の通りにある店で漬物も塩昆布も普通に売っているらしい。

この際なので色々と教えてもらった。ああ、ここに俺の故郷の味があったよ。

よし、ハスフェル達に頼んで延泊しよう。

マジで、ここで買い出しをして料理の仕込みもしたい。うん、そうしよう。

そう決意して、周りを見回してハスフェル達が座っている店に向かう。


「なあ、一泊の予定だったけど、ちょっと延泊しても良いか？」

俺がそう言った途端に、三人揃って吹き出している。

「ほら、言っただろう。絶対延泊するって言い出すとさ」

何故だか、得意気なハスフェルがそう言って手を叩いている。

「いやあ、慧眼《けいがん》恐れ入るよ」

「全くだな。恐れ入った」

オンハルトの爺さんとギイが、揃ってそんな事を言ってまた笑う。

「なあ、一体何の話だ？」

一人ドヤ顔のハスフェルを見ると、彼も笑いながら俺の背中を叩いた。

「いやあ、随分と楽しそうだったからさ。きっと、延泊して買い出しと料理をするって言い出すぞって話していたんだよ。何泊するんだ？」

空になったお皿を持って立ち上がったハスフェルの言葉に、俺も吹き出す。

「料理もするなら、最低でも三日は欲しいな」

「それなら四泊しよう。俺達は、また従魔達を連れて狩りに行ってやるから、ケンはその間に買い出しと料理をすればいい」

「了解だ。今日はどうする？」

「シリウスは、そろそろ狩りに行きたいと言っていたな」

シリウスが行きたがっているのなら、当然マックスも行きたいだろう。

「じゃあ一旦一緒に宿に戻るから、マックス達も連れて行ってやってくれよ」

「了解だ。それならひとまず戻ろう」

空になった皿をまとめて返して、揃ってギルドへ向かった。

窓口で延泊をお願いして金を払う。ついでに、とんでもない金額の書かれた買取り金の明細ももらってから宿泊所へ戻った。

マックスが、甘えるように頭を擦り付けて来るのでしっかり抱きしめて首筋を掻《か》いてやる。順番に、ニニや猫族軍団も撫でまくってもふもふを堪能した。

それから草食チームを宿に残してマックスやニニ達と一緒に宿泊所を出たけど、俺だけ別行動だ。

「じゃあ行って来ますね。ご主人」

甘えるように鼻で鳴いて側から離れないマックスと、ずっと俺の身体に頭を擦り付けるニニ。

愛情の示し方にもそれぞれの個性が出るよな。

「ああ、行っておいで」

笑って大きな鼻先をもう一度撫でてやってから、ハスフェル達に託した。

「それじゃあ行って来るよ。何かあったら念話で呼んでくれ」

「おう、そうだな。じゃあよろしくな」

拳をぶつけ合い、頷いてそう言った。

「じゃあ行って来ますね。ご主人」

従魔達が全員揃ってそう言ってくれた。何だよその可愛さは！

一行を見送り、アクアゴールドの入った鞄を背負い直して、広場を見渡した。

よし、こうなったらもう気が済むまで色々と買いまくってやる！


「よし、まずは広場の屋台をひと回りするか」

さっきハスフェル達が食べていた味噌だれに漬けた串焼きを見に行く。

焼き立てが大量にお皿に積み上がっていたので、ひと串買ってシャムエル様にひとかけらあげて残りは俺が食べた。

「おお、予想以上に美味い。よしよし、これは大量買い決定だな」

店主の爺さんにお願いして、焼けているのをまとめて購入。

それから順番に店を覗いて、気になるものを買いまくった。

串焼き、焼き魚、焼きもろこしにじゃがバター！　みたらし団子っぽいのも見つけて大量買い。

あんこのおはぎと、きな粉おはぎも見つけて買ってみた。たまには甘いのも欲しくなるだろうからね。

「シルヴァやグレイは、これを見たら喜んだだろうな」

包んでくれたおはぎを受け取り、アクアゴールドの入った鞄に放り込みながらふと考える。

「そっか、あれでも一応神様なんだし、戻ったら祭壇を用意してお供えしておこう」

自分の思い付きにちょっと笑って、鞄を背負い直した。


屋台をひと通り制覇した後、教えてもらった朝市の通りへ行ってみた。

店の数は少ないけど新鮮な野菜や果物が沢山売られていたので、ここでも手当たり次第に良さそうな物を買っていく。

それからまた別の通りへ行き品薄になっていた卵やマヨネーズ、鶏肉、牛肉と豚肉各種もまとめて塊でお買い上げ。

その後、店員に教えてもらったおすすめのパン屋へ。ここでも食パンや丸パンを中心に色んなパンを大量購入。

よしよし、空いていたパン用の木箱がほぼ埋まったぞ。

定番の買い出しを終えた俺は、教えてもらった塩昆布を売っている通りへ向かった。

そこで干しわかめを発見した。よしよし、これでカロリーオフメニューが作れるぞ。

ハスフェル達はがっつり肉メニューがあれば良いみたいだけど、俺は和食が食いたいんだ。カロリーオフメニューが食いたいんだよ！

嬉々として店に入り、干しわかめを大量購入。さり気なく店員さんと話をして料理の仕方を確認した。干しわかめの使い方は、俺が知っているのと同じだったよ。

そして次の店で、もう一つの探し物、塩昆布も発見した。

屋台で食べた刻んだ白っぽい粉がまぶしてあるのや、佃煮も色々ある。

これでおにぎりの種類が増えると密かに喜びながら、いそいそと店に入る。

その店で、出汁を取るための分厚くて大きな昆布も発見。以前ハンプールでギルドの紹介で買った、今使っている昆布よりも分厚くて大きい。

簡単な昆布の出汁の取り方を丁寧に教えてくれたので、当然、全部まとめてお買い上げ……昆布って案外高いんだな。それなりの金額になって密かに驚いたのは内緒だ。

それから、自力で出汁を取るなら絶対必要な鰹節も見つけたよ。

もしかしたら材料はカツオではないのかもしれないけど、見た目は間違いなく鰹節だ。

削られて山盛りになっているそれを見て、吸い込まれるように近寄って行く。

「ああ、定食屋の厨房の香りだ……」

思わず深呼吸をして、我に返って慌てて周りを見回す。

鰹節屋の店先にいた爺さんと視線が合ってしまい、誤魔化すように一礼する。

「お若いの。削り節が好きかね？」

「ええ、この香りって俺の思い出の味なんです」

俺の答えに満面の笑みになる爺さん。店に入って色々と見せてもらい、出汁を取る時に使う削り節を大量購入。

鰹節を削る道具もあると言うので、大きな鰹節の塊と一緒にこれも購入。美味しい出汁の取り方や、鰹節の削り方も教えてもらった。

ああ、早くこれで冷奴《ひややっこ》が食べたい！

「さて、これで一通り買ったかな？　じゃあ、何か食って帰ろう。それで午後からはまた料理三昧だな。今回は自分の為の和食を作るぞ！」

大きく伸びをしてリュックを背負い直した俺は、屋台のある広場へ戻って、照り焼きっぽい串焼きとおにぎりを買って、そばにあった椅子に座った。

「はあ、買い出しって結構疲れるよな」

そう呟いて水筒を取り出して水を飲んでいると、おにぎりの横にシャムエル様が現れた。

「あ、じ、み！　あ、じ、み！　あ〜〜〜〜〜〜〜〜〜っじみ！　じゃん！」

最近のブームらしい、新作味見ダンスだ。

今回は、お皿を片手で持って、クルクル回しながら飛び跳ねて尻尾を振り回しながら踊っている。

毎回違う踊りだから、これを全部自分で考えているなら大したもんだと密かに感心していた。

ジムに通っていたけど、マシントレーニングばっかりでダンスレッスンはほとんどしたことが無い俺は、シャムエル様のダンスを見るのを楽しみにしているんだよ。

実は俺、人数合わせで参加させられたジムのダンスレッスンで、言われるままにボックスステップを踏もうとして、自分の足を踏んで転んだ事があるんだよ……。

黒歴史を思い出して遠い目になっていたら、お皿を持ったシャムエル様にバンバンと手を叩かれた。

「ケンったら、どうしたの？　早く入れてよ」

そう言ってお皿を差し出される。

「ああ、ごめんごめん。はいどうぞ」

我に返った俺は、串焼きの肉をひとかけらと、おにぎりも半分にしてお皿に並べる。

「はいどうぞ、串焼きとおにぎりだよ」

「わあい、美味しそうだね」

嬉しそうにそう言っておにぎりを両手で持って齧るシャムエル様を見ながら、俺も半分になったおにぎりを食べる。

飯が美味いのってやっぱり大事だよな。よし、頑張って作ろう。

「さてと、何から作るかな」

積み上げられた本日の戦利品を前に、小さく笑ってそう呟いた俺は、まずはサクラに手を綺麗にしてもらった。

お米も大量買いしたから、まずはこれを量って洗っておく事から始める。今回は、おにぎりも握りたいからご飯は多めに用意する。

一旦水切りしてから改めて水に浸しておいておく。ご飯は他の作業の合間に並行してどんどん炊いていくぞ。

ハスフェル達が好きなトンカツとチキンカツ、俺が好きな唐揚げ。後は大人気だったハンバーグとチーズ入りハンバーグ、それから今回は、同じタネで作れるミンチカツも作るよ。

まずは豚肉と、グラスランドブラウンボアの肉を取り出す。

「これとこれを全部、トンカツサイズに切ってくれるか」

まずは、嬉々として待ち構えているアクアとサクラに、大きな肉の塊を渡して切ってもらう。

俺が切るより上手いんだから、もう肉を切るのは全部二匹に頼んでいるよ。

「切れたよ、ご主人！」

「はいどうぞ！」

あっと言う間に切って、それぞれ用意していた大きなトレーに山積みにしてくれる。

「じゃあ、順番に作るとするか」

小麦粉と卵を手に二匹を見る。

「はあい、お手伝いするもんね！」

得意気な二匹を撫でてやり、作業に入る前に、さっき洗って水に浸していた米の入った鍋をコンロに置いて火にかけておき、小麦粉の入った瓶の蓋を開けた。

有能な助手のアクアとサクラに手伝ってもらいつつ、まずは大量のトンカツ各種の下ごしらえを済ませて順番に揚げていく。二匹は火の側は怖いらしく近づいて来ないので、揚げるのだけは俺が全部やっている。

「でも、揚げるだけだもんな。ご飯第一弾はそろそろ炊き上がるかな」

さっき弱火にしておいた鍋の様子も見ながら、ご飯の火を止めて大量のトンカツをどんどん揚げていく。出来上がって油を切ったら、まとめて皿に盛ってサクラに預けていく。

途中、炊き上がったご飯もおひつに移して新しい鍋をまた火にかける。

ご飯もどんどん炊くぞ。

「はいどうぞ」

熱々の小さなトンカツを半分に切って、お皿の横で目を輝かせているシャムエル様に渡してやる。

「わあい、これが本当の味見だね」

嬉しそうにそう言って、両手でトンカツを持って齧り始めた。

「熱いから気をつけてな」

興奮してもふもふになっている尻尾を笑いながら突っついてやり、俺も小さなトンカツを口に入れた。

次は唐揚げ。それからチキンカツ各種を揚げていく。大量の揚げ物第一弾が終わった所で、ちょっと休憩を挟む。

「沢山作ったみたいに思ったけど、考えてみたら今まで作っていた量のだいたい半分だよな」

手早く淹れた緑茶を飲みながら笑ってそう呟く。

「あ、そうだ」

立ち上がり、さっき屋台で買ってきたお団子とおはぎの包みを一つずつ取り出すと、部屋を見回してベッドサイドに置いてあるミニテーブルに目をつけた。

「よし、あれにしよう。でもベッドの横はちょっとな……」

もう一度部屋を見回して、ミニテーブルを窓辺に持って行って置く。

「ええと、サクラ。ここに掛けられるような大きな布って有るか？」

俺の言葉に、伸び上がったサクラがミニテーブルを見てちょっと考える。

「ええとね、その机の大きさだったら、これ……かな？」

出してくれたのは、最初にシャムエル様から貰った何枚かの布だ。

「ああ確か、結構大きいのもあったな。薄かったから毛布には向かないと思ってすっかり忘れていたよ」

大判の風呂敷みたいな、真っ白で綺麗な正方形の布をミニテーブルにかけてみる。

「お、なんか良い感じになったぞ」

自分の仕事に満足していると、机から俺の右肩に移ったシャムエル様が不思議そうに覗き込んできた。

「ねえケン、さっきから何をしているの？」

「祭壇を作っているんだ。まあ大層なものは無いから気持ちだけ、だけどな」

俺の言葉に、シャムエル様は首を傾《かし》げた。

「これが祭壇？　誰の為の祭壇なの？」

その質問に神殿で見た豪華な装飾が施された祭壇を思い出した俺は、少し恥ずかしくなった。

「シルヴァとグレイ、レオとエリゴールにも、作った料理や買ってきた美味そうなものをさ、食べてもらうつもりで、お供えする場所があれば良いかと思っただけだよ」

シャムエル様は無言で俺を見つめ、それからまだ何も置かれていないミニテーブルを見つめた。

「じゃあこれは、帰って行った四人の為の祭壇なんだね」

小さな声で言われて、何度も頷く。

「で、まずはこれだな」

誤魔化すようにそう言った俺は、おはぎと団子の包みをテーブルに出してあったお皿に載せてから祭壇に置いた。

「サクラ、さっきの盛り合わせのお皿を出してくれるか」

「はい、これだね」

サクラが出してくれた大きなお皿には、今日作った揚げ物を全種類盛り合わせてある。それから、小さめのお茶碗に炊き立てのご飯もよそって並べる。

お箸とフォークとスプーン、新しいお茶も淹れて並べた。

「少しですが、どうぞ」

そう言って、手を合わせて目を閉じる。

だけどこんなの、ただの自己満足だって分かっている。急にいなくなってしまった彼女達に何かしたかっただけだ。

「シャ、シャムエル様……何してるんですか？」

顔を上げた俺が見たのは、今まさにお供えしたトンカツを掴もうと、皿の横に立って手を伸ばすシャムエル様だったのだ。

「何って、これは彼らの分なんでしょう？」

「いや、そうだけどさ……」

当然のようにそう言われて、戸惑いつつも頷く。

まあ、神様なんだからお供えは全部自分の分だと思っているのかもしれない。うん、別に食うのは構わないけど、ちょっとそれ全部は多いと思うぞ。

「じゃあこれは届けておくね。想う気持ちがこもっているから喜ぶと思うよ。お皿は後で返すから、待っていてね」

そう言ってお供えを全部収納してしまったシャムエル様は、そのまま消えてしまった。

「ええ？　ちょっと待てよ。マジで持って行ったのか？」

叫んだ俺は……間違ってないよな？

「マジか〜何だよ。本当に届けられるんだったら、もっと沢山用意したのに」

消えてしまったシャムエル様を呆然と見送り、俺はもう笑いを堪えられなかった。

「あれは絶対足りないよな。ごめんよ。作ったらまた供えるからさ」

必死で笑いを堪えて、空になった祭壇にそう言ってもう一度手を合わせた。

その時、不意に誰かに頭を撫でられる感じがして、目を閉じて手を合わせていた俺は驚いて顔を上げた。

だけど、見回した部屋には従魔達以外は誰もいない。

シャムエル様はまだ戻っていないし、ベリーは、フランマと一緒に庭に出て日向ぼっこしているから違うだろう。

「なあ、今、ここに誰かいた？」

側にいたラパンとコニーとアヴィも首を振っているって事は、少なくとも不審者が侵入したわけではないみたいだ。

「まあ、あんなのでも一応神様だもんな。もしかしたら何かしてくれたのかも。うん、気にしない事にしよう」

そう呟き、疑問をまとめて明後日《あさって》の方向にぶん投げておき、すっかり冷めてしまった残りのお茶を飲んで、作業を再開した。


「じゃあ、これを全部ミンチにしてくれるか」

大きなお椀に、グラスランドブラウンブルとブラウンボアの肉、普通の豚肉と牛肉も取り出して種類別にサクラとアクアに渡す。

「はあい、すぐにするね」

得意気に答えた二匹が、ぺろっと肉の塊を飲み込んでもぐもぐやり始める。

「じゃあ、お前らも何かやってみるか？」

足元にいるソフトボールサイズのレインボースライム達が、自分だけ手伝えなくて拗《す》ねている子供みたいに見えて思わずそう声をかける。

「やるやる！」

ポンポンと飛び跳ねて答えた全員が、一斉に机の上に飛び上がって来た。

「あはは、そんなにやりたかったのかよ。でも、準備をするからもう少し待っててくれるか」

手を伸ばして順番に全員を撫でてやったよ。

今作業をしているのは、宿泊所の台所に作り付けられた大きなテーブルだ。

サクラにいつものテーブルも両方取り出してもらい、組み立てて並べてからまずは玉ねぎを取り出した。

「みじん切りは、サクラとアクアにやってもらうからな」

並んでこっちを見ているレインボースライム達にそう言って、アクアに玉ねぎを渡してみじん切りにしてもらう。

「炒めるのは危ないから、離れて見ていてくれよな」

みじん切りの玉ねぎを飴茶色になるまでしっかり炒めたら、火を消しておく。

山盛りになった大量の各種ミンチを見て、俺はちょっと思い出し笑いをしていた。

「ミンチカツか、メンチカツかで、大盛り上がりしたんだよな」

大学の時、仲良くなった友人と入った店のメニューに、メンチカツセット、と書かれていた。

だけど、俺の認識ではそれはミンチカツ。

その時の友人はミンチカツなんて言わないと言い、俺はメンチカツなんて言わないと言い平行線。

他の友人達にも聞いて回って、皆で盛り上がったんだよ。

その結果、メンチカツは主に関東。ミンチカツは関西だと分かった。

しかも合い挽き肉か牛肉かの違いがある事も分かり、最後はレポートにまとめて民俗学の教授に提出したら、面白がって大喜びされたのは楽しい思い出だ。

「これは合い挽き肉だからメンチカツなんだけど、俺はミンチカツと呼ぶぞ」

笑ってそう呟き、大きなお椀にミンチを牛7豚3の割合で入れて混ぜていく。

そこに炒めた玉ねぎと、ちぎって牛乳に浸し軽く絞ったパンの耳も入れて更に混ぜる。

「よし、じゃあ混ぜてみるか？」

伸び上がって覗き込んでいたレインボースライム達に大きなお椀を渡すと、オレンジ色のアルファ、青色のベータ、緑色のガンマの三匹が左右から出た二本の触手を使い、せっせとミンチを捏《こ》ねて混ぜ始めた。

揚げ物用の中火のコンロと、油をたっぷり入れた大きなフライパンを用意しておく。

その間に、他の子達には卵を割ったり小麦粉をトレーに出したりするのをやってもらった。

アクアは、一生懸命卵を割ろうとしている赤色のデルタの面倒を見てくれている。

サクラには、食パンを渡していつもの生パン粉を作ってもらう。

良い感じにミンチが混ざったところで返してもらい、まずは一塊取って形を整えて見せる。

小麦粉をまぶして溶き卵につけてパン粉に投入。軽くまとめて用意してあったトレーに並べた。

「出来るかな？」

笑ってそう尋ねると、全員が俄然《がぜん》やる気になった模様。

ミンチを捏ねていた三匹がそれを丸めて小麦粉に入れる。黄色のイプシロンとアクアが小麦粉をまぶして溶き卵に入れると、紺色のゼータと紫色のエータがパン粉に入れてくれる。見事なまでの流れ作業だ。

他の子達がパン粉をまぶせば完成だ。

「おお、これは良いぞ。よしよし、どんどん作ってくれ」

元気な返事が聞こえて、あっという間に全部終わってしまった。

「ありがとうな。助かったよ」

サクラに綺麗にしてもらった手で順番に全員を撫でてから、大きなフライパンでじっくり揚げていった。

どうやら、中に取り込んで切ったり捏ねたりするのはまだ出来ないけど、一度見た作業を再現するのは教えてやれば出来るみたいだ。それだけでも充分有り難いよな。

「じゃあ今度はハンバーグを作るから、また手伝ってくれるか」

「する～！」

「お手伝いする～！」

ポンポン飛び跳ねて嬉しそうに返事をするスライム達を見て、何だかとっても癒されたよ。

またみじん切りの玉ねぎを炒めてミンチと混ぜ合わせ、半分はそのまままとめて焼き、半分は蕩《とろ》けるチーズ入り。これも一度作って見せたらすぐに覚えてくれた。スライム達、優秀すぎる。

その時、机の上にシャムエル様が現れた。

「ああ、おかえり」

嬉しそうに笑ったシャムエル様は、持って行った揚げ物が盛り付けられたお皿やご飯をよそったお椀などを取り出した。

「これは返すね。皆、すっごく喜んでいたよ」

俺は無言で、まだ温かいそれを見つめた。

「食べなかったのか？」

絶対足りないと思ったのに全部そのまま戻ってきた。もしかして神様になったらもう食べられないのだろうか？　残念に思ってそう尋ねると、慌てたようにシャムエル様は首を振った。

「さっきみたいに捧げてくれたものは、ちゃんと向こうの世界に届くよ。だけど、今の彼らには実体が無いの」

「実体が無い？」

「そう。だから捧げられたものの中にあるマナの成分だけを貰うんだよ。でも、この中に元々あるマナは減っていないから心配しないでね」

目を輝かせて説明してくれるんだけど、よく分からない。

確かマナって、見えないけど存在している命の源ってやつだよな。

「ええとつまり……届くけど、実際に食べるわけじゃない？」

「まあそうだね。だけど、このお料理にはケンの想いが込められていたから、相当美味しかったみたいだよ」

無言で返された料理を見る。

「そっか、なんだかよく分からないけど、ちゃんと届いたんならいい事にするよ。じゃあ、これもお供えしておこう」

さっき作ったばかりのミンチカツとハンバーグとチーズ入りハンバーグも、それぞれお皿に入れたのを取り出して置いた。

「せっかくだから、ご飯もな」

新しいお椀に、もう一度ご飯をよそってから手を合わせて目を閉じた。

そして顔を上げて見た光景に、俺は思わず悲鳴を上げた。

何も無い空間から突然出てきた半透明の手が、料理を撫でてすぐに消えてしまったのだ。

「なあ、今の何？　今、半透明の手が出てきて料理を撫でていったぞ！」

「ああ、あれは『収めの手』だよ。この物質界から彼らがいる世界に贈り物を届けてくれる聖なる手。まあ、さっきは皆の反応を見たかったから私が直接届けたんだけどね。へえ、それにしてもあれが見えるんだ。やっぱりケンは私達に近いんだね」

嬉しそうに頬をぷっくりさせながらそんな事を言われて、俺は絶句した。

「じゃあ、もうこれはシルヴァ達に届いたわけ？」

祭壇に置かれたままの料理は、どれもまだ湯気を立てている。

頷くシャムエル様を見て、供えた料理を無言で見つめた俺は、小さく笑って頷いた。

「そっか、仏壇にお供えした様なもんだな。じゃあこれは夕食で頂くことにするよ」

神様からのお下がりだって思えば良いんだよな。うん。

「その収めの手って、見えても害はないんだな？」

「ないない、あれは神聖な存在だからね」

当然のように言われて、俺はもう一度疑問を全部まとめて、明々後日《しあさって》の方角に向かって全力でぶん投げておいた。

「そう言えば、まだ帰ってこないな」

米を洗いながら外を見ると、もうそろそろ日が暮れ始める時間だ。

「一致団結してハイランドチキンの生息地へ行ったみたいだね。大喜びで狩りまくっていたよ」

小さく切って渡してやったミンチカツを齧りながら、シャムエル様がそんな恐ろしい事を平然と言う。

「高地の秘境なんだけど、あそこは亜種が多いんだ。まあハスフェル達くらいの腕がないと、行ったら絶対無事には帰ってこられない所だけどね」

うん、今のは聞かなかった事にしよう。

次にジャガイモとニンジンと玉ねぎの皮むきをアクアに、サクラにはグラスランドチキンのもも肉を一口サイズに切ってもらうように頼む。

以前買った昆布を水で浸した出汁はあるので、これで鰹と昆布の出汁を取る事にする。

「良い出汁は和食の基本だって、いつも定食屋の店長が言っていたんだっけ」

この出汁を取るのだけは、毎日絶対店長がやっていた。

俺ともう一人のバイトは、野菜を切ったり、ちょっとした煮物や汁物を作ったりするのは教えてもらってやった事もあったけど、出汁を取るのだけは絶対やらせてもらえなかったんだよ。

「まあ、今なら分かるよ。確かにこれは、全部の料理の基本だもんな」

和食を作ろうとしたら絶対お出汁は必要だ。小さな店だったけど、固定客は多かった。

ちょっと思い出に浸ってしまい、懐かしさに目が潤んだのは気のせいだって事にしておく。

煮立った昆布の出汁に鰹節をたっぷり振り入れ、すぐに火から下ろしてそのままにしておく。これを布巾で濾《こ》したのが一番出汁だ。

残った鰹節にもう一度水を入れて、沸いたら追い鰹。少し煮込んでから布巾で濾せば二番出汁の完成。これは定食屋の店長がやっていたやり方だ。

この二番出汁で、まずはジャガイモの煮物を作る。

切った鶏肉を油をひいたフライパンで軽く炒め、焦げ目がついたら大きめに切った玉ねぎを入れて一緒に軽く炒め、一口サイズに切ったジャガイモとニンジンを入れたところに二番出汁と砂糖と醤油とお酒とみりんを量って入れる。これはたまに作らせてもらったからレシピは覚えている。

落とし蓋が無いので、スプーンで時々煮汁を回しかけながら、弱火で蓋をして煮込んでいく。ジャガイモがほっくり煮えたら完成だ。

「ちょっと甘めになったけど、まあ良いや。これで完成っと」

蓋をしようとしたら、机の上でシャムエル様がお椀を持って飛び跳ねている。

「あ、じ、み！　あ、じ、み！　あ〜〜〜〜〜〜っじみ！　ジャン！」

片足立ちで見事なポーズをとったシャムエル様に拍手をして、出来上がった煮物を少しずつ取り分けてやる。

「熱いから気をつけてな。久し振りに作ったら、ちょっと甘めになっちゃったよ」

嬉しそうにジャガイモに齧り付くシャムエル様にそう言い、俺も摘んだジャガイモを口に入れた。

「美味しい！　これ好き！」

ジャガイモから顔を上げたシャムエル様が、目を輝かせてそう言ってくれる。

「あはは、お口に合ったのなら良かったよ。よし、次はだし巻き卵を焼くぞ」

米の入った鍋を火にかけてから、だし巻き卵の用意をする。

玉子を割るように頼むと、小皿に一つずつ割ってからお椀に入れるんだって、アクアが他の子達に教えている。それは最初の時に俺が教えたんだよ。すごいぞアクア。

全部で二十個の玉子を割ったお椀が戻って来る。

お箸で溶きながら一番出汁を量って入れ、醤油とお砂糖、みりん少々。

卵焼き器は無いので、大きめのフライパンにまずは油をひいて熱し、卵液をたっぷり入れてお箸で一気にかき混ぜる。軽く固まってきたら奥側に寄せて、手前側にまた油をひいて卵液を薄く全体に伸ばす。奥から手前に転がす様にして何度も巻いていく。オムレツみたいな形になるけど、店に出すわけじゃあないんだから別にいいよな。

三つ目のだし巻き卵が出来たところで、ハスフェル達が戻って来た。

「おかえり、何処まで行って来たんだ？」

マックス達が先を争う様に駆け寄って来るので、出来上がっただし巻き卵を慌ててサクラに預ける。

順番に撫でまくってやった後、マックスとニニが並んで得意げに胸を張った。

「お土産をハスフェル様に預けてあるから、受け取ってくださいね」

ドヤ顔のマックスにそう言われて、ハスフェルを振り返った。

「アクアに渡しておいたから、ギルドで捌《さば》いてもらってくれ。俺も食べたいからな」

横で、ギイとオンハルトの爺さんも笑って頷いている。

「ええと、何を獲って来たのか、聞いても良い？」

恐る恐るアクアを振り返る。

「ハイランドチキンの亜種が百六十九匹と、普通のが三百四十八匹だよ」

「いつもありがとうな。じゃあ、料理に使わせてもらうよ」

笑ってそう言い、座った三人を振り返った。

「腹が減っているなら、先に何か出すぞ」

まだ散らかっている机を見て、三人は笑って首を振った。

「構わないから続けてくれよ。俺達は、先に一杯やらせてもらうからさ」

そう言って、グラスとワインのボトルを取り出す。

「あはは、じゃあ摘《つま》みをどうぞ」

唐揚げとナッツ、それからカットしたチーズをサクラに言って出してやり、煮立ったご飯の鍋の火を弱めた。

「お前も飲むか？」

ハスフェルの言葉に、俺は首を振った。

「今はいい。後で米の酒を貰うよ」

「そうか。じゃあお先」

笑った三人が手にしたグラスを上げて乾杯するのを見て、残りのだし巻き卵を焼いてから、わかめとジャガイモの味噌汁を作った。

それから炊き立てのご飯を全部おにぎりにする。中の具は、おかかと塩昆布だ。

「お待たせ、じゃあ夕食にしよう」

お下がりの揚げ物とハンバーグは俺が順番に食べる事にして、ハスフェル達には揚げ物やサラダを、味噌汁は全員分用意して、俺はご飯、三人にはパンを出してやる。

だし巻き卵を分厚く切り、自分のお皿に並べてニンジンと大根の塩揉みを添える。

握りたてのおにぎりとわかめの味噌汁、屋台で買った焼き魚を出せば立派なだし巻き定食の完成だ。

それを一旦、祭壇に全部まとめてお供えする。

手を合わせて祈った後、顔を上げようとした時にまた頭を撫でられる感覚があった。

「そっか、あれも収めの手だったんだな」

小さく笑って、祭壇からお皿を下げてそのまま自分の席に着く。

ハスフェル達は、黙って俺のする事を見ていたが特に何も言わなかったよ。

「ああ、これだよ。俺はこれが食べたかったんだ」

わかめの味噌汁にちょっと泣きそうになったのは……内緒な。

「それじゃあ、先に、ギルドへ行ってくるよ」

すっかり酒盛り状態になっている三人を置いて、俺は残っていた米の酒を飲み干して立ち上がる。

アクアゴールドに鞄に入ってもらい、マックスとニニと一緒に隣の冒険者ギルドの建物に向かった。

取り急ぎ、獲って来てもらったハイランドチキンを捌いてもらうためだ。

「あれだけ有るんだから、少しくらい売ってもいいよな?」

「もちろん構わないわよ。無くなったら、また捕まえてきてあげるからね」

「今度はグラスラン……」

「いやいや、待って。まだまだその辺は山ほど在庫があるから大丈夫だって。この前捌いてもらったグラスランドブラウンブルとブラウンボアも、まだまだあるんだからさ」

腐る心配はないから良いけど、それにしても多過ぎだって。

俺の言葉に、マックスとニニが笑う。

「だけど無いよりはずっと良いよ。いつもありがとうな。それにしてもあいつら、ってかお前らも自重って言葉をちょっとは理解しろよな」

苦笑いしながらそう言ってマックスの首に抱きつくと、自重? それって何ですか? と大真面目に聞かれて、コントの様にずっこけたよ。


「おお、お前さんか。こんな時間にどうした?」

ギルドの建物の中に入った所で、ギルドマスターのアーノルドさんに声をかけられた。

「ええと、ハスフェル達が珍しいのを狩って来てくれたので、捌いていただこうかな、と」

「モノは何だ？」

大柄なギルドマスターが真顔で顔を寄せてくる。近い近い！

「ええと、ハイランドチキンの通常種と亜種なんですけど」

寄せられた顔に向かって小さな声でそう言うと、眼を見開いたアーノルドさんが固まった。

「……ハイランドチキンの、亜種が、有る？」

真顔でゆっくりと言われて、若干のけ反る。

「あの、良かったらお見せしますんで、気が済むまで鑑定でも何でもしてください」

顔の前に両手を上げて防御しながらそう言うと、満面の笑みのギルドマスターが頷く。

「そうかそうか。是非とも見せていただこう」

丸太みたいな腕で簡単に確保された俺は、そのまま前回と同じ奥の別室に連行された。当然のように、前回と同じスタッフさん達が嬉々としてついてくる。

相談の結果、俺の分はハイランドチキンを十羽と亜種を一羽お願いして、ギルドには普通種を五十羽と亜種を二十羽。それからグラスランドチキンを十羽とブラウンボアとブラウンブルは五頭ずつ。亜種も二頭ずつ売る事で話がついた。

明後日には引き取れるとの事なのでお願いしておき、早々に宿泊所へ戻った。

「なんだ。まだ飲んでるのか？」

戻って来ると、三人は空になったボトルを転がして遊んでいる。その様子は完全なる酔っぱらいだ。

まあ、まだ寝るには早いので俺も米の酒を手に乱入して一緒に飲み、最後は空瓶を三角に並べてスライムを転がして倒す、題してスライムボーリングでグラスを片手に大いに盛り上がった。

一瞬、これって虐待？　って我に返ったんだけど、転がされている当のスライム達が大喜びだったので、もう全部良い事にした。

そのあとしばらく飲んで、ようやく解散になったよ。


「お疲れ様だったな。じゃあ明日はお前らもゆっくりだな」

手早く机の上を片付け、顔を洗ってからサクラに綺麗にしてもらう。

「それじゃあ今夜もよろしく！」

振り返ったベッドの上には、既にニニが横になっている。俺は笑ってニニの腹毛の海に潜り込んだ。

いつものようにマックスが俺の横に来て挟み、ウサギコンビは俺の背中側。ソレイユとフォールは俺の顔の左右に場所を取る。そして、今夜の俺の胸元担当はタロンだった模様。

「お休み、明日も、料理三昧だぞ……手伝いよろしくな……」

睡魔に負けつつそう呟くと元気な返事が聞こえる。

答えようと思ったんだけど、そのまま俺は眠気に負けて気持ち良く眠りの国へと落下していったのだった。

第52話　突然の誘拐事件発生！

翌朝、いつものモーニングコールチームに起こされた俺は、眠い目をこすりつつ何とか顔を洗って身支度を整えた。

「おはようベリー、果物いるだろう？　出しておくから、欲しい子達にもあげてくれよな」

「おはようございます。ええ、お願いします」

笑って頷き合い、サクラに果物を出してもらってベリーにまとめて渡した。

剣を装着したところでハスフェルから念話が届いた。

『おはよう、もう起きてるか？』

『おはよう、もう準備完了だよ』

『了解。朝飯食いに行こうぜ』

『だな、俺は腹が減ったよ』

ギイの声も聞こえて、オンハルトの爺さんの笑う声も聞こえた。

おお、複数同時会話の出来る、トークルーム状態だな。

『了解。じゃあすぐに出るよ』

返事をすると、笑った三人の気配が消えた。

「それじゃあ行くか。お前らはまた留守番だな」

マックスやニニ達を順番に撫でたりもふったりしてから、水場から跳ね飛んできたアクアゴールドを鞄の中に飛び込ませてやる。

「ナイスキャッチ！」

「おう、ナイスキャッチ！」

鞄の中からの嬉しそうな声に笑って応えて、鞄の口を閉じて背負う。

「私も行く！」

それを見たタロンが、そう叫んで俺の右肩に飛び乗って来た。左の肩にはファルコが飛んできて留まる。

「肩から落ちないように気を付けてな」

喉を鳴らすタロンの頭を笑って撫でてやり、廊下に出る。三人と合流して中央広場に向かった。


広場の屋台で、それぞれに好きなものを買って食べる。

川海老とわかめの玉子粥が美味しかったので、また鍋にたっぷり購入。それから、コーヒーの屋台で本日のおすすめコーヒーを、マイカップと空いているピッチャーにたっぷり淹れてもらった。

「そう言えば飲み物も作っておかないとほぼ壊滅だもんな。今日は何からするかなあ」

のんびりとコーヒーを飲みながらそんな事を考えていた俺は、いつの間にかタロンと並んで座っていたはずのシャムエル様がいなくなっていた事に、全く気付いていなかったのだった。

「じゃあここで解散だな。俺はもう少し買い出しをしてから帰るよ」

マイカップを片付けてそう言ったら、三人から凄く驚いた顔をされた。

「どうかしたか？」

三人は無言で顔を見合わせて、黙って首を振った。

「まあ、ケンだからな」

「そうだな。まあ仕方無かろう」

「そうだな。ケンだもんな。まあ良いよ」

なんだかものすご〜く馬鹿にされているような気がするのは、気のせいじゃないよな？

「気にするな。じゃあ俺達は宿に戻るよ」

笑ったハスフェルがそう言って俺の背中を叩くと、三人は手を振って広場を出て行った。

「何だ？　まあ良いや。ええと、あとは何がいるんだったかな？」

さっきハスフェル達が食べていたパン屋で大量買いしてから、俺は朝市の通りへ向かった。


タロンは、俺の右肩に器用に座って終始ご機嫌だ。

「見晴らし良いだろう？」

「そうね。悪くないわ」

得意気なその様子に、笑って俺も辺りを見回す。

その時、背後からいきなり誰かに突き飛ばされた。

衝撃で転び、ファルコが羽ばたいて舞い上がる。慌てて立ち上がろうとしたら、また膝裏を蹴飛ばされて転ぶ。

「ちょっ、何するんだよ！」

大声で怒鳴って振り返ったが、背後には誰もいない。

「……え？」

周りの何人かが、まるで俺を不審者みたいな目で見て離れて行く。

「なんだよ今の……タロンがいない？　え、ファルコは？」

タロンとファルコがいない。それに、シャムエル様も。

慌てて上空を見上げたが、すくなくとも見える範囲にファルコは飛んでいない。

「ええ？　これって一体どういう状況だ？」

地面に座り込んだまま思わずそう叫んだ俺は、いきなり誰かに腕を掴まれて引き立たされた。

「うわあ！　あ……おお、オンハルトォ～！　ハスフェル！」

俺を掴んで立たせてくれたオンハルトの爺さんの腕に、半泣きになってしがみ付いた。

「助けてくれ！　タロンがいないんだ。それにファルコも！　いきなり誰かに転ばされて、何がなんだか……」

「いきなり襲われてパニックになるのはわかるが、とにかくまずは落ち着け」

冷静なオンハルトの爺さんの声に、俺は何とか頷く。

「大丈夫だ。誘拐されたタロン達の位置は把握しとる」

耳打ちされたその言葉に、俺は息をのんだ。

「とにかく場所を変えよう」

ハスフェルの言葉に頷いて服の汚れを払った。

「怪我は無いか？」

「大丈夫だ」

一応、怪我がない事を確認してそう答える。

「一旦宿に戻ろう。従魔達と合流すべきだ」

「行くぞ」

それだけ言ってハスフェルとオンハルトの爺さんが早足で移動したので、慌てて俺もその後に続いた。

いつの間にか、ハスフェルの右肩には小人のシュレムが現れて座っている。

彼は振り返って俺に手を振ると大きく頷いてくれた。

「大丈夫だ。タロンにはシャムエルが付いておる」

その言葉に、俺は頷きかけて止まる。

「それって、ただ単に一緒に誘拐されたってレベルじゃね？」

俺の言葉に、前を歩いていたハスフェルが堪える間もなく吹き出す。

「全く、お前は相変わらずだな。シャムエルが何者なのか忘れたか？」

笑い過ぎて出た涙を拭いながら振り返ってそう言われて、俺は肩をすくめた。

「そうは言うけど、あの見かけだからさ。やっぱり心配だよ」

「まあ心配するのは構わんさ。好きなだけ心配してやれ」

笑ってそう言い、真顔になって角を曲がる。

黙って俺もその後に続いた。


ハスフェルの後ろを歩きながら、俺の心臓がバクバク鳴っている。

もしも一人だったら、あのままどうしたらいいのかさえ分からずに途方に暮れていただろう。

頼もしい仲間の後ろ姿を見ながら早足で歩く。だけど俺は、さっきまでのパニックになっていた時とは違う気持ちになっていた。

誰か知らんけど、よくもやりやがったな！

待っていろよ、タロンとファルコ。絶対に取り返してやるからな。


宿泊所の部屋に駆け込んだ俺は、マックスの大きな首に抱きついた。

「頼むよ、手を貸してくれ。俺の不注意でタロンとファルコが拐《さら》われたらしいんだよ」

「もちろんです！　私達だって、仲間に手出しをされて黙っている気はありませんよ。全力で取り返しましょう」

「おう、取り返すぞ。よろしくな」

「任せてちょうだい」

ニニも当然のようにそう言って俺に頭を擦り付けて来た。

そのあとすぐにギイが戻って来た。彼は、誘拐犯の後をつけてアジトらしき場所を特定してくれたらしい。凄いぞ、ギイ!

「タロンとファルコを誘拐した奴らは、貴族街にある大きな屋敷の中に入って行った。それでその屋敷なんだが……」

ギイが説明を始めようとしたその時、俺達の目の前にシャムエル様が現れた。

「ああ、皆揃ったね」

いつもと変わらずに笑うその様子に、俺は安堵のあまりその場にしゃがみ込んだ。

「心配させるなよ。それでタロン達は?」

俺の膝の上にシャムエル様が一瞬で移動する。

「それがねえ、ちょっと予想外の展開になっているんだ。どうするべきか、ケンに相談しようと思って一旦戻って来たんだよね」

無意識に手を伸ばしてシャムエル様を抱き上げて尻尾をもふもふしながら頷く。

「何が予想外なんだ?」

「タロンとファルコを誘拐した理由ってのが、病気で部屋から出られない、屋敷の主人の一人息子の為らしいんだ。誘拐自体は絶対許せないけど、これはどうしたらいいと思う?」

あまりに予想外のその言葉に、俺だけではなくハスフェルとオンハルトの爺さんも揃って息をのみ、マックス達も戸惑うように小さく鼻で鳴いた。

「ええ、それはちょっと……予想外過ぎる展開だな。ってか、俺に相談してどうしろって言うんだよ?」

困ったようなシャムエル様と見つめ合った後、俺はこれ以上ないような大きなため息を吐いて頭を抱えた。

頭の中は、怒りと戸惑い、それから状況が見えない苛立ちで埋め尽くされている。

だけど、もの凄く冷静な部分もあって、そこはこれ以上ないくらいに冷静に今の状況を判断している。

しばらく黙って必死になって考えて、とにかく幾つか対応策を考えた。

相手の出方次第で、こっちも態度を考えるよ。

「なあ、今、タロンとファルコの置かれた状況ってどうなっているんだ？　まさか虐待されているなんて事は無いよな？」

「ちょっと見て来る。オンハルトに頼んで見せてもらってね」

そう言うと、シャムエル様は唐突に消えてしまった。

驚いてオンハルトの爺さんを見ると、爺さんが手招きをしているので、不思議に思いつつ隣へ行って座る。

「何でもいい、大きめの平たいお皿を一枚出してくれるか」

言われたとおりに、サクラに大きめの真っ白で綺麗なお皿を出してもらう。

「これで良いか？　あ、腹減ってないか？」

渡しながらそう言って、ハンバーガーを出した。

何が起こるにせよ、飯は食っとかないとな。

全員が無言で黙々と食べる。多分、この世界に来てから一番味気ない食事だっただろう。

食べ終えると、黙って水を飲んでいたオンハルトの爺さんが、さっき渡したお皿を手にして膝の上に置いた。

何をするのかと思って覗き込んだ俺は、危うく声を上げるところだった。

お皿が、まるでタブレットみたいに映像を映し出していたのだ。


お皿に映し出されているのは薄暗い厩舎のようだ。足元の床は土で、あちこちに干し草のかけらが見える中を、立っている一人の男と頭を下げる三人の男達。

「さっさと檻《おり》に入れろ」

横柄で嫌そうな声は、立っている男のものだ。

置かれた袋の中から聞こえる唸り声はタロンのものだろう。嫌がるようにモゾモゾと暴れている。

男の一人が手荒に袋の口を開けて、袋ごと開いた檻の中に放り込んだ。

直後に乱暴に鍵を閉める音がする。

「フギャア!」

袋の中から、毛を逆立たせて牙を剝《む》き出しにして怒り爆発のタロンが飛び出してきた。

おお、膨れた尻尾が凄い事になっている。こんな時なのに尻尾に目がいってしまい、慌てて目を逸らす。落ち着け俺、今はそれどころじゃないって。

もう一つの檻には、同じく袋ごと放り込まれたファルコも袋から出て来て、毛を膨らませて甲高い声で鳴いて威嚇《いかく》している。

しかし二匹とも大きさは変わらず、今のところは様子見のようだ。

それは当然の事。シャムエル様によると、タロンは幻獣界に大勢いる魔法なんて全く使えない一般人なんだって。逆にフランマは、数が極端に少ない超希少種で、強力な術使い。

体の大きさを変えられるのは、幻獣には当たり前の事だから、タロンの武器は、爪と牙以外には何も無い。ファルコだって、あの狭い檻の中では飛ぶ事すら難しいだろう。

「鳥はいらん。処分しろ。そっちの猫には水でもやっておけ」

また横柄な声が聞こえた後、靴音がして男達が出ていく音がした、軋《きし》む扉が閉まる音もする。

あの男、今なんて言った？　ファルコを処分？

思わず立ち上がったらハスフェルに肩を摑んで止められ、頷いて座ってからもう一度お皿を覗き込んだ。

「お前さん達、そんなに怒らないでくれ。坊ちゃまの慰めになるかと思ったんだが、その前にご主人に見つかっちまったよ。鳥さんは今すぐにここから逃げろ。ご主人は大きな鳥はお嫌いらしいから、ここにいたら処分される。な、俺は今から檻の扉を開けて水の交換をするから、俺を引っ掻いていいから、頼むから逃げてくれ。本当にすまなかった」

水桶を手にした一人残ったその男は泣きそうな声でそう言って謝る。当然、男の言葉は通じているので、ファルコはまだ警戒はしているものの威嚇して鳴くのを止《や》めた。それを見て頷いた男は、言葉通りに檻の鍵を開けて扉を全開にした。

その瞬間、思い切り羽ばたいたファルコが一瞬で檻から飛び出した。すれ違いざま、ファルコのかぎ爪に引っ掻かれた男が悲鳴を上げて水桶を放り出す。

全開だった窓からファルコが飛び去っていくのを、男は腕を押さえて泣きながら見送っていた。

その時、足音がして二人の男が戻って来た。

「この馬鹿野郎、鳥を逃がしやがった！」

「せっかく捕まえたのに、なんて事しやがる」

男達が、怒って空になった檻を蹴りつける。

「処分する手間が省けてよかろう？」

ファルコを逃がした男が吐き捨てるようにそう言って立ち上がる。

「白のオッドアイかあ。坊ちゃまのご希望通りだな」

入ってきた男のうちの一人が、威嚇しているタロンを見てへらへらと笑っている。

「しかしどうするんだ。慣れているんじゃないのかよ」

もう一人の男も、不満そうにそう言ってタロンを見る。

「そりゃあ、あの男には懐いているだろうさ。何しろ超一流の魔獣使いなんだからな」

腕を押さえた男が憮然とそう言う。こいつら、どうやら仲が悪いみたいだ。

「あれが超一流？」

「俺達の尾行にすら全く気付かず、蹴り倒しても無抵抗だったあの男が？」

鼻で笑われてなんだか腹が立って来た。

「お前らか。俺を突き飛ばした上に、後ろから膝カックンしやがったのは！」

ハスフェルが、怒り爆発な俺を宥《なだ》めるように笑って背中を叩く。

頷いた俺も、もう一度深呼吸して座り直した。

「少なくともこれはただの猫だろうが。何とかしろ！」

膝カックン野郎がそう言って、またタロンの檻を蹴る。乱暴するな！

「ただの猫を魔獣使いが連れている理由なんて俺は知らんよ。多分そいつのペットの猫なんじゃないか？」

腕を押さえた男が鼻で笑って馬鹿にするようにそう言い、大きなため息を吐いた。

「言葉の通じない動物に、人間の都合で言う事を聞かせるなんて出来る訳がない。このまま坊ちゃんの所へ連れて行ったら、怪我をさせるだけだ」

「だったらお前が何とかしろ！」

そう言うと二人の男は、腕を押さえている男を蹴っ飛ばしてそのまま足音も荒く厩舎を出て行った。

「暴力野郎が。何でも自分の思い通りになると思うな！」

怒鳴った男は、ため息を吐いてタロンを見た。

「水と鶏肉を置いてあるから、俺がいなくなってからで良いから食って飲むんだぞ」

打って変わって優しい声でそう言った男は、またため息を吐いて厩舎を出て行った。


「ファルコ！」

軽い羽ばたきの音と共に、開けていた窓からファルコが部屋に飛び込んできて、俺の左肩のいつもの定位置にふわりと留まった。

「ただいま戻りました！　ご心配おかけしました。ご主人」

申し訳なさそうなファルコを、俺は手を伸ばしてそっと抱きしめてやった。

いつものふわふわな羽毛の手触りに、不意に涙があふれそうになって何とか誤魔化したよ。

「おかえり。無事で良かったよ……」

「ご主人、敵は内輪揉めを始めていましたよ。私を逃してくれた男と誘拐犯達は、仲が良くないみたいでしたよ」

「ああ、俺達もその様子を見たよ」

驚くファルコに、右肩の定位置にいつの間にか戻っていたシャムエル様が俺の膝の上に現れてドヤ顔になった。

「ありがとうな。だけどまだ実力行使に出るか、内密に解決するかは分からない。敵の情報が圧倒的に少なすぎる」

頷くハスフェル達の隣に、不意に二つの揺らぎが現れた。

「ケンさえ良ければ、タロンを連れ出して、その屋敷ごと欠片《かけら》も残さず完全に焼き払ってあげるわよ」

「そうですよ。ご希望の方法で完全に消滅して差し上げますよ」

もう一つの大きな方の揺らぎまでが、平然と恐ろしい事を言っている。

「お前らなあ……でもまあ、心配してくれてありがとうな」

苦笑いした俺は、ため息を吐いて真顔になる。

「確かに、本当に最終手段でそれをやってもらう可能性だってあるよ。だけどどんな対応をするにせよ、まずは情報収集が先だ」

俺の言葉に皆が頷く。

「ちょっとギルドへ聞き込みに行ってくる」

そう言って、手を挙げたギイが部屋を出て行った。あの館について情報収集してくれるみたいだ。

「なあ、ちょっと気になっているんだが。具体的にどんな対応を考えているんだ？」

ハスフェルが、俺の背中を叩いてそう尋ねる。

「例えば、夜のうちに屋敷に忍び込んで勝手にタロンを救出する案。だけど、俺に隠密行動は無理だし、あの屋敷の警備がどの程度なのかも分からないから却下。次は、真正面から堂々と突撃して、抵抗されたらやっつけてタロンを取り返す、文字通りの実力行使。これが一番気分は晴れるだろうけど、さすがに無理だからこれも却下」

「何が無理だ？　俺ならその案を支持するぞ」

ハスフェルが、物騒な事を堂々と言っている。

そこ！　爺さんまで一緒になって頷くな！

「冷静に考えてみろよ。相手が誰であれ、少なくとも貴族で大きな屋敷を構えるような奴だ。街の偉い奴だったら、俺達の方が悪者になるぞ。それに冒険者ギルドに登録する時に聞いたけど、明らかな犯罪者の場合、ギルドを強制的に追放される事もあるって。そんな貧乏くじを引くつもりは無いよ」

「ほう、冷静だな」

感心したようなその言葉に、俺は首を振った。

「俺だって、はっきり言って滅茶苦茶腹が立っている。何も考えずに突撃出来ればとも思うけどさ……一応、交渉の余地は残しておくべきだと思う」

「交渉するのか？」

「だから、それは相手次第だって。本当に、何でこんな事になっているんだよ」

俺はもう、今日何度目か覚えてもいないため息を吐いて頭を抱えた。


『ケン、待たせたな。いろいろ分かったぞ』

その時、頭の中にギイの声が聞こえて、一斉に顔を上げる。

『まずその屋敷だが、この地域一帯が領地の公爵家の別荘らしい。療養中だという息子は、ここにもう二年近く滞在していて、主人は年に数回程度来ているらしい』

ええ、俺っていきなり王都の貴族に喧嘩売られた訳？　そんな奴と絶対関わり合いになりたくないんだけど、今回は、売られた喧嘩は買うよ。

『それから、ケンは知らないだろうが、少し前に王都の貴族間で大きな揉め事があった。その結果、負けて失脚した奴が何人も王都から追放になったりした』

「通称、二つの台風事件だな」

ハスフェルがそう言って頷き、首を傾げる俺に簡単に説明してくれた。

「簡単に言うと、二組の貴族の夫婦が、互いに浮気をしていた相手と揉めた訳だ」

「貴族の浮気など、珍しくもあるまいに」

オンハルトの爺さんの言葉に、俺も何となく頷く。

「ところが、その二組の夫婦が、互いに浮気し合っていた訳だ」

にんまりと笑うハスフェルに、俺は机に置いてあったお皿を二組並べて、その片方を入れ替えた。

「つまりこっちの旦那と向こうの奥さん、こっちの奥さんと向こうの旦那が、それぞれの浮気相手だったって事？」

頷くハスフェルを見て、俺とオンハルトの爺さんが揃ってドン引く。

「当然、事が露見して修羅場になった訳だが、双方の旦那が、自分はこの女に騙《だま》されたと主張して更に大揉めになった」

苦笑いしたハスフェルの言葉に、俺と爺さんは揃って顔を覆った。

「うわあ、恥ずかしい上に情けな過ぎる」

「その二人の旦那が、貴族界ではどちらも一大勢力の筆頭だった事から、それぞれに味方する奴らまで現れて更に騒ぎは大きくなり、最後には貴族社会を分断するほどの騒動になった。途中からは浮気云々《うんぬん》はもう何処かへ行って、完全に勢力争いの様相を呈していた訳だ」

「うわあ、そんな奴らには絶対に近付きたくねえ！」

思わず叫んだ俺に、ハスフェルが笑う。

『大丈夫だよ。この騒ぎ自体はもう終結している。その際に勝利した側の旦那が、あの公爵閣下って訳だ』

ギイの説明がいきなりこっちに飛んできて、俺は目を見開く。

『だが、騒動自体は終わったとはいえ見えた敵も多い。王都ではこの事件以降、揉め事や恐喝じみた誘拐未遂が絶えない。息子をここで療養させているのも、年に数回あの公爵が来ているのも、どうやらそんな騒ぎから逃げてきているようだな』

「なあ、それって……息子の病気療養そのものが嘘である可能性もある？」

『ほぼ確実に嘘だろうな。見る限り元気そうだとの商人からの報告もある。要するに誘拐の危険があるが、そもそもの理由など子供に言えるわけもない。結果、理由も分からず閉じ込められて癇《かん》癪《しゃく》を起こす子供に使用人達も不機嫌になり、下働きの者に八つ当たりする。あの男達も相当鬱《うっ》憤《ぷん》がたまっているらしく、何度も酒場で騒ぎを起こしたりもしているらしい』

聞けば聞くほど、全部焼き払ってもらうのが一番平和的解決な気がしてきた。

「じゃあ、無関係な俺を襲ったのは？」

『要するに憂さ晴らしだろうな。ケンがこの街へ来た時から、ハンプールの英雄も大した事ないって酒場で口汚く罵っていたらしいぞ』

呆れたようにそう言われて本気で気が遠くなったよ。

『しかもあいつらなら屋敷にある装備も自由に使える。目撃情報によるとファルコとタロンを捕まえるのに、確保の網、と呼ばれる特殊な道具を使ったらしいぞ』

「何それ？」

「大型の魔獣を生け捕る際に使われる捕獲用の道具で、目標を一瞬で確保出来る。ただし下手に使うと対象に怪我をさせたり締め殺したりする危険性が高いので、使う際の条件が厳しく決められている特殊な術で作られた網だよ。普通は街の中では使わん」

「そんな危険な道具を、タロンとファルコに使ったってのか！」

真顔のハスフェルの説明に、思わずそう叫んで机を叩いた。

『落ち着け。しかも冒険者ギルドのギルドマスターに言われた。あそこは敵に回すと厄介だと。ギルドとしては協力してやりたいのは山々だが、かなり難しいとも言われた。どうする？　俺達だけで殴り込むしか方法は無さそうだぞ』

「だから、それは却下って言ったのに……」

明らかに嬉しそうなギイの言葉に頭を抱えてそう呟くと、ハスフェル達が揃って吹き出す。

それを見た俺は、もう一回大きなため息を吐いた。

「で、どうする?」

妙に嬉しそうなハスフェルの言葉に、答えの代わりに無言で足を蹴っ飛ばしてやった。


「ちなみに他に考えていた方法だけどさ」

しばらく考えてから口を開いた俺の言葉に、ギルドから戻って来たギイも含めて全員が頷く。

「ギルドマスターに同行してもらい、正々堂々と訪ねて行って問い詰めてタロンを取り返す方法。この場合、手荒な展開になる可能性もあるから第三者を介するのは絶対だ。他に、軍に申し立てをして公権に介入してもらう方法もある。だけど相手がそれほどの権力者なら、訴えそのものを無かった事にされる危険もあるから、これは望み薄」

そう言ってまた頭を抱える俺を、全員が苦笑いしながら見つめている。

「ちなみに、ファルコを殺せって言った男が公爵だよな？」

「そうだ。ケンを襲ったあの男達は、公爵家の裏の荒事専門家達ってわけだ」

「やっぱりそうか。よし、あいつらには絶対に仕返ししてやる」

ギイの答えにもう何度目か分からないため息を吐いた俺は顔を上げて、とりあえずまとめた考えを詳しく話した。

三人とも言いたい事は多々ある様だったが、何も言わずにこの案で賛成してくれた。


無意識に側に来てくれたニニの頭を撫でながら、また大きなため息を吐く。

「お気楽に異世界を旅して回るつもりだったのに、何でこうも次から次へと災難とトラブルが寄ってくるのかねえ。一体俺が何をしたって言うんだよ……」

もう一度ため息を吐いて、抱きしめたニニの後頭部に頭を埋《うず》める。

一つ深呼吸をしてから顔を上げた。

今から弱気になってどうする。確かに俺は流されやすい性格で、サラリーマン時代には、自分が謝ってすむならそれでいいと思って平気で頭を下げたよ。

だけど今は違う。売られた喧嘩は買うよ。今回に関しては、絶対買う。

俺の大切な仲間のタロンが捕まっているんだから、そもそもこのまま逃げるか諦めるなんて選択肢は最初から存在しない。

だけど、面と向かって王都の貴族に喧嘩売るのは得策じゃない。

だけど、あいつらが俺やタロン、ファルコにした事は許せない。だけど、だけど……。

頭の中で、一人でぐるぐると考えていたら不意にオンハルトの爺さんが顔を上げた。

「お、何か見られる様だぞ」

そう言ってさっきのお皿を取り出す。慌てて俺達もお皿を覗き込んだ。

そこには、ファルコを逃してくれたあの男が白い何かを抱いて廊下を歩く姿が映っていた。

「まさか、あれはタロンか？」

ハスフェルの言葉に、俺は首を振った。

「いや、違うと思う。耳が……」

よく見ようと覗き込むと、いきなり腕の中にいた白い塊が動いてぴょこんと顔を出した。

「可愛い！」

俺の言葉に、ハスフェル達が揃って吹き出す。

「お前は、こんな時でも相変わらずだな」

ギイに背中を叩かれて、誤魔化す様に笑って肩をすくめた。

男が大事そうに抱えていたのは、小さな子ウサギだった。

真っ白な体に真っ赤な目、やや短めの立ち耳。鼻をひくひくさせているが、怯えている風ではない。

しばらく歩いて大きな扉の前に到着すると、男は慣れた様子でウサギを片手に抱え直して扉をノックした。

「坊ちゃま、入りますよ」

扉の前で待ち構えていたのは、小学校低学年くらいの少年だった。元気そうだが、背は低いし細くてかなり小柄だ。

「ベン、ホワイティは?」

目をキラキラさせながら満面の笑みで両手を差し出す少年に、ベンと呼ばれた男は笑顔で頷き、しゃがんで抱いていたウサギを手渡した。

奪い取る様にしてウサギを受け取った少年は、ソファーに飛び込むみたいにして座った。膝の上で、抱いたウサギをずっと嬉しそうに撫でている。

「どうぞ。食べさせてやってください」

ベンが細く切ったニンジンを渡すと、少年は嬉しそうにそれを受け取ってウサギの目の前に突き出した。人参の先がウサギの鼻にめり込んでいる。

顔を上げたウサギが齧り始めると少年は声を上げて笑い、またそっと背中を撫でた。

その手付きは、ややぎこちないものの大事にウサギを扱っているのが分かる。

もらったニンジンを全部食べさせた後は、そのまま足元に放した。ウサギはキョロキョロと部屋を見回し、ソファーの横に置かれていた小さな平たい箱に飛び込んだ。

その箱には干し草が入っていて、木製のトンネルの様な筒も置かれている。

どうやら、このウサギは坊ちゃんのペットみたいだ。

ちなみにクーヘンも使っていたホワイティって名前は、真っ白なペットの定番の名前らしい。

「真っ白でオッドアイ。見つかった？」

「それがですね、ちょっとした手違いが起こりまして、まだなんですわい」

「いつ？　明日？」

即座に聞き返されて、ベンは口籠《くちごも》る。

「坊ちゃま。ホワイティだけでは駄目ですか？」

「だって、本に出てくる勇者様は、真っ白で大きなウサギと、オッドアイのウサギの従魔を連れているんだもの。僕もそんな子達が欲しいんだ」

「ウサギの場合はバイアイと申します。珍しいですから、もうしばらくお待ちください」

その言葉に口を尖らせる少年。

「成る程、物語の主人公が連れている従魔がオッドアイだったのか。だけど、猫じゃなくてウサギって……」

それは、ちょっとした手違いというレベルじゃないと思う。あの男達……どれだけ適当なんだよ。白くてオッドアイってだけでタロンを攫《さら》ったのか？　また腹が立って来たぞ。

「必ずお探ししますから、もうしばらくお待ちください」

「早くして」

「はい、申し訳ございません」

下手に出るベンに、少年はまた口を尖らせる。

「もういいから戻って」

しかし、ウサギを抱き上げようとしたベンを、少年が遮る様に手を伸ばして止める。

「今日から、ホワイティの居場所はここ。いいから戻って」

その言葉に、ベンは慌てて首を振った。

「それはなりません。先生に叱られます。触る程度は良いが、部屋で飼う事は許さないと言われ……」

「いいから戻れ！」

いきなり癇癪を起こした少年は、真っ赤な顔で立ち上ががった。

「いいから、いいから戻れ！」

ベンは戸惑う様に言葉を失い、深々と一礼した。

「かしこまりました。では明日またお世話に参ります」

「要らない。僕が世話をする」

「撫でて人参をあげるだけが、お世話ではありませんぞ」

きつい声で咎める様にそう言ったが、少年は持っていたクッションを投げつけて机に置いてあった小さなベルを鳴らした。

奥から出てきた執事らしき男性が、有無を言わさずベンの腕を掴んで引きずって行った。

それでも彼は必死になってウサギには糞のしつけが出来ていない事や、家具を齧るので部屋に放しっぱなしにはしないようにと、大声で叫んでいる。

まあ、うちの従魔達はちゃんとトイレでしてくれるけど、草食動物のトイレのしつけは、出来なくはないけど難しいとも聞く。

ちなみに宿泊所の中庭の奥には、従魔のトイレ専用の砂場がある。しかもその砂には浄化の魔法がかかっていて、一晩で綺麗に分解されるらしい。

一般の宿で従魔を連れていると断られるのが、このトイレのせいだ。常にそんなお金のかかる準備をしておくわけにはいかないし、かと言って室内で大型の従魔が勝手にトイレをしたら……そりゃあ大惨事確定。すげえぞ、ギルドの宿泊所。

脱線する思考を引き戻しながらお皿を見つめていると、箱から出てきたウサギが部屋の中を走り回り、毛足の長い絨毯《じゅうたん》で遊び始めた。

これは大惨事になりそうな予感しかしないぞ。


ベンを廊下に放り出して戻ってきたその執事は、ウサギが毛足の長い絨毯をご機嫌で引っ掻き始めるのを見て、まるでゴミを見るかのような目になる。

しかし、坊ちゃんが満足そうにその様子を眺めているのを見てため息を吐き、首を振って部屋を出て行った。

あの執事は、ウサギだけでなく動物全般が嫌いと見た。

「あのウサギ、あのままで大丈夫なのか？　それにあの坊ちゃん。家から一歩も出ずに育ってるせいか、自分のわがままは全部通ると思っているみたいだ」

「しかも、少なくともウサギの事を可愛がってはいたが、自分で世話をきっちり出来るとは到底思えんな」

俺の呟きに頷いたオンハルトの爺さんがそう言い、ハスフェルとギイも同意するように頷いている。

「動物は、自分の思い通りになる玩具《おもちゃ》じゃねえよ。それに、欲しいと言った動物が何処から来ているかなんて、考えてもいない風だったな」

「確かにそんな感じだったな。まあ、世間知らずの貴族の子供なら当然だろうさ」

俺の言葉に、ギイも同意する様にそう言って揃ってため息を吐いた。

ハスフェルとオンハルトの爺さんが顔を見合わせて何か言いかけた時、俺は思わず声を上げた。

「あ、やった……」

走り回るウサギの尻から、黒いのがポロポロと絨毯の上にこぼれ落ちるのが見えたのだ。まあ当然の生理現象。餌をもらった後だから、やらかしてもおかしくはない。

ひとしきり走り回ったウサギは箱に戻って干し草を齧り始めたが、絨毯に転がるソレに少年は全く気付かず、机に置いてあった本を手に取って読み始めた。

もうこの後、どうなるかの予想が簡単について俺達は揃ってまた大きなため息を吐いたのだった。

それから、別の執事が食事の時間だと言って少年を連れて部屋を出て行った。

しばらくして出て来た動物嫌いの執事が本を片付けようとして、絨毯のあちこちに転がる黒い粒々に気付いた。

無言の執事が、箱の中で干し草を齧るウサギを睨みつける。しかしウサギはまた箱から飛び出し、目の前でまた黒いのを幾つも転がした。

執事の顔が怒りに歪む。

「この、汚らしいケダモノが！」

いきなりそう言うと、何と小さなウサギを蹴り上げたのだ。

突然の暴力に、何の抵抗も出来ず床に転がるウサギ。その上から布を被せて、まるで汚らしいものでも持つかの様に指先だけで摘むと、そのまま窓を開けて庭に放り投げたのだ。

広い庭に、猟犬らしき大型の犬が放されているのが見えた瞬間、俺は叫んでいた。

「あのウサギを助けてやってくれ！」

声と同時に、宙を飛ぶぐったりしたウサギをベリーが捕まえる瞬間が映り、その直後にウサギを抱いたベリーが目の前に現れる。

ええ、シャムエル様と同じワープする技か？　凄い！　だけど今は、ウサギを助けるのが先だよ。

「万能薬を頼む！」

俺の叫びと、すっ飛んできたアクアとサクラが万能薬を振り掛けるのはほぼ同時だった。

無事起き上がったウサギは、フンフンと不安気に周りの匂いを嗅いだ後、唐突に固まってしまった。巨大なマックスとニニが揃って自分を見下ろしていたのと、まともに目があってしまったのだから無理ないよな。

「これ、どうするかなあ……」

咄嗟《とっさ》に助けたのは仕方が無かったけど、この後の事を考えてちょっと困っていると、オンハルトの爺さんが俺の腕を叩いて皿を見せた。またあの執事が映っている。

俺は、慌ててウサギを抱き上げてお皿を覗き込んだ。


「不衛生極まりありません。先生の口から、もう動物を触らない様に言ってください」

映っているのは、先生と呼ばれた年配の男性とあの暴力執事だ。

「分かりました。確かに良い事ではありませんからね。私から言っておきます」

頷く先生に一礼した執事は満足そうに頷く。

画面が変わり、さっきの少年の部屋になる。

「ご苦労、もう終わりましたか？」

暴力執事が話しかけたのは、丸めた絨毯と掃除道具を持つ男達だ。

「はい、汚れた絨毯は全て交換いたしました。では失礼します」

絨毯を抱えた男達を見送った執事は、すっかり綺麗になった部屋を見てニンマリとほくそ笑んだ。

何だか嫌な笑い方だ。

「マイヤー。ホワイティは？」

別の執事に付き添われた坊ちゃんが戻ってくるなり、無くなっているウサギの箱に気付いてそう尋ねる。

「先生からご指示があり引き取らせました。動物を部屋に入れるのは今後禁止との事です」

あんな事をしておいて、平然とよくもそんな事が言えたものだと思うが、事情を知らない坊ちゃんは不満気だ。

「せっかく、少しお元気になられたのに、不衛生な環境で、またお加減が悪くなれば何といたします」

「……分かった」

口を尖らせつつも頷き、ソファーに座ってまた本を読み始めた。

お皿の映像が消えるのを見て、俺達は揃ってため息を吐いた。

「よし、決めた」

一言そう呟き顔を上げる。

「まずはタロンを助け出したいんだけど、どうすればいいかな？」

「それなら、私が行って来ましょう。姿隠しの術で中へ入って鍵を壊します。そうすれば、タロンは自力で逃げられるでしょう？」

シャムエル様にお願いしようかと考えていたら、ベリーが手を挙げてそう言ってくれた。

「ベリーに危険は無い？」

「もちろんです」

「じゃあ、お願い出来るか？」

ベリーが消えるのを見送ってから、ハスフェル達に俺の考えを伝えた。

それからしばらく待っていると、タロンとベリーが無事に戻って来た。

「おかえり。大丈夫か？」

「心配かけてごめんなさい、ご主人」

ウサギをオンハルトの爺さんに渡した俺は、物凄い音で喉を鳴らしたタロンが俺の膝に飛び乗ってくるのを見て、黙って小さな身体を抱きしめてやりその柔らかな温かさを噛み締めた。

「大事なタロンとファルコに手出しをされたんだから、きっちりあいつらに仕返ししてやろうと思う。タロンも手伝ってくれるか？」

すると、顔を上げたタロンは頷いた。

「もちろんよ。それで私は何をすればいいの？」

当然のようにそう言ってくれるタロンを、俺はもう一度抱きしめた。

「それは明日の話だよ。夜はちゃんと寝ないとな」

にんまりと笑った俺は、そう言って立ち上がった。

ウサギは相談の結果、アーノルドさんに頼んで一晩面倒を見てもらう事にした。

従魔達が大勢いる俺達の部屋は、さすがにストレスだろうとの配慮からだ。

公爵邸への突撃は明日だ。

その前に一応根回しはしておくべきだろうから、俺達はひとまず冒険者ギルドへ向かったのだった。

「おう、ちょうど良かった。従魔達も一緒で構わないから奥へ来てくれ」

ギルドマスターのアーノルドさんが、建物に入ってきた俺達を見て奥にある別室へ通してくれた。

全員部屋に入ったところで、アーノルドさんが自ら扉を閉めて鍵をかける。

「幾つも報告が来ているぞ。酷《ひど》い目にあったな、魔獣使い」

「報告、ですか？」

「お前さんを襲撃して、そのオオタカと白猫を誘拐した奴の事さ」

そう言って、ファルコを見た。

ちなみに、ファルコはいつものように俺の左肩に留まっている。

そしてタロンは、もう一回り体を小さくして、ラパン達がいつも収まっているマックスの首輪の籠に一緒に潜り込んで隠れている。

「まあ、あれだけ人が大勢いた場所だったんだから、目撃者もいるよな」

ため息を吐く俺に、ギルドマスターは苦笑いして椅子を指差す。

「まあ座ってくれ。今回の一件、ギルドとしては表立っての協力は出来ないが、逆に言えば、裏ではどんな協力もしてやるぞ」

アーノルドさん、はっきり言って一体何処の極悪人だよと突っ込みたくなるくらいの悪そうな笑顔だ。

「じゃあ、例えば俺達が街の中でそいつらとガチでやり合ったら、見ない振りしてくれるか？」

「喜んで周辺の道を全部塞いでやるぞ」

即答されて、堪える間も無く吹き出す。

「よし、じゃあさっきの予定通りでいくぞ」

俺の言葉にハスフェル達も頷く。

「襲撃犯達なら、丁度今、酒場で飲んだくれているぞ」

またしても極悪人の笑みのアーノルドさんが俺を見る。

「言えよ。俺達に何をして欲しい？」

「人目につかない場所に、そいつらを追い込んで周囲を封鎖して貰えるか？　あとは俺達でやる」

「了解だ。任せろ」

笑顔で頷き合い、握った拳を突き合わせた。

「売られた喧嘩は買ってやるさ。でもって、倍にして返してやる」

俺の言葉に、アーノルドさんだけでなくハスフェル達が大喜びで手を叩き、従魔達が揃って嬉しそうに鳴き声をあげたのだった。

第53話　俺流表と裏の仕返し方法！

得意気に尻尾を立てて颯爽と走り去るソレイユの後ろ姿を見送って、俺は小さく深呼吸をした。

「よし、じゃあ俺達も定位置につくとしよう」

振り返った俺の言葉に、ハスフェル達は揃って無言で頷いた。

まずは今から、あの襲撃犯どもに売られた喧嘩を倍返しする。

ただし、作戦を聞いた従魔達の間で誰がどの役割をするのかで、実はちょっとした騒ぎになったんだよ。

「待て待てお前ら。気持ちは分かるけどちょっと落ち着け。まずマックスとニニは一匹で街の中にいると確実に軍部に通報されるから却下。草食チームは……」

「郊外の村と違って、街の中をウサギが勝手に走っていたら、仮に首輪をしていても同じく軍部に通報されるのは確実だから、これも却下だ」

俺の言葉を継いで、ハスフェルが真顔で従魔達に言い聞かせてくれた。軍部に通報されるのは、さすがにまずい。

相談の結果、猫族軍団の中でも特に身軽で体が細く弱そうに見える、ソレイユに行ってもらう事にした。ちなみに決めたのは俺だよ。

だが一流の冒険者達でさえも恐れる猫科の猛獣。当然だが小さくても強いし凶暴だよ。爪と牙の威力は普通の猫の比じゃあない。断言。

念の為、ソレイユには、フランマとシャムエル様が姿を消して付き添ってくれている。

保護したウサギは一旦ギルドで預かってもらい、残った従魔達を全員引き連れた俺達は、今回の作戦決行場所に向かった。

街はずれのこの辺りは、再開発の為に古い建物が取り壊された一帯で、日が暮れると周りは完全に無人になると教えてもらった場所だ。

広い空間があって人目が無い、まさに今回の作戦にはお誂《あつら》え向きの場所だよ。

夜目が利く俺達は、すっかり暗くなったその場所で奴らが誘い出されて来るのを待っていた。

「そろそろ始まるぞ」

お皿を持ったオンハルトの爺さんの言葉に、慌ててお皿を覗き込む。

そこには酒場にいる襲撃犯達が映し出されていた。冒険者らしき数人が一緒に乾杯しているので、彼らが誘い出してくれたんだろう。

日が暮れて間もないのに、男達はもうすっかり出来上がっているみたいだ。

セルフタイプの店らしく、襲撃犯達は壁面の棚に並ぶ酒を指定して注文し、ポケットから硬貨を取り出してカウンターに置こうとした。

その瞬間、軽々と飛び跳ねたソレイユが男の手からその硬貨を一瞬で奪い取ったのだ。ソレイユのジャンプ力、半端ねえ。

「ああ、なにしやがる、この猫！」

真っ赤な顔の男が怒鳴りながら逃げるソレイユを追いかける。もう一人の男も、何か叫びながら追いかけて来た。

ソレイユは、捕まらないギリギリの距離を保って逃げる。

時折後ろに冒険者らしき人が映るのは、彼らが通り過ぎた後の道を密かに封鎖しているためだ。

ギルドの協調力も半端ねえよ。

足音がして、ソレイユを追いかけた男達が更地になったこの場所に駆け込んでくる。

「スライム軍団。行け！」

俺の合図で、地面に擬態していたスライム軍団が一斉に動き出した。

「うわうわ！」

「うわあ、なんだこれ！」

悲鳴を上げて転ぶ男達。ただの地面がいきなり液状化して自分を飲み込もうとしたんだから、そりゃあ驚くって。

悲鳴を上げて立ち上がろうともがいて暴れるが、足首まで地面に埋まっていて逃げられない。

「よし、行け！」

俺の合図に、最大サイズに巨大化したブラックラプトルのデネブとブラックミニラプトルのプティラが、一瞬で男達の目の前に跳ね飛んで行き、咬《か》みつくふりをする。

情けない悲鳴を上げた男が短剣を抜こうとした瞬間、スライムがそれを取り上げて一瞬で溶かしてしまった。

「へえ。スライムって、金属も一瞬で消化出来るんだ」

思わず呟くと、横で見ていたハスフェル達が吹き出した。

「お前は相変わらずだな。気にするところはそこか」

「いやあ、あんまり素早かったからさ」

顔を見合わせて揃って吹き出したよ。

巨大化したファルコが、倒れた男達を爪の先で引っ掛けて更に転がす。

次に巨大化したセルパンが這い寄って行き、男達の前で巨大な鎌首をもたげた。

間近でチロチロと口の隙間から長い舌が出入りするのを見て、二人がまた悲鳴を上げて倒れる。

「足を離していいぞ。ただし、時々捕まえてやれ」

俺の指示でスライム達が捕まえていた足を離す。意味不明の悲鳴を上げながら転がるようにして逃げ出す男達。

しかしファルコの爪に引っ掛けられては転び、違う方向に逃げようとしてセルパンの尻尾に叩かれてまた転ぶ。

何度も転んで、そろそろ足元が覚束《おぼつか》なくなってきた。

「よし、ウサギコンビとアヴィ、行ってこい！」

振り返った俺の言葉に、ウサギコンビがアヴィを耳にしがみつかせたまま走り出した。

あっという間に逃げた男達に追いつく。

一瞬で巨大化したアヴィが、背後から男達に覆い被さる。またしても転んだ男達が、悲鳴を上げてもがいている間に、一瞬で元の大きさに戻ったアヴィは姿を隠したベリーに回収されたよ。アヴィは非戦闘員だからね。

一方のラパンとコニーは、逃げ惑う男達の背中をそれぞれ後ろ足で思い切り蹴飛ばした。

またしても派手に転ぶ男達。

そして転がっていった先で待っていたのは、マックスとシリウスとニニ、そして巨大化したソレイユとフォール、スピカとベガの猛獣軍団だった。そのまま取り囲み、前脚で叩いて転がして遊び始める。

生身の人間があの大きさの猛獣達に取り囲まれた時点で、完全に死亡フラグ。追い討ちをかけるように乱入した恐竜達が、尻尾で叩いて更に転がす。

男達はもう、恐怖のあまり完全に硬直していて悲鳴も上げられない。


「よし、行ってこい」

俺の後ろで出番を待っていたタロンの首元を軽く叩いてやる。

タロンは一瞬で巨大化して転がる男達に飛びかかった。そのまま両方の前脚で二人を軽々と押さえつける。男達の服に、人の指よりも遥かに巨大な鉤爪《かぎづめ》が軽くめり込む。

白いタロンは、薄暗がりの中でも特によく見える。

二人を捕まえたタロンは、その目の前で大きな欠伸をした。大人の腕ぐらいありそうな巨大な上下の牙が剥き出しになる。

それを目の当たりにした瞬間、男達は悲鳴も上げずに気絶したよ。

「何よ、もう終わりなの？　今からいいところなのに」

不満気なタロンが、前脚で男達を軽く叩いて転がすも二人とも全くの無反応。

「まさかとは思うけど、殺していないよな？」

思わずそう尋ねると、タロンに鼻で笑われた。

「当たり前よ！　ゆっくり遊ぼうと思ったのにもう終わりだなんて、つまんないの！」

そう言ってもう一度男達を叩いて転がす。

「すねるなよ。それじゃあ後はよろしくな」

俺の言葉にタロンが下がり、スライム達が集まってくる。

「確保〜〜！」

そう言ったスライム達は、気絶した二人を取り込んで着ていたものを全部一瞬で溶かしてしまった。そのまま素っ裸の男達を担いだスライム達は、スルスルと移動していった。

すぐに見つかりそうな道端にそのまま転がしてきてもらう作戦だ。酔っぱらった上に素っ裸でいるのがどの程度の問題になるのか。またその後どうなるかなんて俺は知らないよ。

「転がしてきたよ、ご主人！」

戻ってきたスライム達が、得意げにそう言って伸びたり縮んだりしている。

「ご苦労様。じゃあ今夜はこれで撤収だな。明日はラスボスのところへ話をつけに行くぞ」

笑った俺は、そう言ってハスフェル達と手を叩き合った。

ギルドの本部に顔を出すと、事情の分かっている冒険者達がサムズアップしてくれていたので、俺達も笑顔で返した。本当に皆の協力に感謝だよな。

「おう、戻ったな」

満面の笑みのアーノルドさんにそう言われて、俺は誤魔化すように頭を下げた。

「で、あいつら……どうなりました？」

顔を寄せて尋ねると、アーノルドさんは思いっきり吹き出した。

「いやもう最高だったぞ。見回り中の地元の商店街の役員に発見されて、素っ裸で酒にまみれて転がっていたあいつらは軍部の兵士に連行されて行ったよ。野次馬が集まって来て、大騒ぎだったんだぞ」

その言葉にギルド内は大爆笑になった。ひとしきり笑ってから、皆に挨拶をして宿泊所に戻った。

宿に戻ったら、俺の部屋に集まってまずは夕食だ。

今夜は、景気付けにステーキにした。

がっつり分厚いステーキを食べながらも、明日の事を考えて密かなため息を吐く俺だったよ。

はあ、ステーキ美味い。そうだよな。どんな時でも飯が美味いって大事だよな。

食事の後は当然のようにお酒が並ぶ。まあ、飲まないとやっていられるかってのが本音だけどな。

途中でアーノルドさんが訪ねて来て、そのまま飲み会に参加している。

かなり良い酒を何本も持って来てくれたらしいから、俺も後で飲ませてもらおう。

「それで、明日はどうするんだ?」

二杯目のグラスを傾けながら、アーノルドさんが俺を見る。

「さすがに、公爵相手にあんな実力行使はしませんよ」

入れてもらった水割りを飲みながら首を振る俺に、ハスフェル達は何か言いたげだ。

「なんだよ、言いたい事があるなら言ってくれて良いんだぞ」

顔を見合わせて頷いたギイが口を開いた。

「お前がそれで良いって言うなら構わないが、甘いと思うぞ」

隣では、ハスフェルとオンハルトの爺さんだけでなく、アーノルドさんまで頷いている。

「そりゃあ俺だって腹は立ったよ。だけどファルコもタロンも無傷で帰って来た。結局、こっちの被害はごく軽微。だからまずは正面から訪ねて行って、出来れば直接会って公爵本人の為人《ひととなり》を知りたい。それ次第でこっちの態度を決めるよ」

「成る程、直情型で怒りに任せて突撃するかと思っていたが、意外に冷静なんだな」

「基本的に争い事は嫌いなんでね。だけどまあ、落とし前は付けさせてもらうよ」

アーノルドさんの言葉に肩を竦めてグラスを傾ける。おお、確かに美味い酒だ。

それからもう少し飲んでお開きになった。部屋に戻る彼らを見送り、机の上を手早く片付ける。

「それじゃあ明日に備えてもう寝るとするか」

もふもふのニニの腹毛の海に顔を埋めて小さく呟いた俺は、すぐに眠りの国へ旅立っていった。

さあ、決戦は……明日だぞ。


ぺしぺしぺし……。

ふみふみふみ……。

カリカリカリ……。

つんつんつん……。

「おう、今日は起きるぞ」

なんとか起き上がった俺は、座って大きな伸びをしながら欠伸をした。

「ああ、ご主人起きちゃった」

「せっかく張り切って起こす予定だったのにね」

残念そうにそんな文句を言っているソレイユとフォール、それからタロンもおにぎりの刑にしてやってから、顔を洗いに水場へ向かった。

『おはようさん。もう起きてるか?』

頭の中にハスフェルの声が聞こえる。

「おう、おはようさん。今身支度が終わったところだ。飯にするから部屋へ来てくれよ。それで食後に作戦会議だ」

しばらくして三人が揃って来てくれたので、朝食を食べて作戦会議の時間だ。

「昨日、アーノルドに確認したが、早駆け祭りの情報はこの街にも確実に届いているから、公爵も間違いなく知っているとの事だ」

ギイの言葉に、ハスフェルも頷いている。

「それじゃあ、正々堂々と訪問しても中に入れるな」

頷くギイを見た俺は、頭の中で今日の作戦を考えながらベリーを振り返った。

「なあベリー。タロンとファルコを誘拐された時に使われた何とかって道具、万一あれを出されたら従魔達を守れるか？」

「確保の網ですか？　もちろんですよ。あんな道具程度、簡単に壊せますよ」

「あはは、さすがだな。じゃあ、もし出されたら豪快に壊してやってくれるか。万が一って事があるから、ベリーとフランマには隠れて護衛をお願いしたいんだ」

臆病な俺の頼みを、ベリーとフランマは二つ返事で引き受けてくれた。

「よし、それじゃあ行くとするか」

立ち上がった俺に三人が拳を突き出す。笑って順番に拳をぶつけ合った。

「今回は、見栄えも仕事のうちだからさ。頼りにしているよ」

「任せろ」

短い答えに俺は頷き、揃って部屋を出て行った。

さあ、待っていろよ公爵。

部下達の不始末の数々と、ファルコへの暴言。命ってものの値打ちと尊さを分からせてやるからな。


出かける前に、窓を開けてファルコを外に出す。

小さい鳩サイズになったファルコは、一度俺の指を軽く啄《ついば》んでから翼を広げて飛び立って行った。

「よし、じゃあタロンも気をつけてな」

そう言って、タロンも撫でてやる。

「じゃあ、後で会いましょうね。ご主人」

頭を俺の足に擦り付けてから、軽々と窓枠を飛び越えて外へ出て行った。さすがの身のこなしだ。

それを見送ってから窓を閉め、従魔達全員を連れて部屋を出た。ハスフェル達と一緒に、まずはギルドの建物へ向かう。

「おはようございます」

ギルドに顔を出すと、こちらも身支度を整えて待ってくれていたギルドマスターのアーノルドさんが、手を上げてカウンターから出て来てくれた。

「それじゃあ行ってくる。後はよろしくな」

振り返って、見送る職員に手を上げると、職員さん達だけでなく、周りにいた冒険者達までもが、全員揃ってサムズアップで見送ってくれたよ。

外へ出た俺達は、それぞれの騎獣の背に軽々と飛び乗った。オンハルトの爺さんとアーノルドさんは馬だけどね。

今のマックス達は、スライム達が念入りに手入れしてくれたので、もうこれ以上ないくらいに全身ピカピカの艶々《つやつや》だ。

全員並ぶと、ゴージャス感が半端ねえよ。

馬に乗るアーノルドさんを先頭に、大注目の中を公爵の屋敷のある高級住宅地へ向かったのだった。

アーノルドさんに同行してもらったのは、まずは彼から俺達をハンプールの英雄として公爵に紹介してもらう為だ。

公爵自身も、若い頃にハンプールの早駆け祭りに出た事があるらしい。そんな貴族は案外多いらしく、早駆け祭りの勝者はどの街へ行っても人気者なんだそうだ。

ゆっくりと道を列になって歩いていると、時折屋敷の窓から貴族の子供が身を乗り出して手を振ってくれる。子供の好奇心が全開なのは、何処の世界でも一緒なんだな。

笑って手を振り返してやりながら、俺達は目的の建物の前へやって来た。

「まあ、ここは任せろ」

アーノルドさんが、門に付いていた豪華な鐘のようなものを鳴らす。

しばらくすると執事らしき人が出て来た。あの暴力執事とは別の人だ。

「これはギルドマスター、皆様方もようこそお越しくださいました」

深々と頭を下げられて、俺もマックスから飛び降りた。

「これは、噂以上の見事な魔獣ですね」

マックスを見上げた執事が、感心したようにそう言う。少なくともあからさまな侮蔑や敵意は感じられない。

執事に案内されて、従魔達を建物裏にある厩舎へ連れて行く。

「トビー、ベンはどうした」

慌てて出て来た若い使用人らしき人に、執事が尋ねる。

「すぐに戻ってきます。あの……その大きな魔獣は、まさか……」

巨大な従魔達を見て明らかにビビっている。まあ、厩舎担当者でもこの大きさの魔獣は怖かろう。

「特に世話は必要有りませんよ。慣れていますが、不意に手を出したりすると嫌がって噛みつく事も無いとは言えませんから、放っておいてください」

平然とそう言ってやると、トビー君は真っ青になってもの凄い勢いで何度も頷いていた。

「じゃあこいつらの世話を頼むよ」

アーノルドさんの言葉に、真っ青だった彼は二頭の馬の手綱を引いて、そそくさと奥へ下がった。

「じゃあ、ここで待たせてもらえよな」

そう言って、手前側の広い厩舎に勝手にマックスを連れて入る。

見る限り掃除も行き届いていて、干し草が撒《ま》かれた床も綺麗なものだ。

マックスの首元を叩いてから鞍と手綱を取り外してやり、一瞬で収納して見せる。

執事と、さっきのトビーと呼ばれた彼が揃って息をのむのが見えたが、あえて知らん振りだ。

「それでは、こちらへどうぞ」

出ていく時に振り返ると、厩舎の干し草の塊の奥にタロンとシャムエル様の姿が見えた。

屋根の上には、いつもの大きさのファルコの姿も見える。

「よし、作戦開始だ！」

小さく合図を送り、俺は建物の中に入って行った。


通されたのは、応接室らしき豪華な部屋。

「恐れ入りますが、腰のものはこちらにお願い致します」

部屋に入ったところでそう言われて、武器を入り口横にあった棚に置いた。

『部屋まで武装したまま通したんだから、一応は信用されていると思って良いぞ』

ギイが念話で教えてくれて、俺は小さく頷く。

俺達を出迎えた案外小柄な公爵は、笑顔で右手を差し出した。

「ハンプールの英雄の訪問を受けるとは光栄だよ。ようこそ。よく来てくれたね」

「ケンです。はじめまして」

貴族のしきたりや礼儀作法なんて全く知らないので、ここは普通に挨拶をしたが、公爵は気を悪くする様子もない。

大きなソファーに座り、お茶を頂きながら表向きはにこやかに早駆け祭りの話をした。うん、大人な対応だよ、俺。

しかしこうして話している限り、目の前の公爵は紳士的で有能な人物に見える。だけど、何故か分からないけれども、何だか嫌な感じだ。

こっそりハスフェル達にも確認してもらったが、ほぼ同意見だった。つまり、何だか分からないが何かが引っかかる。嘘くさいんだって。

『そういう勘には気を付けろ。大抵、当たっているぞ』

ギイにそう言われて、俺は密かにため息を吐いた。

『じゃあ、もう予定通りで行こう』

ハスフェル達が頷くのを見て、俺は素知らぬ顔で提案した。

「その時のハウンド、連れて来ていますよ。ご覧になりますか?」

「よろしいですか?　是非お願いします」

身を乗り出す公爵に、アーノルドさんが平然と提案した。

「せっかくですから、ご子息もお呼びになられては如何《いかが》ですか?」

にこやかにそう言われて口ごもった公爵は、しかし横柄に頷いた。

「確かにそうですね。では息子もご一緒させていただきましょう。おい、マイヤーを呼んで、クリスを厩舎へ連れてくるように言え」

「かしこまりました」

さっきの執事がそう言って下がる。

剣を返してもらい、別の執事の案内で厩舎へ向かう。例の坊ちゃんと暴力執事も来たよ。

さて、これで役者は揃った。この後どうなるかは……まさに神のみぞ知る、だな。

まあ、神様はそこにいるんだけどさ。


「はじめまして。クリスと申します」

目を輝かせて挨拶をするクリス少年は、小柄で痩せた印象だが、確かに顔色は悪くは無いようだ。

「はじめまして、魔獣使いのケンです」

柔らかくて小さな子供の手を握り返す。

「うわあ。硬いんですね」

「一応、それなりに武器も使いますから」

握手すると無邪気にそんな事を言ってくれたので、笑って腰の剣を見せてやった。

あの暴力執事は入り口で控える振りをしているけど、絶対にマックス達に近付きたくないと思っているのが、丸分かりだ。

マックス達も自分の役割を承知しているので、公爵が近寄って来ても知らん顔だ。

ただし妙に偉そうで、物理的にも精神的にも上から目線。

「これは見事な魔獣ですね。これ程の大きな魔獣をテイムなさるとは……素晴らしい」

公爵はそう呟いたきり、陶然とマックスを見上げている。

順番に簡単に従魔達を紹介してやったが、親子揃って、キラキラに目を輝かせている。

あれ？　何だか拍子抜けだぞ？　従魔達の大きさに怖がるか嫌がる。或《あ》いは、従魔を売れと言われるのを予想していたんだがそんな様子は全く無く、ただただ親子揃って感心しているだけだ。

その時、バタバタと足音を立てた男が一人厩舎に駆け込んできた。そしてその男はマックス達を見上げるなり、口を開けたまま固まってしまった。

「ええと、この人は？」

俺の言葉に、目を瞬《また》いて我に返って慌てたように深々と頭を下げた。

「大変失礼致しました。厩舎担当のベンと申します。はじめまして、魔獣使いの旦那」

「ケンです。はじめまして」

握手をして分かった。彼は働き者だ。分厚い手は、握った時に丸い形になるように固くなっている。世話をするために柄の長い棒を持っている証拠だ。

俺は小さく頷いて手を離した。それから、ベンさんにも一通り従魔達を紹介していた時、それは起こった。

突然、厩舎の奥からフラフラと出てきた猫サイズのタロンが、干し草の山に倒れるようにしてうずくまったのだ。

「タロン！　誘拐されたきり行方が分からなくて、ずっと心配していたんだぞ」

わざとらしく思いっきり大きな声で叫んで駆け寄り、鞄から万能薬の入った水筒を取り出す。

「ほら、飲んで」

左手を皿代わりにして水を飲ませてやる。小さなタロンの舌がくすぐったい。

「ああ、さすがに万能薬入りの水はよく効くな」

笑ってそう言い、あっという間に元気になったタロンを抱きしめてやる。

「だけど、どうしてお前がこんなところにいるんだ？」

背中を撫でてやりながら、公爵を振り返る。

「き、君は……万能薬入りの水を従魔に飲ませるのか？」

呆気にとられたような公爵に、俺は平然と頷いて見せた。

「もちろんです。貴方だって、家族が弱っていればそれくらいするでしょう？」

「いや……相手は獣《けだもの》だぞ？」

「俺は魔獣使いですからね。テイムした子は、全員俺の大切な家族ですよ」

「それはまあ……」

若干、公爵の俺を見る目が嫌なものを見る目に変わって来た。

逆にクリス坊ちゃんは、目をキラキラに輝かせてタロンをガン見している。

「この子は俺の家族だから、譲れませんよ？」

あえて直接そう言ってみる。

「それは当然です！」

真顔で即答されてちょっと安心した。大丈夫だ。この子は教えてあげれば、ちゃんと出来るだろう。

笑って坊ちゃんの腕を軽く叩き、俺は公爵に向き直った。

「実は昨日、街を散策中に突然襲われて従魔を誘拐されたんです」

「それはまた、大変でしたな」

平然とそう言う公爵を横目に、俺は厩舎の窓を見た。

そこには、いつもの大きさになったファルコが留まっている。

「おいで、ファルコ」

俺の声に甲高い声で一声鳴いたファルコが、滑るように俺の左の肩に飛んできて留まる。

「その際に、ファルコも一緒に攫われました」

公爵は、ファルコを見てわざとらしく首を傾げる。

「空を飛ぶ鳥がそう簡単に捕まえられますか？　単に転んだ拍子に逃げられたのでは？」

「それが公爵、ギルドにもその事件の目撃情報が数多く寄せられております」

すかさず、ギルドマスターのアーノルドさんが口を挟む。

「目撃情報？」

「はい。その襲撃犯は、彼を背後からいきなり突き飛ばして転がし、彼と一緒にいた猫とオオタカを確保の網で捕らえて逃げたそうです」

「たかだか猫と鳥如きに、まさかそんな」

「そのまさかなんです。しかもその襲撃犯が、こちらの警備を担当している者達にそっくりでしてね」

ギルドマスターの言葉にも、公爵は平然としている。

「閣下は、この子達をご存知ですよね」

ファルコを見せる俺の言葉に、公爵は嫌そうに顔を歪めた。

「やめろ。言いがかりも甚だしい」

「貴方はここで襲撃犯の男達を前にして、タロンとファルコを用意していた檻に入れさせ、鳥はいらないから処分しろって仰ったんでしょう？」

ファルコを撫でながら俺がそう言うと、公爵の眉がまるで生きているみたいにピクピクと跳ねる。

「何の話だ？」

俺は、公爵を正面から睨みつけた。

「ご存じないようですが、魔獣使いは従魔達と話が出来るんです」

驚きに目を見開く公爵に、俺はさらに畳み掛ける。

「それから、そちらの執事さん。ご子息が可愛がっていたウサギを蹴り飛ばして、猟犬が放し飼いになっている庭に捨てたでしょう？」

坊ちゃんが、悲鳴を上げて執事を見る。

「何を証拠にそんな事を！」

怒ったその言葉に、ファルコが一声鳴いて舞い上がり、執事の頭上ギリギリを急旋回して戻ってきた。

驚いた執事は、悲鳴を上げて腰を抜かしている。

「全部ファルコから聞きましたよ。貴方達が思っている以上に、動物達は人間のする事を見ています。そして言葉だって解っている」

その言葉に目を見開いた公爵は、厩舎に繋がれた馬を見て首を振る。

「ま、まさか……そんな事、あり得ん」

その時、シャムエル様が俺の肩に現れて耳を叩いた。

「第三段階を解放する」

神様の声でそう言って、またすぐに消える。

「じゃあ聞いてみましょう。お前は閣下の馬なんだろう？　最近、いつ彼をその背に乗せたんだ？」

厩舎の奥には、間違いなく公爵の馬だとひと目でわかる立派な馬が繋がれている。俺はその馬に優しく話しかけた。

「そうね、六日前にお出掛けしたわ」

俺の質問に馬が教えてくれる。

「へえ、六日前に出掛けたのか。どこへ行ったんだ？　なになに？　スヴェン伯爵の所へ行って、ココ夫人って人と一緒に遠乗りに行ったのか」

俺が、馬が答えた言葉をその通りに繰り返すとアーノルドさんがいきなり吹き出し、公爵は悲鳴を上げて俺に飛びかかって来た。

「分かった。分かったからそれ以上言うな！」

俺の口を必死で押さえる公爵を見て事情を察した。また別の浮気相手かよ。ってか、公爵……まだ懲りていないのか。

何となく気不味《きまず》い沈黙が落ちる。と、突然あの暴力執事が叫んだ。

「貴様はあれだけの騒ぎを起こしておいて、奥様を悲しませておいてまだ懲りないのか！」

今度は俺達が驚きに目を見張る。

「言ったはずだ。次は容赦しないと！」

顔を真っ赤にしてそう叫んだ執事は、いきなりナイフを抜いて公爵に襲い掛かったのだ。

情けない悲鳴を上げて逃げる公爵だが、背後から襟元を掴まれて倒れる。


考えるより先に、体が動いていた。

俺は咄嗟に腰の剣を抜いてナイフを弾き飛ばし、そのまま執事の首筋ギリギリで剣を止めた。

「動くな！」

暴力執事は、自分に向けられた剣を見てガタガタと震えている。

「お、お助けを……」

「人にナイフを抜いて襲い掛かった奴の台詞《せりふ》じゃねえぞ」

呆れたようにそう言いつつ、俺は途方に暮れていた。まさかのここで内輪揉め発生、しかも刃《にん》傷《じょう》沙汰《ざた》付き。これは予想外が過ぎる。

助けを求めて振り返ると、俺の仲間は全員揃って今にも吹き出しそうな顔をしていた。

「なあ、面白がっていないで助けて欲しいんだけど、これ、どうすればいいと思う？」

心底嫌そうにそう言った俺は……間違ってないよな？

「なあ、マジで何とかしてくれないか、これ」

大きなため息と共にもう一度そう言うと、暴力執事を捕まえたハスフェルが、取り出したロープでぐるぐる巻きにしてくれた。それを見て俺も剣を納める。

「アーノルド、すまないが後始末を任せても良いか？」

そう言ったハスフェルは、ぐるぐる巻きの暴力執事をアーノルドさんに向けて放り投げた。

潰れたような悲鳴を上げて転がって来たそれを片足で踏んで止めたアーノルドさんは、苦笑いしつつも頷いてくれた。

「了解だ。お前さんには借りが山ほどあるからな」

そう言って頷き、まだ立ち上がる事も出来ない公爵を振り返った。

「軍の保安担当者を呼びますよ」

大きなため息を吐いた公爵は、床に座り込んだまま頭を抱えた。

「待ってくれ。騒動は困る」

「貴方の都合を聞く理由はありません。ですがまあ、場合によっては私の権限で内々に処理して差し上げましょう」

にんまりと笑うアーノルドさん。俺達は顔を見合わせてから黙って後ろに下がった。もう一人いた執事が坊ちゃんの手を引き、一礼して下がろうとした。

その時、坊ちゃんがその執事の腕にすがりつくのが見えて驚く。

「やっぱり僕はハンスが良い」

坊ちゃんの甘えるような小さな声に、ハンスと呼ばれたその執事は、暴力執事とは対照的な優しい笑顔になる。

「ハンスは息子の担当執事だったのだが、このマイヤーを妻から押し付けられて、それがもう口《くち》煩《うるさ》くて……」

厩舎を出て行く坊ちゃんと執事を見て、モゴモゴと公爵が言い訳する。

「要するに、奥さんから付けられた監視役の執事が口煩くて邪魔だから、息子の温厚な執事と交代させていた?」

思わず突っ込んだ俺の言葉に、アーノルドさんだけでなく、ハスフェル達までが揃って吹き出した。

「身も蓋もない言い方だが、まあ間違ってないな」

「うわあ、最低」

公爵は、頭を抱えて床に屈み込んでしまった。

「ほら立ってください。そんな事をしていても、ここから消えてなくなるわけでなし」

アーノルドさんの言葉に、公爵が立ち上がる。

「閣下。まずは彼に正式な謝罪を。彼は貴方の配下の者から一方的な暴力を受け、大切な家族を攫われました。それに貴方も無関係ではありませんよね?」

アーノルドさんの言葉に、公爵は俺を振り返った。

「心からの謝罪を。本当に申し訳ない。私は子供の頃にオオタカに噛み付かれて、もう少しで指を失うところだった。おかげで今でも鳥は苦手でね」

うつむく公爵の話を聞いて、俺は考える。

そのオオタカは、子供に不用意に触られて嫌がって噛み付いたのだろう。だけどオオタカの鋭い嘴《くちばし》に本気で噛まれたら、子供の指なんて……それを考えるとそのオオタカは、ちゃんと加減して噛んでいるんだよな。

「閣下、今更かもしれませんが触ってみますか?」

思わずそう言ってしまった。

「構わないだろう?」

小さな声でファルコに聞くと、頬を膨らませて頷いてくれた。

左腕に留まらせたファルコを差し出すと、恐る恐る手を伸ばした公爵は、そっとファルコの背中を撫でた。

「おお、柔らかい……」

そう呟くと、遠慮がちにファルコの首の辺りも何度も撫でる。

「ここを触ったら不意に噛まれたんです。血が出て大泣きしましたよ」

苦笑いしながらもう少し触って手を引いた。

「ありがとうございます。おかげで少しは怖くなくなりました」

「それなら良かった」

俺は笑ってファルコを撫でてやった。

色々ともう、どうでもよくなって来た。俺の怒りって長続きしないんだよな。まあ、俺に直接暴力を振るった奴らにはしっかり仕返ししたし、もう良いか。

アーノルドさんを見ると、彼は大きく頷いた。

「これで良いか？」

「ええ、謝罪は受け入れました」

頷く俺に、公爵はもう一度、今度は頭を下げて謝ってくれた。

「じゃあ、後はこっちだな」

ぐるぐる巻きになって転がっている暴力執事に、俺はマックスを連れて近寄った。

「嫌いな動物を無理に好きになれとは言わないが、暴力は駄目だぞ」

話しかけたが無抵抗の執事はそれどころではないみたいだ。何しろ、顔のすぐ横でマックスが鼻息荒く匂いを嗅ぎまくった挙句に大欠伸をしたのだから。

剝き出しになった巨大な牙を見た執事が気絶する前に、襟首を引っ摑んで顔を寄せた。

「嫌いなのは結構。だが存在を認めろ。弱いものに暴力を振るうな。俺が言いたいのはそれだけだ」

驚く暴力執事に、俺は頷いた。

「動物を嫌いなのはお前さんの自由だよ。だけど、それを他人に強要するな、認めろ。それだけだよ。簡単だろう？」

必死になって頷く暴力執事を、俺は手を離して床に転がした。

「で、これ。どうするんですか？」

振り返ったアーノルドさんの足は、またしても暴力執事を踏みつけている。

「ロープは返してもらうよ」

ハスフェルがそう言い、アーノルドさんが足を上げるタイミングに合わせて力一杯ロープを引っ張った。

当然、暴力執事はまたしても勢いよく厩舎の床を転がって行き、ニニの脚に当たって止まる。

悲鳴を上げて転がって逃げ、そのまま壁際で頭を抱えて固まってしまった。

「そこまで怖がられたら、傷つくよなあ」

ニニの側へ行き、そのもふもふの首に抱きつきながらそう言うと、呆然と俺を見上げる暴力執事と目が合った。

「暴力は駄目だけどさ。確かにあの公爵には、監視役が必要そうだ」

肩をすくめてそう言ってやると、ため息を吐いた暴力執事はようやく立ち上がった。

「もう暴力は振るいません。約束します。それから奥様に連絡して、旦那様の監視の人数を増やしていただきます」

ゆっくりと起き上がった暴力執事は、改めて頭を下げてそう言った。

もう、これ以上介入する気は無いから後は好きにやってくれ。

「帰ろう。腹が減ったよ」

ため息を吐いて振り返った俺の言葉に、ハスフェル達もうんざりしたように頷いてくれた。

「帰ろう。もう、本当にいい加減にしてくれって気分だよ」

もう一度大きなため息を吐いてそう言い、ニニの鼻先にキスをしてから振り返った。

その時、厩舎の外で声が聞こえた。

「ねえベン、あの魔獣使いの方はお帰りになった？」

「いけません、坊ちゃま、お部屋にお戻りを」

さっきの、ハンスとか言う坊ちゃん担当の執事の声も聞こえる。

「ここにいますよ」

大きな声で返事してやると、扉から坊ちゃんが顔を出した。

「あの、一つ聞いても良いですか？」

泣きそうな声でそう聞かれて頷く。

「ええ、良いですよ。何ですか？」

「あの……ホワイティは？　本当に死んじゃったんですか？」

目に涙を浮かべて必死になって尋ねるその姿に安心する。

「じゃあ、逆にお尋ねしますけれど、もしも助かっていたらどうするんですか？」

「お願いします！　返してください。僕、あの子が大好きなんです！」

ちらりと公爵を見ると、頷いたので改めて彼を見る。

「出来ますか？　生き物を飼うのなら、ただ可愛がれば良いだけではありませんよ」

坊ちゃんは真剣な表情で聞いている。

「生き物を飼うって事は、その子の命そのものを預かるって事です。例えば、日々の食事の世話やお掃除。住む場所を快適になるように整えてやり、飼っている子がおしっこやうんこをしたら、すぐに片付けてあげないといけませんよ」

俺がベンさんを横目で見ると、慌てたように彼は口を開いた。

「そうです。もちろん生き物ですから日々のお世話は絶対に必要です」

「手伝うよ。どうすれば良いの？」

頷いたベンさんが嬉しそうに詳しい説明を始めるのを見て、俺はアーノルドさんを振り返った。

「どうやら大丈夫みたいなので、あの子は返してやってもらえますか？」

「ええ、そんなあ。俺が飼う気だったのに！」

アーノルドさんのまさかの叫びに、俺達は揃って吹き出したよ。

アーノルドさん。たった一晩で真っ白なもふもふに陥落したみたいだ。やっぱりもふもふは良いよな。

結局、あのウサギは坊ちゃんのところに返される事になった。

暴力執事も一応心を入れ替えたようなので、もうこれ以上は関わらない事にする。万一何かあってもそれは公爵家の中の話だ。

それから、坊ちゃんが目を輝かせてマックス達を見るもんだから、順番に触らせてやったら、本当に大喜びしていた。

特に、ラパンとコニーが気に入ったみたいで、大きくなった二匹に歓声を上げて全身で抱きつく坊ちゃんはたまらなく可愛かったよ。

それから、オッドアイのタロンにも興味津々で、キラッキラに目を輝かせてタロンを何度も撫でて大喜びしていた。タロンがドヤ顔だったのは言うまでもない。

「僕、大きくなったら魔獣使いになりたいです！　どうしたら魔獣使いになれますか？」

まさかの、嫡男の魔獣使いになりたい発言に、公爵は困ったように苦笑いしていたよ。

だけど子供の将来が何処でどうなるかなんて誰にも分からないもんな。もしかしたらいつか、魔獣使いの公爵様や、貴族出身の、魔獣使いの冒険者が誕生する日が来るかもしれない。

そう考えた俺は、簡単なテイムの方法や、魔獣使いと従魔達との関係についての少し詳しい話をしてあげた。

坊ちゃんは真剣な顔で話を聞いてくれて、捨てられた従魔がその後どうなるかって話では、ベンさんと一緒になってポロポロと涙をこぼしながら、小さくなったラパンとコニーをまた抱きしめていた。他の従魔達も、いつまでも泣き止まない坊ちゃんの側から離れようとしなかった。

最初は嫌そうに一緒に聞いていた公爵も、最後には真剣な顔で何度も頷いていたから、命の大切さを分かってくれたみたいだったよ。

満面の笑みの坊ちゃんに見送られて、俺達は公爵邸を後にしたのだった。


「はあ、ものすご〜く疲れたよ。しかし、原因がここまで馬鹿馬鹿しい騒動ってのも珍しいんじゃ

あないか？」

「全くだな。しかもお前は完全に巻き込まれた災難だったよな」

ハスフェルの笑った言葉に、俺は心の底から頷いたよ。

「このあとは、俺達は従魔達を狩りに連れて行くから、ケンは好きなだけ買い物でも料理でもしてくれ」

「絶対にストレス溜まっていそうだから発散させてやってくれよ。ってか俺も発散したい！」

思わず叫んだ瞬間、ハスフェル達三人がにんまりと笑った。

「それなら明日はお前も一緒に来い。良い狩場を見つけたんだよ」

「たまには戦っておかないと、体が鈍《なま》るぞ」

「全くだ。せっかく頑丈な体を貰ったんだから、使わない手はなかろう」

ハスフェルだけでなく、ギイとオンハルトの爺さんにまでそう言われてしまい、あっという間に明日の予定が決まったみたいだ。あれ？

第54話　従魔登録と大宴会！

部屋に戻り、作り置きで遅い昼食を済ませた後は、のんびり寛いで過ごした。

「ああ！　忘れてた！」

唐突に叫んだ俺に、ハスフェル達が飛び上がる。

「どうした、何を忘れた？」

「騒ぎのおかげですっかり忘れていたけど、ハイランドチキンの肉を引き取ってこないと」

「ああ、良いな、じゃあ晩飯はそれで頼むよ」

「了解、ちょっとギルドへ行ってくるよ」

笑ってアクアゴールドの入った鞄を持ち、ギルドの建物に向かう。


「おう、お前さんか。今度は何だ？」

カウンターにいたアーノルドさんに一礼する。

「あの、お願いしていたハイランドチキンの肉って、もう出来ていますか？」

そう言った瞬間、アーノルドさんは吹き出した。

「もちろん出来ているよ。肉以外は全部買い取りで良いんだよな？」

「はい、それでお願いします」

そのまま奥へ通されて、先に買い取り金額と口座振り込みの明細をもらう。それから、冷蔵室で肉の塊を大量に受け取った。

「今回は冒険者の皆さんにもお世話になったし、よかったらハイランドチキンのお肉、ご馳走しますよ。材料持ち込みで焼肉パーティーの出来る場所って有りませんか？」

受付に戻ったところでそう言うと、アーノルドさんが驚いた顔で俺を見るので、にっこり笑って頷いてやる。

「それなら、ここの屋上に大きな焼き台があるから使ってくれ。火はギルド所有の大型コンロを貸してやるよ」

「じゃあ、お借りします」

俺達の会話を聞いていた周りの冒険者達が、いっせいに黙って身を乗り出すようにしてこっちを見た。

「って事らしい。感謝しろよ、お前ら」

アーノルドさんがそう言った瞬間、ものすごい大歓声が起こった。

「ハイランドチキンなんて食った事ないぞ！」

「すげえ、一生に一度の機会じゃねえか！」

大喜びで大騒ぎする冒険者達を見て、俺はアーノルドさんを振り返った。

「お酒の買い出しを頼んでも良いですか？」

そう言って、鞄から金貨の入った小さめの巾着を一つ取り出す。

「お前……これだけあれば樽で買えるぞ」

「あはは、お任せしますので、どうぞお好きに」

返そうとするのを押し返して、鍵の束を持った職員の人と一緒に階段を上がって行った。


頭上には、まだ明るい空が広がっている。

なかなか広い屋上で、中央には大きな焼き台が三台並んで設置されているし、壁際には二段の水槽になった広い水場が作られている。職員さんが水の栓を開けてくれると、水槽に水が流れ出した。

それを見た俺は、ハスフェル達を念話で呼び出した。

『おおい、ギルドの屋上を借りてお世話になった皆に焼肉をご馳走する事にしたよ。俺はここで準備をするから、適当に上がってきてくれるか。それからアーノルドさんに、軍資金を渡して酒を買いに行ってもらったよ』

俺の言葉を聞いた三人が、一斉に吹き出す。

『確かに、色々と手伝ってもらったみたいだし、良いんじゃないか。じゃあ、俺達もそっちへ行くよ』

『おう、よろしく』

笑った気配がして念話が途切れる。

「水槽が汚れているから綺麗にしま〜す！」

流れる水を見たスライム達が、そう言いながら水槽の上下両方に飛び込んでいく。

「お掃除完了！」

「もうこれで全部綺麗になったからね！」

しばらくするとアクアとサクラに続いて他のスライム達も水から出てきて、こっちを向いて並んだ。またお手伝いしたいんだろうな。

合計三箇所の大型コンロを設置出来るようになった焼き台を見て考える。

「ありがとうな。なあ、お前らの浄化の能力で、あの汚れた焼き台とその周りも綺麗に出来るか？」

「了解、ちょっと待ってね」

得意気にそう言うと、スライム達が焼き台のあちこちに張り付いてモゾモゾと動き出した。

「おお、綺麗になった」

傷やひび割れはそのままだが、明らかに綺麗になっている。

「こんな感じでいかがですか？」

「いかがですか〜？」

アクアの言葉に、他の子達も声を揃えて得意気だ。

「おお、完璧だよ」

「わ〜い、褒められた！」

嬉しそうに跳ね回るスライム達を見て和んでいると、ガタガタと音がしてアーノルドさんがギイと一緒に大型コンロを持ってきてくれた。

振り返ると、アーノルドさんが不審そうに俺を見ているのに気が付いた。

「ええと、どうかしましたか？」

睨まれる覚えが無くてそう尋ねると、アーノルドさんは持ってきたコンロを設置してから俺に向き直った。

「お前、そのカラフルなスライム達は何だ？」

「え？　何って……俺の従魔達ですけど……ああ！」

アーノルドさんのその表情の意味が分かって焦る。

「うわあ、すっかり忘れていた。すみません、ちょっと行って従魔登録してきます……ギイ！　レインボースライム達、誰も従魔登録してねえよ！」

「ああ！」

同じくコンロのセッティングを終えて振り返ったギイも叫ぶ。

「ちょっと待て、お前ら全員か？」

「サーセン！」

声を揃えて叫んだ俺とギイは、慌ててスライム達を全員回収して階段を駆け下りて行ったのだった。

「すみません！　従魔登録をお願いします！」

ギイが念話で呼んだハスフェルとオンハルトの爺さんも駆け込んで来て、四人揃って無事にスライム達の従魔登録を終えたよ。

「別に、未登録でも罰則があるわけではないが、今回の誘拐された従魔達のように、本人に非が無くとも巻き込まれて問題が起こる事だってあるからな」

降りて来た真顔のアーノルドさんにそう言われて、俺達は改めて頭を下げたのだった。

次からは、テイムしたら即登録だな。

「じゃあ、ちょっと上で準備をして来ます」

ベリーに宿の留守番組はお任せして、ハスフェル達も一緒に屋上へ上がった。

二人は慣れた様子で階段横の倉庫へ行き、オンハルトの爺さんも手伝って取り出した大きな机を並べ始めた。

俺はいつもの机の上に、ハイランドチキンの胸肉の塊を取り出した。

「なあ、ギルドに大きなお皿かお椀みたいなものがないかな。切った肉を入れたいんだけど。俺が持っているのだと、ちょっと小さいんだよな」

振り返った俺の言葉に、ギイが手を挙げて階段を駆け下りて行ってくれた。

しばらくすると、ギイと一緒にアーノルドさんとギルドの職員さん達が、大きなトレーやボウル、それから大小のお皿やカトラリーを大量に持って来てくれた。

「これを使ってくれ。それとこれもいるか？」

そう言って取り出したのは、最大１メートルの、大小の金串だ。

「おお、素晴らしい。じゃあ使わせてもらいますね」

笑って受け取ると、アーノルドさんはハスフェルと何か話して、そのまま職員さん達を連れて降りて行った。

俺は大型コンロがセッティングされた焼き台を振り返る。

「なあ、グラスランドブラウンブルやブラウンボアの肉の塊なら、そこで丸焼きに出来ないかな？」

一番長い金串を持ってそう言ったら、三人同時に吹き出した。

「任せろ、それなら俺達が焼いてやるよ」

大量にある野生肉《ジビエ》の消費も出来そうなので、大きな塊を幾つか取り出して渡しておく。

金串にぶっ刺した塊肉を嬉々として焼き始めるのを横目に見つつ、俺は鶏肉の下ごしらえを始めた。と言っても、見本を切って見せるだけで、あとは全部スライム達がやってくれる。

グラスランドチキンも取り出し、同じくぶつ切りにする。それとざく切りの玉ねぎも串に刺して見せ、残りはスライム達にやってもらった。

「野菜は……キャベツと芋、後は玉ねぎかな」

多分、肉があればいいような気もするが、一応野菜も適当に切っておく。

それから、手持ちの調味料で焼肉のタレと照り焼きのタレも大量に作っておき、大きな鉄板に肉と野菜を並べて焼き始めた。

脂のはぜる音が響き、焼けた肉のいい香りが広がり始めた。

俺は焼けた肉を先に一通りお皿に貰い、小さい方の机に置いた。別の小皿を取り出して、おにぎりも取り出して一緒に置く。

「これはシルヴァ達の分な」

そう言って、黙って手を合わせて目を閉じる。

頭を軽く撫でられる感触に目を開くと、あの手がお皿を撫でて消えるところだった。

それを見て笑ったハスフェルが、階段に向かって大きな声で呼びかけた。

「おおい、もう上がって来ても良いぞ」

すると大歓声と一緒に、ドタドタと冒険者達が上がって来た。

山盛りの肉の塊を見て、拍手が沸き起こる。

「その塊肉はグラスランドブラウンブルとブラウンボア。こっちがハイランドチキンとグラスランドチキンだよ。まだまだあるからお好きにどうぞ!」

説明して追加の肉のトレーも並べる。スタッフさん達が大量の酒の入った木箱を抱えて上がってきて、また大歓声が上がる。

「酒も肉もケンの奢りだ。感謝して食えよ」

アーノルドさんの大声に、また物凄い大歓声が上がる。

「ありがとうございます!　いただきます!」

全員が声を揃えてそう叫び、焼き台に突進して行った。

物凄い勢いで肉が駆逐されていくのを見て、自分も食べる事にした。

シルヴァ達にお供えしたお皿の肉を食べようとしたところで、いつものお皿を振り回しながらステップを踏むシャムエル様と目が合った。

「あ、じ、み！　あ、じ、み！　あ〜〜〜〜っじみ！　じゃじゃん！」

最後は足を前後に広げてお皿を突き出し、尻尾はぴんと伸ばされる。

「新しいポーズ、お見事〜」

笑って尻尾の先を突っついてやり、お皿を見る。

「ええと、おさがりだけど構わないよな？　それとも新しいのを取る？」

「それでいいよ。中のマナは減っていないからね」

「そうだったな。じゃあこれで良いな」

そう言って一切れずつ取り分けてやり、おにぎりも一口ちぎってやる。

「うわあ、どれも美味しそうだね！　では、いっただっきま〜〜〜す！」

雄々しく宣言したシャムエル様は、お肉の山に頭から突っ込んで行った。

俺もおにぎりを食べつつ、まずは照り焼きを堪能する。

ハスフェルに赤ワインを入れてもらい、ワインを飲んでからまた肉を口に入れた。

焼き台の周りでは、肉の争奪戦が繰り広げられている。皆笑顔で美味い美味いと大喜びだ。

それから、あちこちで何度も何度も乾杯の声が上がっている。

俺もシャムエル様と赤ワインで乾杯してから、新しい肉を取りに立ち上がった。

大宴会は日が暮れた後も遅くまで続き、追加で提供したお肉までほぼ駆逐された。

順調に消費しているとは言え、肉の在庫はまだまだあるよ。

そして肉が全部無くなる頃には、床のあちこちに寝落ちする冒険者達がゴロゴロと転がっていたのだった。

俺も今日はよく食ったよ。ご馳走様でした！


「さて、じゃあサクッと片付けとくか」

スライム達を鞄から出してやり、まずは散らかった酒瓶や食器等を綺麗にして片付けて、ギルドからの借り物はまとめておく。

散らかっている見覚えのない食器は冒険者達の私物だろうから、置き場所は変えずに汚れだけ取ってもらう。それから、焦げと汚れで大変な状態になっていた焼き台も全部まとめて綺麗にしてもらった。

「おお、相変わらず素晴らしい手際だな」

足元で跳ね回るスライム達を順番に撫でてやると、俺は床に転がるアーノルドさんの足を叩いた。

「じゃあ俺達は宿泊所へ戻りますよ。風邪引かないようにしてくださいよ！」

耳元で、大きな声でそう言ってやると、アーノルドさんは驚いたように飛び起きた。

「ああ？　えらく綺麗な焼き台だなあ。あはは……」

そう呟き、ご機嫌でまた寝てしまった。

「警告しましたからね！」

笑って耳元でもう一度そう言ってやってから、俺達は宿泊所へ戻った。


「ご馳走さん、美味かったよ。それじゃあな」

「ああ、おやすみ」

廊下でハスフェル達と別れて、自分の部屋に戻る。

「おかえりなさい」大騒ぎだったようですね」

笑顔のベリーに出迎えられて笑った俺は、飛びついてきたマックスの大きな首に抱きついた。

「ただいま。いやあ楽しかった。さすがに皆よく食うよ」

酔いの残ったふわふわした気分でそう言って、

「ご主人、お酒の匂いがしますよ。飲み過ぎです」

「問題解決の祝杯だから、今日は良いんだよ」

真面目なマックスの言葉に、笑って鼻先にキスをしてやった。

次にニニに抱きついて、気分良く目を閉じる。

「そこで寝ないで！　ご主人ったら！」

遠くでニニの声が聞こえたが、俺は気持ちよく眠りの国へ墜落していった。

第55話　休日の楽しみと飛び地での狩り

ぺしぺしぺし……。
ふみふみふみ……。
カリカリカリ……。
つんつんつん……。
「うん……」
起こされても全く目が開かない。
唸った俺は、もふもふのニニの腹毛に潜り込んで気持ち良く二度寝したよ。

ぺしぺしぺしぺし……。
ふみふみふみふみ……。
カリカリカリカリ……。
つんつんつんつん……。
不意に目を覚ました俺は、ゆっくりと起き上がった。
防具は外されていて靴も靴下も履いていない。いつもの寝ている時の格好だ。

「おはようご主人。起こす前に起きちゃったわね」

「せっかく張り切って起こそうと思っていたのに」

ソレイユとフォールが笑いながら俺の腕に頭突きをしてくる。

「おはよう、ちゃんと起きたもんなあ」

笑いながら二匹を揉みくちゃにしてやる。そしてここで、自分が床で寝ている事実に気付いた。

「ええと、これってどういう状況？」

俺の呟きに、マックスの腹の上にいたシャムエル様が大きなため息を吐いた。

「ニニちゃんに抱きついたまま、酔っ払って床で寝た人は誰でしょうね？」

「それは俺です。どうもすみませんでした」

何となくそんな気がしていたので、素直に謝る。

「でも、スライム達が張り切ってお世話していたよ。それでニニちゃんがもうここで寝るって言ったから、ケンもそこに寝かせたの。お酒は程々にね」

「あはは、昨日はさすがにちょっと飲みすぎたかな。でもそれ程残っていないからいい事にするよ」

そこですっかり明るい窓の外を見て、ちょっと焦る。

「ええと、ハスフェル達は？」

「三人とも、まだ熟睡中。そろそろ起こしても良いかな」

「じゃあ、もう起きるから、あいつらも起こしてきてくれるか」

頷いて消えるシャムエル様を見送り、ゆっくり立ち上がって思いっきり伸びをする。

いつもより若干体が硬い気がするので何度か肩を回し、軽く飛び跳ねて体を解《ほぐ》してからニニとマックスを撫でてやり、ウサギコンビとタロンもおにぎりの刑に処する。

フランマが飛びかかってきたので、抱きしめてもふもふな尻尾を堪能してから顔を洗いに水場へ向かった。


「ご主人、綺麗にするね」

跳ね飛んできたサクラが、一瞬で濡れた顔や体を綺麗にしてくれる。

「いつもありがとうな。ほら行け」

スライム達全員を水槽に投げ込んでやってから、部屋に戻って手早く身支度を整えた。

その時、頭の中に慌てたようなハスフェルの声が聞こえた。

『おはよう、すっかり寝過ごしたよ』

『おはよう。俺も気持ちよく熟睡したな』

『おはようさん。今からそっちへ行くぞ』

ギイとオンハルトの爺さんの声も聞こえて、俺は小さく笑った。

『おはよう。俺も今起きた所だよ』

『分かった、じゃあ後でな』

笑った気配が途切れる。

「それじゃあとりあえず、コーヒーでも淹れておくか」

そう呟いて、サクラからコーヒーセットを取り出してもらった。

しばらくして三人が部屋にやって来た。

淹れたてのコーヒーの横に、買い置きの屋台のホットドッグやサンドイッチ等を取り出してやる。

「今日は狩りに行くつもりだったのになあ」

苦笑いしたハスフェルの言葉に、ギイとオンハルトの爺さんも頷いている。

「ええと、お前らの腹は減っていない？」

振り返って近くにいたマックスに尋ねる。

「ええ、別に構いませんよ。そこまで飢えている訳ではありませんから」

ニニ達も顔を上げて頷いてくれた。

「それならもう、狩りは明日にして今日は休憩させてもらうよ。本当に疲れたもんな」

大きな欠伸をしてそう言うと、三人が揃って笑っている。

「まあ、旅をしていれば、自分には何の関係も無い災難に巻き込まれる事もあるが、それにしても今回のは酷かったな」

「全くだよ。それで、ちょっと聞いても良いか？」

コーヒーを飲みながらそう言うと、三人が驚いたように顔を上げた。

「最初に俺が広場で襲撃犯達に突き飛ばされた時、あれってお前らは気がついていたのか？」

三人は無言で顔を見合わせて苦笑いしながら頷いている。

「相変わらず、あり得ないくらいに鈍感だな。奴らがお前を異様に気にしていたから、俺達は少し離れて様子を窺っていたんだよ。武器を出すようならすぐに対処したんだが、いきなり突き飛ばした挙句、転んだお前さんには見向きもせずに従魔達を確保して逃げたものだから、俺達も驚いて一瞬反応が遅れたんだよ」

「それで、ケンの事はハスフェルとオンハルトに任せて。俺が鳥になって奴らの後を追ったって訳だ」

「へえ、そうだったんだ……ん？　今の、鳥になったって、何だよそれ？」

次の瞬間、笑ったギイの姿がかき消えて、座っていた椅子の背に一羽の鳥が留まっていた。

セキセイインコよりももう少し大きい、全体にやや薄緑色のそれは、街の中や、森の浅い場所でもよく見る小鳥だ。

驚きに目を開くと、また一瞬でいつものギイの姿に戻った。

「俺はこいつらとは違って、仮の姿を幾つも持っているんだ。それに俺とハスフェルは、人間と同じ姿の長命種族って事になっているから、正確には人間とは別の種族の扱いだぞ」

「何それ、そんな奴いるんだ？」

盃《さかずき》でコーヒーを飲んでいるシャムエル様を見る。

「ああ、ハスフェルとギイは、この世界の番人的な存在だからね。だけど、人の中にいて彼らだけが歳を取らないのは変でしょう？　だから、そう言う種族が少数だけど樹海にはいるって設定にしてあるんだ。でもまあ、知っている人は少ないよ。ギルドマスターや、一部の貴族や王族くらいだね」

また新たに知った衝撃の事実に、俺は無言で天井を振り仰いだのだった。

「何だよそれ。超レアキャラじゃん！」

叫んだ俺は……悪くないよな？


「さあて、休日だけど、俺は料理をするよ」

しばらくのんびりと寛いだ後、俺は立ち上がって大きく伸びをした。

オンハルトの爺さんはソファーで既に横になって寝ているし、ハスフェルは床に座ったシリウスにもたれかかってこちらも昼寝中。ギイは椅子に座っているが、どう見てもこれも寝ている。

マックス達は、ベリーと一緒に庭で日向ぼっこ中。広い庭は賑やかな事になっている。

「ま、たまにはこんな日があってもいいよな」

笑って肩を竦めた俺は、何から作ろうか考えてサクラを抱き上げて机に乗せた。

「よし、メインの揚げ物とご飯はあるから、作るならサイドメニューとスープ系だな」

まずは、ジャガイモを取り出してフライドポテト作りから料理開始だ。

「おお、良い匂いだな」

俺が揚げたてのポテトを一つ口に放り込んだところで、オンハルトの爺さんが匂いに誘われて起き出して来た。

「つまみ食いが美味しいんだよな」

笑って爺さんの口にも放り込んでやる。

「熱い！　だけど美味い！」

ハフハフ言いながらも喜んでいる爺さんの隣に、起きて来たハスフェルとギイもお皿を手に並んだ。

「つまみ食いどころか、食う気満々じゃねえか」

笑ってそう言いながらも、山盛りに取り分けてやる。

席に戻った三人は、なんとグラスと酒瓶を取り出したぞ。

「昼間の酒は、休日の楽しみだろうが」

何故かドヤ顔のハスフェルにそう言われて、俺は新しいポテトを油に投入しながら叫んだ。

「お前らだけずるい！　俺だって飲みたい！」

三人が同時に爆笑して、ハスフェルが俺の分のグラスも出してくれた。

「ええと、白ビールってあるか？」

「もちろん、じゃあこっちだな」

そう言って、白ビールを出してくれた。

この世界のビールは常温で飲むのが主流だ。だけど俺は揚げ物の真っ最中。はっきり言って暑い。

俺は冷たいビールが飲みたい。

渡されたグラスを見て、しばし考える。それから空の寸胴鍋《ずんどうなべ》を取り出した。

「ロックアイス、砕けろ」

寸胴鍋に砕いた氷をぎっしり入れて、そこにグラスをギリギリまで沈める。

これで冷えるだろう。多分。

「何をしている？」

立ち上がったハスフェルが、ポテトを齧りながら寸胴鍋を覗き込んで不思議そうにしている。

「なあ、この白ビールってまだあるか？」

「もちろん、もう一本いるか？」

ビール瓶サイズのそれを受け取り、瓶ごと氷の中に突っ込んだ。

「俺が元いた世界では、ビールは冷やして飲むのが主流だったんだよ。特に今日みたいに暑い日には、冷えたビールが美味かったんだよ」

「へえ、面白い事をするんだな」

感心したようにそう言って、また覗き込む。

「冷えるまで、もう少しだな」

冷えたビールは後の楽しみに置いておき、俺は揚げているポテトを箸の先でかき混ぜた。

スライスしてもらったジャガイモでポテトチップスも大量に仕込み、全部揚がったところで一旦休憩。氷の中に入れておいたグラスを取り出してみる。

「おお、グラスが冷たい。ビールはどうかな？」

立ったままぐいっと一口飲んでみる。

「おお、良い感じに冷えているぞ。よしよし」

満足して椅子に座り、揚げたてのポテトチップスを摘みに俺も冷えたビールを楽しんだ。

「良いね、休日って感じがするよ」

瓶ごと冷やしてあった新しいビールの栓を開けながら、やっぱり冷蔵庫を探そうと本気で考えていたのだった。

夕方近くまで、だらだらと飲んでは料理をするのを繰り返して過ごした。

さすがのハスフェル達も肉は見たくないらしい。結果、買い置きの焼き魚とおにぎり、味噌汁、だし巻き卵と大根とにんじんの酢の物という、定番の和食に落ち着いたのだった。

「じゃあ、明日はケンも一緒に狩りに行くか」

食後の緑茶を飲んでいると、ハスフェルがそう言って俺を見た。

「そうだな、確かに、たまには戦っておかないと動きを忘れそうだ」

スライム達に綺麗にしてもらった食器を片付けながらそう言うと、ギイとオンハルトの爺さんまでもが同意するようにうんうんと頷いている。

俺的には、別に無理して戦わなくても全然構わないんだけど、まあこれでも一応冒険者の端くれ。たまには働いておこうかな。

その日はそれで解散となり、部屋に戻るハスフェル達を見送って、俺も早々に休む事にした。

今日は、防具は身につけていなかったので、顔と手足だけ軽く洗ってサクラに綺麗にしてもらえばそれで寝る準備完了だ。

「さあ、今夜はちゃんとベッドで寝るぞ」

振り返ると、既にマックスとニニはベッドに寝転がって寝る準備万端だ。

「それじゃあ、今夜もよろしく！」

そう言って二匹の間に潜り込む。ウサギコンビが背中側に潜り込んだ。

一瞬早くフランマが俺の懐に飛び込んで来る。

競り負けたタロンが、俺の顔の周りをぐるぐると悔しそうに歩き回ってからベリーの所へ飛んで行った。

「それじゃあ消すね」

アクアの声がして、部屋のランタンが消されて真っ暗になる。

「お休み、明日は久し振りに狩りに行くんだってさ……」

もふもふの腹毛に顔を埋めたところまでしか、俺の記憶は無い。気持ち良く、眠りの海に墜落して行きましたとさ。


翌朝、いつものモーニングコールチームに起こされた俺は、まだ少し眠い目を擦りながら顔を洗って身支度を整えた。

先にベリー達に果物を山盛り出してやり、スライム達は順番に水場に放り込んでやる。

そこまでした所で、ハスフェルから念話が届いた。

『おはようさん、もう起きてるか？』

『おう、おはようさん。もう俺は準備完了。今ベリー達が果物食ってるところだ』

『じゃあ、少し早いが軽く食って出掛けるとしよう。シリウスが思い切り走りたいって言ってるから今日は地上を行くぞ』

「ああ良いな。じゃあ俺もマックスを思い切り走らせてやる事にするよ」

思わず声に出して答えると、マックスがすごい勢いで顔を上げてすっ飛んで来た。

「良いですね、思い切り走りましょう。ご主人！」

尻尾をブンブン振り回すマックスに抱きついて、俺も笑った。

「俺も思い切り走りたいよ。よろしくな」


食事を終え、従魔達も全員連れて出発した。

ハスフェルとギイ、俺とオンハルトの爺さんの順で、二列並びで城門を抜け早々に街道を外れて林の中に駆け込んで行ったのだった。

林を抜けた先で、突然マックスが一声吠えて軽く跳ねる。目の前には広い平原が広がっていたのだ。少し離れて走っていたシリウスとデネブも遠吠えのように鳴いて、三匹が一気に加速する。

「速え！　でも気持ち良い！」

思わず大声で叫ぶくらい気持ち良かった。

「確かに、気持ち良いな」

ハスフェル達の笑う声が聞こえて、俺も声を上げて笑った。

さて、今日のジェムモンスターは、どんなのが出るんだろうね？

鬱蒼としたその森は、今まで入った多くの森と違っていばらのような硬い茂みがあちこちにあり、なかなか進む事が出来ずに苦労していた。しかも切り払ったいばらは鋭利で怪我をしかねない。

相談の結果、途中からはギイに金色のティラノサウルスになってもらい、いばらの茂みをバキバキと踏んで叩き折って強行突破していったのだった。

しばらく進み、ギイが元の姿に戻る。

「到着したぞ」

デネブに軽々と飛び乗ったギイは、笑って自分が踏み倒した茂みを乗り越えて進んで行った。

後に続いて茂みを越えたところで、俺は思わず声をあげた。

森から出てすぐ、岩だらけのゴツゴツした地面、丁度水が枯れた河原みたいな光景が50メートルくらい広がっている。

その先に見える草原は、所々にポツンと巨大な木が植わっているだけで、一面に広がる稲のような草が、時折吹き付ける風に波打っていた。

しかし、大きさがおかしい。その草がどう見ても俺の背丈よりも大きいくらいなのだから、あの巨大な木の大きさは……推して知るべし。

「ええと、ここが目的地？　これなら、あんな苦労して森を抜けて来なくても空から来られたのに」

しかし、ハスフェルとギイは苦笑いして首を振った。

「いや、ここは閉鎖空間だから無理だよ」

「閉鎖空間？」

頭上には青空が広がっているように見えるが、不審に思いつつ改めて見上げてようやく気が付いた。

よく晴れている空なのに、真上にある筈《はず》の太陽が無い。

「ここは言ってみれば森の中にある、空間が歪んだ場所なんだよ。滅多に出ないが一旦出現すると数十年は固定される」

「ここはつい先日出現したばかりの、まだ誰も到達していない未知の場所って訳だ」

嬉々としてそんな恐ろしい事を言う彼らに、俺は気が遠くなった。

「待って！　そんな恐ろしい場所に気軽に連れて来るんじゃねえよ！」

叫んだ俺は、間違ってないよな？

俺の全力の抗議も虚しく、進む事は既に決定している。

しかもビビっているのは俺だけで、やる気満々な従魔達を始め一緒について来ているベリーとフランマまで、身を乗り出すようにして早く行こうと大喜びしている。

やっぱり、行く先に関する俺の決定権はゼロの模様……しくしく。


嬉々として進む三人を追いかけ、一番近くにあった巨木の側に到着する。

「どうだ？」

「ふむ、かなり高い場所にいるな」

「確かに手が届かないな。じゃあ、ファルコかプティラに頼んで落としてもらうか」

三人の声が聞こえて、俺は無言で左肩に平然と留まっているファルコを見た。

「なあ、ファルコにはここに何がいるか分かっているんだよな？」

恐る恐る尋ねると、俺を見たファルコは当然と言わんばかりに軽く羽ばたいてから頷いた。

「もちろんですよ。ご主人の目でも見えませんか？」

見えて当たり前のように聞かれて、俺の方が面食らった。

「ええと、待ってくれ。あの木にいるんだよな？」

頷くファルコを見て、ビビりつつも改めて木をよく見てみる。

「特に何も……ええと、あ、あれか？」

ハスフェル達の視線を辿って見てみると、幹の一部が不自然に見える事に気がついた。そこだけが盛り上がっていて幹の柄も微妙に違う。

「なあ、もしかして……あれ？」

頷いたファルコはまた大きく羽ばたいた。そのまま軽々と舞い上がる。

「ご主人、とりあえず一匹叩き落としますから見ていてくださいね」

得意気にそう言うと、巨木に向かって一気に飛んで行った。

慌ててマックスに合図を送り、巨木の近くに行ってもらう。

急降下してきたファルコが、先ほどの奇妙に盛り上がっていた部分に突っ込み、大きな鉤爪でその部分を毟《むし》り取ると、剝がれた塊がハスフェルの目の前に落ちる。

「よし、落ちた！」

嬉しそうなハスフェルとオンハルトの爺さんの声が聞こえて、俺は身を乗り出すようにして彼らの足元を覗き込んだ。

「うわあ、あれってカブトムシか？」

落ちていたのは、全長2メートル近くある巨大なカブトムシだったのだ。

コロンとした丸い胴体と頭、細いゴツゴツとした六本の足、そして突き出した太い角！

形は正しくカブトムシだが焦げ茶色ではなく、白っぽい木の幹と同化するような不思議な色をしている。

「あれは、カメレオンビートル。見ての通り、カメレオンカラーは背景の色に同化する特性を持つ。滅多に見つからない超貴重なジェムモンスターだ。そして胴体の背中部分と頭の部分はとんでもなく硬い。なので、攻撃するなら柔らかい腹側だよ！」

まるでその声が聞こえたかのように、もう一度ファルコが突進してきて、足で引っ掛けて巨大なカメレオンビートルを転がしてくれた。

ハスフェルが腰の剣を抜いて、剝き出しになった腹側に剣を突き立てる。

一瞬抵抗するようにもがいたカブトムシは、あっけなくジェムになって転がった。

そして残されたのは、二枚の鎧のような硬い大きな羽と、角の付いた頭部だった。

「おお、なかなかの大物じゃないか」

オンハルトの爺さんが感心したように角の付いた頭部を拾う。

「それじゃあ、順番に戦うとするか。叩き落とすのはファルコに頼んでも良いか？」

オンハルトの爺さんの言葉に頷き、俺は左肩に戻って来たファルコにお願いした。


そして、俺達がカブトムシを順番に確保している間に周りの木では、カブトムシ掃討作戦が繰り広げられていた。

嬉々として、プティラやベリーの魔法で叩き落としたカブトムシ達を、先を争って叩きまくる従魔達。カブトムシ完全に雑魚《ざこ》扱い。

これはうちの従魔達が強すぎるんであって、多分、カブトムシって強いんだと思うぞ。

俺の順番が来て落としてもらったカブトムシはかなりの大物で、素材を確保した俺はまじまじとそれらを見てからオンハルトの爺さんを振り返った。

「なあ、ちょっと聞いて良いか？」

「おう、どうした？」

爺さんがこっちへ来てくれたので、俺は持っていたカブトムシの角のある頭部を見せた。

「ヘラクレスオオカブトの角は剣になるって聞いたけど、これは何になるんだ？」

「まず、こいつは強力な盾になる」

オンハルトの爺さんが指差したのは、足元に転がっている二枚の羽だ。

「この頭部は兜《かぶと》になる。お前さんも作ってみたらどうだ？　小振りな盾や、頭部を守る防具はあっても良かろう」

黙って手にした頭部を見た俺は突き出した角を見る。

「へえ、良いなそれ。じゃあ、バイゼンへ行ったら相談してみるよ。それでこの角は？　ヘラクレスオオカブトの角よりは短いけど、これもかなり強そうだな。剣にはならないのか？」

やや短いが、俺の腕ぐらいはありそうなかなり太い角だ。角の先端部分は、左右に枝分かれして鹿の角みたいに大きく広がっている。

「そいつは槍に加工される事が多いな。その枝分かれした先の部分は削って落とすが、これも良い精錬の際の素材になる」

「良いね、バイゼンへ行く楽しみが増えたよ。まあ、素材のどれを使うかは……後でじっくり考えることにします」

振り返った俺が見たのは、ドヤ顔で戻って来ている従魔達で、隣ではベリーまで満足気な顔で笑っている。

「とりあえず、我々が確保した分は、適当に分けてスライム達に預けていますからね。後で確認しておいてください」

「了解。そんなにあるんなら、この素材って売っても良いよな？」

何となく、隣にいるオンハルトの爺さんにそう尋ねる。

「後で見てやるから、良い物は幾つか手元に残しておけ。残りはバイゼンで売ってやればいい。たとえ一つでもドワーフ達は間違いなく狂喜乱舞するぞ」

俺の持っている頭部を突っつきながら笑ってそう言ってくれた。

「じゃあ、鑑定よろしくお願いします」

苦笑いするオンハルトの爺さんに、俺は頭を下げた。

「簡単に手に入るから、あんまりありがたみは無いけど、やっぱりこれってレアアイテムなんだな」

小さく呟いた俺の言葉に、オンハルトの爺さんは堪える間も無く吹き出した。

「おいおい、尽くし甲斐の無い奴だな。言っておくが、上位冒険者でもこの閉鎖空間に来るのは容易ではないぞ。つまり、そこでしか手に入らない素材の貴重さは……な、分かるだろう」

「あはは、ありがとうございます。ありがたく使わせて頂きます！」

「おう、任せろ。これも後で残す分には俺から守護を与えておいてやろう」

「よろしくお願いします！」

思わず、直立してそう叫んだ俺を見て、オンハルトの爺さんは笑ってドヤ顔になっていたよ。

そうだよな。つい忘れそうになるけど、鍛冶と装飾の神様なんだもんな。専門分野じゃん。

うん、とりあえず拝んでおこう。


「なあ、腹が減ったよ。そろそろ飯にしてくれるか」

ハスフェルとギイの揃った声に、振り返った俺もそう思っていたので笑って頷いたのだった。

「じゃあ何か作るか。その前に、ここで食べるのか？　それとも一旦外へ出るのか？」

今いる場所は、木の根元の足元が隠れる程度の草しか生えていない場所だから、まあ机を出そうと思ったら何とかなる。

「いや、まだ出るから帰らないぞ。簡単に食べられそうな作り置きはあるか？」

ハスフェルにそう言われて、俺は机と椅子を取り出して、屋台の買い置きを色々と出してやった。

食べようとして気が付いた。シャムエル様がどこにもいない。

「あれ？　シャムエル様は？」

「ああ、祈りの時間だ。気にしなくて良い。奴の貴重な仕事だからな」

「祈りの時間？」

おにぎりを手に振り返る。

「つまり、創造神の信者達が祈る時間さ。なので、奴は祭壇に座って、その間は大人しく見ているんだよ。自分を祀《まつ》り祈ってくれている人達をな」

「へえ、お昼に時々いなくなるのはそういう事か、そりゃあ行かないとな」

苦笑いした俺は、疲れて帰ってくるであろうシャムエル様の為に、おにぎりをひとかけらと、他にも適当に取り分けて置いておくことにした。


食後に改めて緑茶をいれて飲んでいると、机の上にいきなりシャムエル様が現れた。

「ああ！　急いで戻ってきたのに、ご飯が無いよう」

机に突っ伏して、空になったお皿を両手で叩いて悔しがっている。

「ケンと違って、お前は別に食わなくても問題なかろうが」

呆れたように、隣に座っていたギイがシャムエル様の尻尾を突っつく。

「おう、何だこれ。ケンが喜ぶ気持ちがちょっと分かったぞ」

そう言って笑ってシャムエル様の尻尾をくすぐる。

「私の大事な尻尾に何するの！」

尻尾を取り返してギイの指を蹴飛ばす。

「はいはい、拗ねない拗ねない。ちゃんと取ってあるから安心していいぞ」

笑って、サクラが預かってくれていた小皿を出してやる。

「ありがとうケン！　やっぱり君は分かってくれてるよね！」

嬉しそうに俺の腕にすがり付いたシャムエル様は、ドヤ顔でギイを振り返った。

「では遠慮無く」

食べ始めて無防備な後頭部から尻尾を撫で回してやった。

「おお、堪らんよ。このもふもふ」

その瞬間、空気に殴られた俺は座っていた椅子から吹っ飛ばされたのだった。


「さて、それじゃあそろそろ次が出るかな？」

しばらく休憩した後、オンハルトの爺さんがそう言って立ち上がり木を見上げた。

「次って？　さっきのカブトムシじゃあないのか？」

見上げた大きな木の幹には、カメレオンビートルの姿は見当たらない。

「あれは、一日一度しか出ないからな。残念ながら今日はもう終わりだよ」

「そうなんだ。じゃあ移動するのか？」

机や椅子を片付けながらそう尋ねると三人は笑って首を振り、近くの木を見上げた。

慌てて最後の椅子を片付けた俺は、ハスフェルの横に立って同じように大きな木を見上げた。

「何か見えるか？」

「ええと……」

目を細めて見てみるが、特に何も……？

「ああ、幹が動いたぞ、今！」

思わずそう叫んで身を乗り出す。

「見えたな。あれはカメレオンロングホーンビートル。大きな顎には気を付けろ、噛まれたら、人の腕くらい簡単に切れるぞ」

僅かに動いているそれは、俺の身長くらいありそうな細身の甲虫だ。頭部には、身体の倍以上ありそうなごく細くて長い触角が見えて分かった。

「ロングホーンドビートルって、カミキリムシかよ！」

よく見ると木の幹のあちこちに、迷彩カラーの巨大なカミキリムシが蠢《うごめ》いている。

慌てて腰の剣を抜いた俺を見て、ハスフェル達も笑って剣を抜いた。

「あれの素材は、あの巨大な触角と前羽だよ。どちらも貴重な装飾品の素材になる、クーヘンに持っていってやれば喜ぶと思うぞ」

「了解。じゃあ体は傷付けないようにしないとな。頑張って確保するよ！」

さっきと同じでファルコに頼む。一声鳴いたファルコが木の幹ギリギリを飛んだ瞬間、カミキリ

…………………………………………………………………………


ムシ達がいっせいに逃げようとして落ちて来た。

頭と胴体の付け根目掛けて剣を振り下ろすと、身体の割に小さな頭がふっ飛んで、地面にジェムと素材が転がる。

どんどん湧いてくるカミキリムシ達を、ファルコとプティラが何度も落としてくれるので、とにかく斬りまくった。

一度、巨大カミキリムシがぶち当たって来た時に、巨大な顎を間近で見てしまい本気でビビった。

「腕って、もし切り飛ばされたら万能薬でくっつくかなあ」

叩き斬りながら思わず呟くと、隣にいたハスフェルに素材の触角で叩かれた。

「くっつく訳あるか！　だから言ったんだ。用心しろとな！」

「了解です！　絶対気を付けます！」

また飛んでくるカミキリムシを、腹側から斬りながら叫んだ。


「い、一面クリアーかな……」

まだ剣は持ったまま息を切らせた俺は、ようやく静かになった巨木を見上げた。

ファルコとプティラは一仕事終えて満足したのか、巨木の枝で毛繕いしてる。

辺り一面にはジェムと素材がゴロゴロと転がっていて、スライム達がせっせと拾い集めてくれている真っ最中だ。

「ご苦労さん、休んでてくれていいぞ」

笑ってそう言われて、俺はその場にへたり込んだ。

「はい、どうぞ。ご主人」

サクラが出してくれたのは、あの美味い水の入った水筒だ。

「ありがとうな。じゃあ遠慮無く」

一気に飲み干し、大きく息を吐く。

「美味い。ああ、身体に染み渡るよ」

もう一口飲んでからハスフェル達を見ると、揃ってまた木を見上げている。

「なあ、もしかして……まだ何か出るのか？」

恐る恐るそう尋ねると当然のように頷かれてしまい、俺は思わずその場に寝転がった。

「まだあるのかよ」

「何を言ってる、どれも滅多に手に入らない希少種の素材なんだから、取れるだけ取っていくぞ」

呆然と呟いた俺の言葉に、ハスフェル達が平然と答える。

「もうやだ、疲れた～！」

叫んだ俺は、悪くないよな？


「ほら、起きろ。もうそろそろ次が出るぞ」

ハスフェルに言われて渋々起き上がる。

「なあ。この木が地脈の吹き出し口で出現場所なら、どうして同じ箇所からこんなに何種類も出るんだ？」

今までなら、一つの地脈の吹き出し口から出てくるジェムモンスターは、一種類だったはずだ。地下洞窟でも、基本的にはそうだった気がする。

しかし、ここは一本の木から二種類以上のジェムモンスターが出現している。

遥かに高い巨大な木を見上げて俺が質問すると、隣にいたハスフェルが振り返った。

「言っただろう、ここはそもそも普通の場所ではない。森の中に出来た飛び地なんだよ。だから当然地脈の流れ方が違う」

「ええと、どう違うんだ？」

「この飛び地の場所そのものが大きな地脈の吹き出し口なんだよ。その強力な地脈の影響で巨大化した木が、更に地脈の流れを整えて引きつける。その結果、同じ箇所に複数のジェムモンスターの出現孔《しゅつげんこう》が出来たって訳だ」

成る程。さっぱり分からん。

「普通なら、出現したジェムモンスターはこの草地を抜けて、俺達が越えてきた草が全く生えていなかったあの場所へ到達する。あの場所は、ジェムモンスターは越える事が出来ない特殊な場所でな。そこに立ち入った瞬間、有無を言わさず外の世界に飛ばされる仕組みだ」

つまりあの水の枯れた川みたいな岩場全体が、ジェムモンスターの出口って訳か。

「ちなみに、ある一定時間内にあの岩場に到達出来なかった奴は、地脈に同化してジェムごと消滅して地脈に返り、またいずれジェムモンスターになって出現する。つまり、出て来た個体の全てが外の世界へ出る訳ではない。しかも、岩場から飛ばされたジェムモンスターが地上の何処に出るかはランダムなんだよ。更に一匹単位の上に、必ずしも人のいる場所に出るとは限らん。な、つまり滅多に会えない超珍しいジェムモンスターの出現って訳だ」

「へえ、それも凄いな。じゃあ本当に外の世界でここのジェムモンスターに会うのは、偶然以外は無いって事だよな」

感心したような俺の言葉に、横で聞いているギイとオンハルトの爺さんも笑って頷いている。

そして気がついた俺は、思わず手を打った。

「あ、つまり俺達があのヘラクレスオオカブトに会った時も、それだった訳か！」

笑った三人が頷くのを見て、俺も納得した。

確かにあの時も、突然一匹だけ出現したんだった。

まだこの世界の事を何も知らなかった頃だったから気にしていなかったけど、確かに改めて考えたら、あの一匹だけの突然の出現はあまりにも不自然だった。

「ああ、その通りだ。さて、そろそろ出るぞ。次はカメレオンシケイダみたいだな」

その言葉とほぼ同時に、妙な間延びするような音が聞こえて来た。

「何だ？　ああ、シケイダってセミの事か！」

見上げた巨木の幹には、多分1メートルクラスの巨大なセミがあちこちに湧いて出ていた。あの奇妙な音は、まんまセミの鳴き声だったよ。

「あ、しかも羽根が透明な奴と茶色いのがいる！」

嬉しくなった俺は、左肩のファルコを見た。

「これもまた落としてもらうのか？　だけどあれは、払ったらそのまま飛んでいきそうだぞ？」

「そうですね。私とプティラなら幾らかは捕まえられますが、恐らくほとんどはそのまま飛んで逃げて行ってしまいますね」

ファルコも困ったようにそう言って見上げている。

「なあ、どうする……何それ？」

振り返って見ると、ハスフェル達は何やら細長い棒状の物を取り出して組み立てている真っ最中だった。

「俺は複数持っているから貸してやるよ。ほら、自分で組み立てろ」

ギイに言われて、慌てて側へ行く。

渡されたのは、俺の背よりも長い棒で、やや先の方が細くなっている。一番太い根元の部分でも直径は15センチってところだ。

「ここに内蔵されているから、引っ張り出して長くするんだよ」

先の部分を覗き込むと内蔵式の釣竿みたいになっていて、2メートル弱くらいのその棒の中に、何段にも重なった輪っかが見えた。

真ん中の先端部分が妙に平らになった一番細いのを引っ張り出し、次々に引っ張り出していくと10メートル以上はある長い棒になった。

かなりしなやかだが、硬くて頑丈そうだ。

「この先の平たい部分にこれを付けるんだ。で、あのシケイダを貼り付けて捕まえるんだよ。お前が捕まえて落とせば、後は従魔達がやっつけてくれるぞ」

糊のようなのが入った缶を渡されて後ろを振り返ると、やる気満々のマックス達が並んでいる。

「これは、とりもちだよ。まあ、シケイダやドラゴンフライを捕まえる時くらいしか使わないが、一つは持っておいた方がいい道具だぞ」

ギイに言われて、俺は頷く。

竿を振り回すので危ないからと、ハスフェル達がそれぞれ離れた場所に展開する。

「じゃあ落とすからよろしくな！」

大きく叫んだ俺は、両手で貸してもらった棒を持ち、巨木の幹に叩き付けた。

ペタッと間抜けな音がして、大きなセミの背中に棒がくっつく。

棒を動かすと、見事に幹から棒にくっついたセミが剝がれる。

そのまま棒を後ろに倒すと、マックスが飛び上がって見事にキャッチして剝がしてくれた。

この世界のとりもちは、簡単に剝がれるみたいだ。

そのまままた木の幹に叩きつける。張り付いたのを確認して後ろに勢い良く振ると、勢い余って剝がれたセミが吹っ飛ぶ。

しかもどうやら、貼り付いたとりもちのおかげですぐに飛べないらしく、哀れに落下してくるところをニニに叩き落とされた。

「良いぞ、どんどん落とすからよろしくな！」

だんだん面白くなって来て、俺はもう必死になって棒を振り回した。

巨大なセミの素材は、当然あの大小四枚の翅《はね》で、一枚拾ってあまりの綺麗さに思わず声が漏れた。翅脈《しみゃく》が見事な模様を描いている。ゴールドバタフライの翅よりもはるかに薄くて繊細だ。

「細工物や、ランプのシェードとして使われるんだよ。これもバイゼンへ持っていけば大喜びされるぞ」

オンハルトの爺さんの言葉に、俺はただ頷くしか出来なかった。

ここは確かに凄いところだ。

ゴロゴロ転がっていたジェムと翅は、もう全て拾い集められていて一つも残っていない。

今日一日でどれくらいの金額になったのか考えて、ちょっと気が遠くなったのは……気のせいだって事にしておくよ。


「それで、この後はどうするんだ？　まだ何か出るのか？」

貸してもらった長い竿を戻しながら、俺は改めて巨木を振り仰いだ。

今は静かで見る限り何か出て来ている様子はない。

「そろそろ腹が減って来ているんだけど、時間はどうなんだ？」

さっきから気になっている、ここへ来てもうかなりの時間が経っているはずなのに、全く暗くならない空を見上げてそう尋ねると、ハスフェル達三人は顔を寄せ合って相談を始めた。

「どう思う？」

「ここは滅多に来られない上に、まだ一切手つかずの場所だからな。特にカメレオンビートルの素材とカメレオンシケイダの翅は、出来ればもう少し集めておきたい」

「そうだな。もう一度カメレオンビートルが出るようならもう一巡したい」

そこまで言って、ハスフェルが俺を振り返った。

「ケン、料理の仕込みはどんな感じだ？」

「ええと、まあ一通りの仕込みはしているから大丈夫だぞ。肉を焼いたりするのは、その場でも出来るしな。強いて言えば、サンドイッチ系をもうちょい作っておきたいくらいかな」

「それなら一泊しても大丈夫だな。じゃあここは一旦撤収して場所を変えよう」

そう言ってそれぞれの従魔に飛び乗る。

ギイに短くした竿を返してから、俺もマックスに飛び乗り三人の後を追った。


さっき来た茂みを越えて、広い岩場まで戻って来た。

「この辺りでいいかな」

ハスフェルとギイが周りを見回して頷き合い、ゴールドスライムになっていたそれぞれのスライム達に何か言っている。

「ケン、お前のスライム達も出してくれ。この辺りに野営用の空き地を作るぞ」

「ああ、スライム達に草刈りさせるんだな。了解」

張りきったスライム達が、俺の背より高い草をどんどん倒して飲み込んで溶かしていく。

「美味しい！」

「何これ美味しい！」

「本当だ。美味しいね！」

いきなりスライム達が騒ぎ出し、ものすごい勢いで周りの草を食べ始めた。

今のスライム達はバスケットボールくらいの大きさになっているから、とにかく仕事が早い。

あっという間に、ちょっとした運動場くらいはありそうな場所が確保された。

「ちょっとやり過ぎ。三人分のテントが設置出来ればそれで良いのに」

苦笑いしながら周りを見回してそう言うと、跳ね飛んできた得意気なアクア達を順番に撫でてやった。

「まあ、どうせ数日ですぐに元通りになるさ。気にするな」

笑ったハスフェルがテントを取り出すのを見て、俺も自分用の大きい方のテントを取り出した。

スライム達に手伝ってもらって設置したんだけど、何だかスライム達の様子が違う。ものすごく元気だし、動きがキビキビしていて素早い。

「なあ、何だかいつもと違うみたいだけど大丈夫か？」

足元に来たサクラに机や椅子を取り出してもらいながらそう尋ねると、サクラは得意気にビヨンと長く伸びた。

「あの草は、もの凄く美味しかったの。何だかよく分からないけど力が湧いてきたんだよ」

「サクラがこんな事言っているけど、ここに生えてる植物って、外とは違うのか？」

尻尾を離して伸びをしたシャムエル様は、呆れたように俺を見てこれ見よがしのため息を吐いた。

「ケンったら相変わらずだね。言ったでしょう？　ここがどういう場所か」

「ええと、森の中にある空間が歪んだ場所所で、地脈の吹き出し口なんだろう？」

「そうだよ。そんな場所に生えている植物のマナの含有量が、外の植物と一緒の訳はないでしょう？　そもそも、この大きさを見れば、普通じゃないのは分かると思ったんだけどなあ」

当然のようにそう言われて納得した。

「あ、そうか。そりゃ美味しく感じる訳だ。じゃあ、ラパンやコニーも、この草を食べれば良いのか」

「そうだね。一回食べれば、外での数十回分に相当する量のマナが摂取出来るよ」

「そうなんだってさ、じゃあ順番に食べて来いよ」

振り返って寛いでるラパンとコニーに言ってやる。

「そうだね。じゃあ食べてきます」

「私も行ってくるね」

そう言うと、二匹はいきなり巨大化して嬉しそうに走って出て行った。

「一応確認するけど、ジェムモンスターと出くわすような事無い？」

「まあ、ここはそれほど危険なのはいないから大丈夫だよ。万一、何か来れば、ラパン達には分かるから、すぐに逃げるって」

「そっか、それなら大丈夫だな。マックス達の獲物は？」

「ここには普通の生き物はいないよ。狩りをさせるならさっきの森へ行けば良いね。あそこも地脈の影響をかなり受けているから、この森の生き物達は皆マナの保有率はかなり高いよ」

「そうなんだって。腹は？　まだ大丈夫か？」

俺の言葉に、ニニとマックスが顔を見合わせる。その後ろではソレイユとフォールが起き上がって伸びをした後一気に巨大化した。

「確かに、出来れば今のうちに狩りに行きたいですね。では夜の間に交代で行く事にします」

その返事に、笑って頷いて外を見た。

テントの垂れ幕は開けたままなので森側を見ると、踏み潰したいばらの茂みがまだそのままで綺麗な道になっている。

「あの河原もどきの岩場って、ジェムモンスターは越えられないんじゃなかったっけ？　あれ？　だけど来た時、従魔達は普通に通ってきたよな？」

不思議に思って首を傾げると、右肩に現れたシャムエル様に頬を叩かれた。

「テイムしている従魔は普通に通れるよ。全員、君に紐付けされているから大丈夫だよ」

成る程。さっぱり分からん。

まあ、神様が大丈夫だって言ってくれるのなら、大丈夫なんだろう。って事で、疑問はまとめていつものように明後日の方向にぶん投げておく。

まずは猫族軍団が狩りに出発した。

「では、今のあいだに私はこの辺りを確認してきますね」

そう言ってベリーとフランマは、姿を現したまま茂みの中に飛び込んで何処かへ行ってしまった。

まあ、賢者の精霊と最強の炎の使い手の心配を俺がするのはおこがましいよな。

全員が俺のテントに集合する。

「じゃあ、今日は作り置きでいいいな」

適当に揚げ物やハンバーグはじめ、色々一通り出して好きに取れるようにしておく。

この、各自好きに取る方式が一番楽で良いよ。

俺は、チーズインハンバーグとポテトサラダと温野菜を一つの皿に取り、おにぎりと味噌汁も用意して、取り出した空の木箱に布を被せてからそこに並べた。

マイカップに緑茶もいれる。

「作り置きですが、どうぞ」

手を合わせてしばらくしてから顔を上げると、あのいつもの手が料理を撫でているところだった。

消えるのを待ってから机に戻して、改めて手を合わせた。

「あ、じ、み！　あ、じ、み！　あ〜〜〜〜〜〜〜〜〜〜〜〜〜〜〜っじみ！　じゃん！」

片手にお皿を持ち、もう片方の手は尻尾の先を摘んで、まるで尻尾を相手にダンスを踊っているみたいだ。

今までは例えてみればヒップホップ系ダンスだったが、これはクラッシックなダンスみたいだ。

「あはは、また新作だな、格好良いぞ」

笑ってもふもふな尻尾を突っついてから、ハンバーグの真ん中のチーズのたっぷり入ったところを、大きく切り分けてやった。

嬉しそうにチーズインハンバーグを齧るシャムエル様を眺めながら、俺も自分の分を食べ始めた。

さて、この後は、何が出るんだろうね？

第56話　リンゴとブドウ

大満足の食事を終えて、美味しい緑茶でまったり寛いでいる時だった。

『ケン！　凄いものを見つけましたよ。スライム達を連れて来てください！』

突然、興奮したベリーの念話が届いて気を抜いていた俺は飛び上がった。しかも、ハスフェル達も同じように驚いている。

『フランマが迎えに行きました。案内しますのでついて来てくださいね！』

また興奮した声が聞こえて、そのあと一方的に念話が途切れてしまった。

「……一体、何事だ？」

不思議そうにハスフェルがそう言って首を傾げている。

「さあ、だけどベリーがあれだけ興奮するんだから、何か凄いものなんだろうさ」

残っていたお茶を飲み干しそれぞれ立ち上がった。

その時、テントの外でガサガサと音がしてフランマの声が聞こえた。

「ご主人、こっちよ！」

同じく大興奮しているフランマを見て、顔を見合わせた俺達はとにかく外に出た。

マックスの背に飛び乗る。全員が従魔と馬に乗ったのを見てフランマが走り出す。

茂みの中に突っ込んで行くその後ろを、全員が追いかけて走った。

「ああ、来ましたね。見てください」

到着した場所は、やや起伏のある草地で、そこは膝下くらいの雑草が生えていて、足元はかなり悪い。

段差の上の部分に人の背丈くらいの低木樹が何本も固まって植わっていて、その木に細かい葉っぱの蔓性《つるせい》の植物が絡み付いて一体化した巨大な茂みを作っていた。

「へえ、大きな実がなっているな」

バレーボールサイズの真っ赤なリンゴの実が、文字通り鈴生りに実っている。木の枝が折れないか心配になるぐらいの量だ。

巻き付いた蔓からは、小粒の種無しブドウみたいなのがこちらも鈴生りにぶら下がっていたのだ。

「リンゴが、強い地脈の影響で変異したようです。ひとつ食べてみてください」

手を伸ばして大きなリンゴを一つちぎった。

そして驚いた事に素手で軽々とリンゴを半分に割ったのだ。ベリーの握力80キロクラス決定……。

まあ、俺も普通のリンゴなら握りつぶせるよ。勿体無《もったいな》いからやらないけど。

手渡された半分のリンゴを、軽く手で擦って皮の汚れを取ってそのまま齧ってみる。

「美味《うま》っ！　何だこれ！」

もう美味いとしか表現出来ない。

齧った途端に口の中に広がる絶妙な酸味と甘味、そして果肉のしゃくしゃく感。皮は全く苦にならない。夢中になってあっと言う間に完食した。

「それから、これも食べてみてください」

もう一種類の小粒のブドウも、ひと房丸ごと渡される。

「皮ごと食べられますから、そのまま摘んでください。中にある小さな種は出してくださいね」

頷いて、まずは一粒口に入れてまた驚きに目を見開く。

蕩《とろ》けるみたいな濃厚な甘さだが、嫌な甘さではない。まろやかで、口に入れただけで感動に体が痺れるくらいの美味さだ。

「これ……何？」

種を吐き出し、もう数粒まとめて口に入れる。

「このブドウは私も初めて見ます。どうやら新種のようですね。この甘さ、そして内包しているマナの濃厚さ。どれも素晴らしいです。蜜桃《みつもも》の比ではありませんよ」

落ち着いて周りを見回すと、此処《ここ》だけでなく、あちこちに同じような低木樹の茂みがあり、ものの凄い量のリンゴとブドウが鈴生りに実っている。

「つまり、これをスライム達に収穫させれば良いんだな？」

「お願い出来ますか。もちろん私もやりますが、さすがにこれ全部は無理ですからね」

そう言って嬉々として収穫を始める。

「なあ、これ全部採っちゃっても大丈夫かな？」

右肩の定位置に収まっているシャムエル様に尋ねる。

「大丈夫だよ、此処の植物は、自分の中にある溢《あふ》れるほどのマナの吐き出し口として木の実をならせているんだ。だから、全部収穫してもすぐにまた実るよ。外の世界のように一年一度の実りって訳じゃ無いんだ。遠慮なく、好きなだけ採って行ってください！」

何故かドヤ顔でそう言われて、ベリーと笑って顔を見合わせる。

「じゃあ、このリンゴとブドウを収穫してくれるか。やり方はこんな感じな」

実際にリンゴを枝から取り、ブドウは房ごとナイフで切って見せる。

「分かった！」

「いっぱい集めるもんね！」

「負けないもんね～！」

大はしゃぎのスライム達が一斉に散らばっていく。三人が連れていたスライム達も、同じように散らばって収穫を始めた。

ハスフェル達も自分の収納用に、収穫を始めている。

俺も、せっかくなのでリンゴを採って自分で収納してみる事にした。

まだ上手く出し入れ出来ないんだけど、鞄に何度か入れたり出したりしていて何となくコツを摑んだような気がする。

「あ、入った」

念の為、一度取り出してみて、また入れる。

「なんか分かったような気がする。なあ、俺の収納も時間停止？」

「もちろん、時間停止だから現状維持されるよ」

　シャムエル様の声を聞いて、俺はせっせと自分の収納に集めたリンゴとブドウを入れていった。

「かなり上手く収納出来る様になったみたいだね。せっかく付与してあげた貴重な能力なんだから、頑張って使いこなしてね」

　シャムエル様に頬を叩かれて、頷いた俺は、集めたブドウを上手く収納した。


　かなりの時間を使って、とりあえず見える範囲のは全部集めた。

　しかしシャムエル様が言った通りで、すぐに一気に花が咲き、ごく小さな羽虫達が何処からともなくやって来て蜜を吸い始め一時間もしないうちに花は散ってしまった。

　まるで早送りの映像を見ているみたいで、受粉した果実がどんどん大きくなるのを、俺達は呆気に取られて眺めていたのだった。

「さすがに早いね。いやあ、これは私もびっくりだね」

　感心するようなシャムエル様の呟きに、呆気に取られて見ていた俺達は堪えるまもなく吹き出して、その場で大爆笑になったのだった。

　早送り映像のようにどんどん大きくなるリンゴを眺めていて、俺はふと思いついた。

「なあ、良い事思いついた。サクラとアクアちょっとこっちに来てくれるか」

　二匹を呼んで、まずは机と椅子を出す。

　それから綺麗にしてもらったリンゴを一つ、大きなナイフで八等分にして、真ん中の芯の部分を三角に切って取り出して見本を見せる。

元気良く返事をしたアクアとサクラが、用意したリンゴ五つ分をあっという間に綺麗にして切り分けてくれた。皮は食べられるのでそのままだ。

サクラが出してくれた大皿に、山盛りのリンゴが並ぶ。

「このリンゴを、ミンチを作る時みたいに細かくすり潰して欲しいんだよ。ジュースにならないかな？」

「リンゴを細かくすり潰して液状にすれば良いんだね。何処に出す？」

「俺のカップに入れてくれるか」

二匹は切ったリンゴを素早く収納してモゴモゴと動き始めた。アルファ達は興味津々で二匹のする事を見ている。

「出来たよ。砕いた果肉はそのままで良い？」

サクラがそう言って、触手を伸ばしてまるで蛇口のように先端部分から潰したリンゴジュースをマイカップに少しだけ出してくれた。

とりあえず飲んでみる。

「美味い！　めちゃめちゃ美味しい！　うん、果肉もこのままで良いよ。最高だ」

「飲ませてくれ！」

三人が同時に叫んでマイカップを一瞬で取り出す。

俺も空になったカップを差し出し、二匹が手分けしてそれぞれのカップに入れてくれた。

「あ、じ、み！　あ、じ、み！　あ〜〜〜〜〜〜〜〜〜〜〜っじみ！　じゃん！」

盃を取り出したシャムエル様まで大はしゃぎで踊っている。

今回はタップダンスみたいに盃を振り回しているだけで、身体はそれほど動かさずに、短い足が細かなステップを踏んでいる。毎回思うけど、これ自分で考えているのかね？

「はいどうぞ。美味いぞ」

サクラに盃にちょっとだけ入れてもらってそれを渡す。

豪快に一口で飲み干したシャムエル様は、いきなり踊り出した。

「美味しい美味しい美味しいよ〜！　美味しいよったら美味しいよ〜〜！」

盃を右に左に振り回しながら、奇妙な調子をつけて歌付きで踊っている。

「新作、美味しいダンスいただきました〜！」

笑った俺が手を叩くと、何故だかシャムエル様がドヤ顔になる。

「おかわり！」

満面の笑みで差し出す盃に、机の上にいたサクラが、またちょこっとだけ入れてくれる。

俺もおかわりを入れてもらって顔を上げると、同じく満面の笑みの三人も、すっかり空になったマイカップを揃って差し出している。

「おかわりお願いします！」

笑って頷き合い、サクラに全員分のリンゴジュースを入れてもらったところで、サクラが俺を見る。

「ご主人、今ので作った分が半分ぐらい減ったよ。どうする？　もう少し作っておく？」

机の上には、取り出したリンゴとブドウがまだ山盛りになっている。

「あ、待ってくれるか。せっかくだから、こっちも……」

ブドウの房を手にしてちょっと考える。

「そう言えば、ブドウのジュースってそのまま搾ると苦くなるって聞いた覚えがあるけど、どうやって作るんだ？」

俺の呟きに、三人も首を傾げている。

「あ、マギラスなら詳しく知っているんじゃないか？」

ギイがそう言い、ハスフェルも同意するように頷いている。

マギラスさんは、ハスフェルとギイの友人で、西アポンにある店の料理人だ。確かに彼なら知っているだろう。

「ジビエの肉料理を、マギラスさんに教えてもらおうと思ってたんだ！」

突然思い出してそう叫ぶと、三人が揃って手を叩いていた。

「それならこの後、西アポンにも立ち寄って聞いてみればいい。西アポンなら転移の扉も近いから、移動の心配はしなくて良いぞ」

笑っているハスフェルの言葉に頷いて振り返ると、リンゴとブドウが大きく実っていた。

「うわあ、本当にあっと言う間に実っちゃったよ。じゃあ、せっかくだからもう一面収穫するか」

苦笑いして立ち上がった俺達とスライム達は、またしてもせっせと収穫を続けたのだった。

足元では草食チームがそれを食べたいと自己主張を繰り広げ、笑った俺はブドウとリンゴを幾つも切り分けて食べさせてやった。

そして、それを見ていたマックスとシリウスまでもが食べたいと騒ぎ始めた。

「そっか、犬は雑食だからたまに果物も食べていたよな」

って事で結局、全員がマナタップリなリンゴとブドウを満喫したのだった。

タイミングよく戻って来た猫族軍団に聞くと、完全な肉食の子達は、たとえマナがあっても果物は食べないんだってさ。

「あれ？　ブドウって犬が食べても大丈夫だったっけ？」

確か駄目だって聞いた覚えがある。

慌ててマックスを見たが、平然としている。

「ええと、ブドウは食べても大丈夫だったか？」

心配そうな俺の言葉に、マックスとシリウスが驚いたようにこっちを見て首を傾げる。

しばらくして、納得したようにマックスが教えてくれた。

「大丈夫ですよ。この世界での食事は以前の世界と根本的に違います。狩りをして食べる獲物と違って、私達がこれを食べて吸収するのは、中に含まれる大量のマナです。それにこれだけマナを食べれば、今日はもう狩りに行かなくても良いですよ」

「そっか、大丈夫なら良いよ。だったら好きなだけ食べてくれよな」

笑ってマックスを撫でてやり、また収穫に戻った。

「そう言えば、テントを建てるために刈ってもらった草も、凄く美味しいってスライム達が大はしゃぎしていたもんな」

大きなリンゴを収穫しながら、感心したように周りを見回す。

ようやく、終わりが見えてきて俺は大きく欠伸をした。

「うん、そろそろ眠くなってきたよ。空が暗くならないから分からないけど、もしかして今って真夜中だよな」

そう考えたら、なんだかおかしくて、ブドウを収穫しながら笑いを堪えるのに苦労したよ。

真夜中に、おっさんとスライム達が揃って何やっているんだ、ってな。


結局、二面どころか三面、四面までクリアーしたところで俺の眠気が限界に達して脱落した。

もう、当分果物は買わなくても良いくらいに大量に収穫出来たと思う。

巨大なリンゴとブドウがまだまだ実っている茂みを横目に、俺は、ニニの腹毛の海に潜り込んだ。

すぐ横にマックスが転がり、しっかり身体を挟んで支えてくれた。

背中にラパンとコニーのウサギコンビ、そして胸元にはタロン。癒しのパラダイス空間の完成だ。

「ごめん、じゃあ寝るよ」

欠伸をしながらそう言って目を閉じる。

どうやら神様軍団は、ちょっとくらい寝なくても平気なタイプみたいだけど、俺は夜は寝たい派なんだよ。

もふもふ達に囲まれて、あっという間に気持ち良く眠りの海にダイブして行ったのだった。

第57話　そして獲物は罠の中

ぺしぺしぺし……。

ふみふみふみ……。

カリカリカリ……。

つんつんつん……。

「うん……おはよう……」

いつものモーニングコールに無意識にそう呟いて、そのままいつものように、気持ち良く二度寝の海にダイブしそうになる。

その時、誰かの笑う声が聞こえて俺は驚いて目を開いた。

ええ、ちょっと待って？　部屋に誰かいるのか？

慌てて起き上がった俺が見たのは、少し離れたところでそれぞれの従魔達と仲良くくっついて寝ているハスフェルとギイ。それから、こちらも気持ち良さそうにくっつき合って熟睡しているベリーとフランマだった。

それから、椅子に座ってのんびり何かを飲んでいるオンハルトの爺さん。

起きた俺を見て、爺さんがまた笑った。

「なんだよ。さっきの笑い声は、爺さんの声かよ。そうだった。果物を見つけて森の奥で夜明かししたんだった。ってか、今ってどういう状況なんだ？」

起き上がって大きく伸びをしながらそう尋ねると、爺さんが教えてくれた。

「ケンが寝た後、二度収穫してこいつらも少し寝ると言って休んだ。で、まあ俺も少し休んだんだが何故か目が冴えて眠れなくてな。それで一人で一杯やっていたところだ」

「なんだ、結局飲んでいるのか」

爺さんの説明に笑って立ち上がって、とりあえずサクラに綺麗にしてもらう。

茂みは、またしても巨大なリンゴとたわわに実ったブドウの房で一面覆われていた。

「どうやらここの果実は、収穫すればする程実る果実が大きくなり数も増える様でな。さすがにそろそろ良かろうって事になって、収穫は一旦終了したんだよ」

オンハルトの爺さんの言葉に、頷いた俺は茂みに近付いてリンゴを一つ千切ってみた。

「バスケットボールサイズになっている。でもって小粒だったブドウも、高級な巨峰くらいになっているぞ、おい」

呆れた様にそう呟き、腰のベルトに付けているナイフを取り出してリンゴをちょっと切り取って食べてみる。

「甘っ。もうこれ以上美味しくならないと思ってたけど、その上をいっているぞ、これ」

そして、目の前に実っているブドウも一粒千切って口に入れてみた。

「美味すぎる。なんだよこれ。俺、マジでここに住みたい」

思わずそう呟く。これは、ちょっと目眩《めまい》がするレベルの美味さだ。

もっと食べたくなって、左手のリンゴにナイフを軽く突き刺し、右手でブドウをもぎ取ろうとした時、突然もの凄い不快感が湧き上がってきた。

それは首筋が冷たくなる様な何とも言えない生理的な不快感で、思わず動きが止まる。

「何だ？」

周りを見回したが、別に何か危険な生き物がいる気配がするわけでは無い。しかしその何とも言えない不快感はどんどん大きくなっていく。

「何だこれ？」

足元から湧き上がる様なその不快感に、俺は身震いした。

「うん……」

その時、シリウスと一緒になって眠っていたハスフェルが、小さく唸って寝返りを打った。

ギイも、同じ様にモゾモゾと動いて寝返りを打っている。

オンハルトの爺さんは、もう飲み終わったらしく、のんびり寛いでいる。

どうやらこれを感じているのは俺だけらしい。

手にしたままだった、一欠片切り取ったリンゴを無言で見つめる。

「どうしたの？」

俺の右肩にシャムエル様が現れて、リンゴを見つめたまま固まっている俺を覗き込んだ。

「いや、どうしたって言うか……」

この湧き上がる不快感をどう説明すればいいのか分からず口籠る。

その時、寝ていた二人が揃って起きるのが見えた。

「おはよう。よく寝ていたな」

オンハルトの爺さんの声が、何だか遠くに聞こえる。


これはまずい。

うまく言えないけど、絶対に何かがおかしい。


「自分だけ食うなよ。俺にも切ってくれ」

立ち上がったハスフェルの声に、俺は無意識に頷きナイフを取った。

「なあ、ちょっと食ってみてくれるか」

俺の様子に何か感じたらしいハスフェルが、差し出したリンゴを受け取り口にする。

満足気に頷き何度か咀嚼《そしゃく》した後急に無言になり、一瞬身震いしてから黙って自分の足元を見る。

間違いなくあの違和感をハスフェルも持ったみたいだ。

「ギイ、オンハルト。今すぐ来てくれ！」

いきなり大きな声でハスフェルがそう言い、俺を真剣な顔で見た。

「彼らにも頼む」

黙って頷き、それぞれ切り取って渡してやる。

真剣な顔の俺達を見て、不思議そうにしつつも二人がリンゴを口にする。

そのまま無言になった。

「なあ、これって……」

彼らも気付いたと分かり俺が叫びそうになった瞬間、ハスフェルが手を出して俺の口を覆った。

「言うな」

その一言に無言で頷く。

ベリーとフランマを始め、従魔達も全員起き上がって俺達を見ている。

しかしその顔に警戒心は無く、逆にいきなり警戒心全開になった俺達を見て不思議そうにしているだけだ。

オンハルトの爺さんが、無言で出していた椅子を畳んで収納する。


『皆さん、一体どうしたんですか？』

頭の中に、不思議そうなベリーの念話が届く。

どうやら、俺達が何かを警戒しているのに気付いて、わざわざ念話で伝えてきたのだ。

「おはよう。ベリーとフランマもどうぞ」

平然とそう言って、リンゴを切って二人に渡す。

『とにかく食ってみてくれ』

念話でそう伝えると、不思議そうにしつつも頷いてそれぞれリンゴを口にする。

『どうだ？』

念話でそう尋ねると、息をのんだベリーとフランマは、本気で驚いた様に俺を見る。間違いなく彼らも気が付いた。

『どうやら、我々はこの地に気に入られた様ですね。果たしてここから出してもらえるでしょうか？』

警戒心全開のベリーの言葉に、俺達が絶句する。

『それって、どういう意味か聞いていても良い？』

しかし、茂みを振り返って考えていたベリーは、黙って首を振った。

『申し訳ありません。迂闊《うかつ》にここに貴方達を呼んだ私の責任です』

まるで苦虫を嚙み潰したかの様な、ものすごく嫌そうな顔のベリーの念話が届く。

『どうやら我々は、この地が張った罠に足を踏み入れてしまった様です』

驚きに目を見張る俺に、黙ったベリーが頷く。

呑気《のんき》に寝ていた間に、またしてもとんでもない事態に巻き込まれたみたいだ。

本気で気が遠くなったけど、俺は悪くないよな？


「ねえ、一体皆どうしたの？」

右肩に座ったシャムエル様が、不思議そうに俺達を見ながら首を傾げている。

「いや……」

声を出して言いそうになって、慌てて持っていたリンゴを切る。

「まあ、食ってみてくれ」

出来るだけ平然と、切ったリンゴをシャムエル様の目の前に持っていく。

「ありがとう。それにしても美味しいリンゴだよね」

目を細めて嬉しそうにそう言うと、俺が切ったリンゴを受け取って齧り始める。

ハスフェル達三人が、無言で俺のすぐ側に歩み寄ってくる。

「美味しい……ね……」

ご機嫌で半分ぐらい齧ったところで、いきなりシャムエル様の尻尾が倍くらいに膨れ上がった。

「うわあ、何だよその尻尾。頼むからもふらせてくれ！」

俺の本気の叫びに三人が同時に吹き出して、緊迫していた雰囲気が一瞬で霧散する。

「お、お前は……」

膝から崩れ落ちたハスフェルの呆れたような言葉に、とりあえず笑って誤魔化したよ。

もふもふは俺の萌えで癒しなんだから、こんな尻尾を見たら反応するのは当たり前なんだよ！

『うん、どういう状況なのかよく分かった』

頭の中に、こちらも警戒心バリバリのシャムエル様の声が聞こえる。

尻尾は相変わらずこれ以上ないくらいのもふもふになっているが、まっすぐに俺を見て頷いた。

『どうやらこの空間自体が、ある種の罠になっているようだね。我々はその中に入り込んで一定時間を過ごしてしまった為に、罠が発動したみたいだよ』

『それってつまり……誰かがここに罠を仕掛けたって事か？』

もしそうなら、本来人間以上に警戒心のある従魔達やベリーやフランマだけでなく、神の化身であるハスフェルやギイ、オンハルトの爺さんや、創造主であるシャムエル様までも欺いた事になる。

本気で怖くなってきてそう尋ねたが、シャムエル様は苦笑いしながら首を振った。

『違うよ、そうじゃない。それなら私やオンハルトは絶対に気が付いているし、ハスフェルやギイだって違和感程度は持つはずだよ。それなのに彼らが平気で寝ていたって事は、それだけここが自然な場所だったって事。つまりそうだね……自然界の中に普通にある罠。言ってみれば食虫植物の中みたいなものだよ』

納得した俺は無言で振り返り、鈴生りになったリンゴとブドウの茂みを見た。

『それならつまり、あれが獲物をおびき寄せて留まらせるための甘い餌……って事か？』

シャムエル様が嫌そうに頷くのを見て、俺は本気で気が遠くなった。

俺達めっちゃバクバク食ったたし収穫したんですけど！

『それで、どうするんだ？』

とにかく戻ってテントや机や椅子を撤収したい。だけど、今の状況を考えるとそれすらも無理なように思えた。

『俺がティラノサウルスになって走るから、お前らは俺の背中に乗れ。一気に行くから遅れるなよ』

真剣なギイの声が聞こえて、戸惑いつつも頷く。

だけど、物理的にあの大きな身体の背中に乗るのってそう簡単じゃない気がするぞ、おい。

無言で、ギイが俺達に背中を向ける。次の瞬間、目の前が金色一色になった。

「飛び乗れ！」

後ろから聞こえたハスフェルの怒鳴り声に、慌てて上を見た俺は本気で泣きそうになった。

「絶対無理！　あんな高い所にどうやって乗るんだよ！」

はっきり言って、二階の窓より高い。

しかし、ハスフェルとオンハルトの爺さんはいきなりその場で予備動作も無しに飛び上がったのだ。

泣きそうになりつつ、俺はギイの尻尾からなんとか這い上がろうとした。

「ご主人を助けるよ！」

いきなりそう叫んだスライム達が俺の周りに集まって、一気に俺を背中に運んでくれた。

アリに運ばれる餌よろしく背中に上がった俺は、ハスフェルとオンハルトの爺さんの後ろに跨《また》がって座る。

「しっかり摑まってろ！」

ギイの叫ぶ声にアクア達だけでなく、三人の連れているスライム達までもが俺達の足を押さえてくれた。それだけじゃない。マックスとニニの背中に飛び乗った小さくなった従魔達も一瞬で張り付いて守ってくれた。

弾かれたように金色のティラノサウルスが走り出す。その後ろをマックスとニニ、それからシリウスとデネブが、爺さんが乗っている馬を取り囲む形で陣形を組んで走り出した。その後ろにベリーと巨大化したフランマが続く。

速い。本気で走るティラノサウルスのギイの速さは、バイクや車の比じゃあない。

そしてそれについて来る従魔達や馬の凄さ。まあ多分、馬は神様達が何かしているんだろうけどさ。

ありえないスピードに本気で怖くなって、オンハルトの爺さんの大きな背中に必死でしがみついた。

しかし、その速さで走っているのにもかかわらず、先程から周りの景色が全く変わらないのだ。

『なあ、ここへ来るのってそんなに遠かったか？』

念話で尋ねると、ハスフェルがちらりと背後を振り返った。

『どうやら、何がなんでも俺達を外に出したくないらしい。出口を塞ぎやがった』

『何だよそれ。本物の無限ループじゃねえか！』

俺の悲鳴を、ハスフェルの奴は鼻で笑った。

『だが、俺達をただの冒険者と思うなよ』

ニヤリと笑ったハスフェルの凄みに、俺は息をのむ。

『さっきから、ギイは無駄に走っているわけではない。この閉鎖世界を構築している中心、いわば核になる植物を探しているんだよ。まあ見ていろ。久しぶりに思いっきり暴れてやる』

妙に嬉しそうなその声に、気が遠くなったのは気のせいじゃないと思う。

そのままティラノサウルスのギイは延々と走り続け、従魔達もベリー達も遅れずに一団となって走り続けている。

何の力も無い俺にはどうする事も出来ず、ただただ必死になって爺さんの背中にしがみ付いているしかなかった。

「見つけた、あそこだ！」

吠えるようなギイの叫び声と、応えたハスフェルが大声を上げてその背から飛び降りるのは同時だった。

飛び降りながら一瞬で抜刀するハスフェル。これまた慣性の法則を完全に無視して、無反動で地面に着地したハスフェルは大きく剣を横薙ぎに払う。

太刀筋から閃光が走り、直後に周囲の草が遥か遠くまで一気に薙ぎ払われて一面膝上ぐらいの高さの平面になる。

しかしその中心地には、曲がりくねった奇妙な形の歪《いびつ》な木が一本だけ残っていた。

「ハスフェルの渾身《こんしん》の斬撃を切り抜けたって事は、あれがその核の木って事か」

思わずそう叫ぶと、頷いたオンハルトの爺さんの唸る様な声が聞こえた。

その木に向かってベリーとフランマが術を放ち、もの凄い大爆発が起こる。

爆風に吹き飛ばされそうになり、俺はまたしても爺さんの背中に悲鳴を上げてしがみ付いた。

直後に、また閃光が走る。

「しっかり摑まっていろよ！」

爺さんの声が聞こえて顔を上げると、周りの草地が奇妙に騒《ざわ》めき始めているのが見えて、俺はまた悲鳴を上げた。

周囲の草がまるで生きているかのようにウネウネと蠢き、走るギイの足を絡めとろうと巻きついて来たのだ。

「させるか！」

爺さんがそう叫ぶ。いつの間にかその手には長い鞭が握られていて、それで絡み付こうと伸びてくる草を打ち払っている。

マックスの唸り声に驚いて背後を振り返ると、ニニやマックス達も同じ様に絡み付こうとする草と戦っていた。

俺も慌てて剣を抜き、俺達の足元に絡み付こうと伸びてくる草を必死になって払い続けた。


再び、あの木の辺りで物凄い爆発が起こった直後、何かが砕ける地響きの様な破壊音がした。

「よし、もういい！　戻れハスフェル！」

ギイの叫び声に、オンハルトの爺さんが鞭を振るう。

何と、その鞭の先に摑まったハスフェルが俺の後ろに一瞬で吹っ飛んで戻って来たのだ。

スライム達が、また伸びてハスフェルの足を包む。

「行ってくれ！　ギイ！」

ハスフェルの叫ぶ声に応えて、ギイは更に加速して駆け出して行った。

頭上の太陽の無い空に一直線のひびが走るのが見えて、俺はもう今日何度目か分からない悲鳴を上げた。

「そ、空が割れる！」

俺の悲鳴にハスフェルが小さく笑い、背後から覆いかぶさる様にしてオンハルトの爺さんと一緒に二人まとめて抱きしめた。

「いいから前を向け。そんな大きな口を開けると舌を噛むぞ」

笑った声が耳元で聞こえて、こんな時に揶揄《からか》うなと文句を言おうと振り返る。

しかし、俺の舌は凍りついた様に貼り付いて思い通りに動いてくれず、またしても情けない悲鳴を上げる羽目になった。


目に飛び込んで来たそれは、まさしくこの世の終わりの様な光景だった。


腹の底まで響く、ありとあらゆる雷を同時に鳴らしているかの様な鳴り響く轟音《ごうおん》。

また何かが弾ける様な破砕音がして、顔を上げる。

遥か遠くになった、先程のあの歪な木がものすごい勢いで燃え上がっていた。

赤と黄色の炎が、まるで竜巻の様に渦を巻いて空まで届いている。そして、そこから空が左右に割れているのだ。

ひび割れはどんどん大きくなり、裂け目から真っ暗な何かが見え始めた。

「なあ、ハスフェル、あれって……」

「いいから前を向いてろ。どうせ見たところで何も出来ん」

腕で視界を遮られてしまい、震えながらも前を向く。

全力疾走する金色のティラノサウルスになったギイの背中に乗った俺達には、確かに何も出来ない。

必死になってしがみつき、ギイが逃げ切ってくれる事だけを考え続けた。

いきなりティラノサウルスのギイが予備動作も無しに物凄いジャンプを見せた。

一瞬無重力状態になり、また悲鳴を上げて舌を噛みそうになって慌てて顎を引く。

そのまま着地して、また走り出す。

「今の何？　今の何？」

首を伸ばして後ろを振り返りまた悲鳴を上げる。

地面から、根っこがまるで蔓草の様に蠢きながら追いかけて来ているのだ。

時折、あちこちでボコンボコンと根っこが飛び出しているのも確認出来る。

「もしかして、さっきの大ジャンプはあれを飛び越えたのかよ」

「あれだけ気配を消さずに襲って来れば、目を閉じていても判るさ！」

吠える様にギイが叫び、また物凄い大ジャンプで襲ってくる根っこを飛び越える。

「見えたぞ。石の境界線だ！」

オンハルトの爺さんの叫ぶ声に慌てて前を向くと、地平線に灰色の線が見えた。

「このまま越えるぞ！」

ギイの叫ぶ声に、すぐ後ろを走るマックスとシリウスが、同意する様に大きな声で吠える。

巨大化した他の従魔達やベリーとフランマも遅れずについて来ている。

最後に草原を抜けて石の河原に飛び込んだ直後、ベリーとフランマが背後に向かってまた魔法の一撃を放つ。

物凄い轟音と地響き。

そして爆風に押し出される様にしてギイが森の中に突っ込んで行く。

「伏せろ！」

ハスフェルが俺の頭を押さえ付けてそう叫び、慌てて前屈みになる。

森に突っ込んだ勢いで木々をなぎ倒してしばらく走ったギイが、ようやく止まる。

「全員いるか？」

まだ、ティラノサウルスの姿のままで、背後を振り返る。

「マ、マックス！」

俺の呼びかけに、マックスが元気よく吠える。

「ニニ！　ファルコ！　セルパン……」

必死になって全員の点呼を取ったよ。

「良かったぁ……全員いるよ。なんとか逃げ切れたな」

ハスフェル達と、顔を見合わせて手を叩き合った。

しかしその直後、何とかここまで一緒に走り切ったオンハルトの爺さんの馬が、いきなり泡を吹いてぶっ倒れたのだ。

「うわあ、万能薬を頼む！」

俺が叫ぶのと、倒れて痙攣《けいれん》していた馬にアクアゴールドが万能薬をぶっかけるのはほぼ同時だった。

一瞬、大きく痙攣した後もがく様に暴れた馬が、あれ？　って感じで動きを止めた後に普通に立ち上がる。何度か身震いしてから足踏みをして固まってしまった。

どうやら、自分の身に何が起こったか理解出来なかったらしい。

「おお、感謝するよ。危うく心臓が止まるところだったな。良かった、よく走り切ってくれたよ」

ギイから飛び降りたオンハルトの爺さんは、馬に駆け寄って大事そうにその頭を抱きしめて額にキスを贈った。

嬉しそうに嘶《いなな》く馬を見て、俺達も安堵のため息を吐いた。


「で、あの場所ってどうなったんだ？」

今は絡み合う木々に隠されていて、あの場所を見る事は出来ない。

「シャムエルはどう思う？」

いつもよりもやや低いハスフェルの声に、俺の右肩に座っていたシャムエル様は大きなため息を吐いた。

「あれって樹海が出来た時に近いんだよね。高濃度のマナと強い地脈、それらの影響で歪な空間が形成されて行ったんだ。だけど樹海との違いは、そこの核になるものが明らかに人に対して殺意を持った攻撃性を示している事。さすがにこれは看過出来ない。あの空間は、後で消去しておくよ」

空間を消去。簡単に言うけどそんなのは普通ではない。だけどまあ、相手はこの世界の創造主様だもんな。密かに納得しかけて、先程の言葉に引っ掛かりを覚える。

「あれ？　シャムエル様は、この世界には手出し出来ないって言っていなかったっけ？」

確か、早駆け祭りの時にそんな話を聞いたぞ。

「この世界に住んでいる人や事象そのものへの干渉は出来ない。だけど、ほら以前ブラウングラスホッパーを退治した時に、焼け野原を草原に置き換えたでしょう？　あんな感じで、ひとまず普通の飛び地を再設定して、除去した方は完全に分解するんだ。ちょっと後始末は面倒だけど、世界そのものを攻撃する様な存在は放置出来ないよ。ここの地脈の強さやマナの濃度も、しばらく確認する様にするよ」

ほう、成る程。うん、さっぱり分からん。って事で、いつもの如く明後日の方向にまとめてぶん投げておく事にした。


「ああ！　テントも机も椅子も飛び地の中に置きっぱなしだ！」

俺の悲鳴に、ハスフェルとオンハルトの爺さんは無言で顔を見合わせて黙って首を振る。

「まあ仕方あるまい。命の代金だと思えば安いもんだ。諦めろ」

「だよな。戻るまで作り置きで何とかするよ」

大きなため息を吐いて空を見上げる。うん、生きて帰って来られたんだから全部良い事にするよ。

「あ、不法投棄扱いで返してくれたみたいだよ」

その時、右肩のシャムエル様がそう言って俯《うつむ》く俺の頬を叩いた。

「ねえ、石の境界線まで戻ってくれる？　もう害は無いからさ」

平然とそう言うシャムエル様の言葉に、従魔達が無言で背後を振り返って今来た踏み荒らした即席通路を戻っていく。

　それを見た金色ティラノサウルスのギイが、俺達を乗せたまま向きを変えてまた森を抜け出してくれた。

　見えてきた石の境界線の向こう側ギリギリの所に、何やら瓦礫《がれき》の山が放り出されている。

　それは、見るも無残な姿になった俺達のテントと机と椅子の成れの果てだった。

「ああ、地下迷宮に続いて二度目だよ。しかも今回はテントまで！」

　膝から崩れ落ちた俺を見たゴールドスライム達が、揃って大張りきりで瓦礫の山を次々に飲み込んで、再生を始めてくれたのだった。

　前回と違い四匹しかいないゴールドスライム達は、二匹ずつ合体して順番に手分けしてせっせと壊れた机や椅子を再生してくれている。

　石の河原に立ち尽くす俺達の目の前には、先程と見かけは変わらない背の高い緑の草原が延々と広がっていた。

　そして頭上には、やっぱり太陽の無い、妙にのっぺりした平らな空が広がっている。

「あれ、シャムエル様がいない？」

　さっきまで俺の右肩に座っていたはずなのに、姿が見えなくなって慌てて周りを見渡す。

「どうした、何をしている？」

「いや、シャムエル様がいつの間にかいなくなっててさ……」

「ああ、それなら心配ない。ここの確認に行ったんだろうさ。さて、それならもう入っても良いのか？」

まさかの人の姿に戻ったギイの発言に俺は目を見開く。

「今なんつった？　ここに入る？」

「当然だろうが。お前、まさかとは思うがこのまま帰るつもりだったのか？」

「いや、何でそこでまた戻るって選択肢が出るんだよ。あれだけ酷い目に遭っといて、戻る？　普通ここは大人しく撤収するところだろうが！」

しかし、三人は不思議そうに俺を見る。

「だって、シャムエルが言っていただろうが。ここはもう新しい空間に置き換わっているから安全だと。逆に言えば、ここが本当に安全かどうかを万一の時に対応出来る俺達が確認しておくべきだ」

真顔のハスフェルに言われて、俺は気が遠くなった。

だけど、納得もしたよ。確かに、万一またあんな事態になったら普通の冒険者は確実に死ぬ。もうこれ以上無いくらいに確実に死亡する。となると神様達に下調べしてもらうのが良いんだろうけれども、そこに俺を交ぜないで欲しい！

俺は頑丈に作られているらしいけど、一般人で元サラリーマンだぞ。本当にどうしてこうなった？

無言で頭を抱えたが、彼らの中では俺も一緒に行くのは確定事項らしい。

もうこれ以上無いくらいに大きなため息を吐く。

「了解、確かにその通りだろう。でも、少なくともこいつらの修理が終わるまで待ってくれよな」

まだ一つ目の机と椅子をモゴモゴやっているゴールドスライム達を見て、俺はまたため息を吐いて立ち上がった。

そして気分を変えるように思いっきり大きな伸びをして三人を振り返った。

「で、その前に確認なんだけど、お前ら、腹は？」

同時に吹き出し、三人が一斉に手を挙げた。

「はい！　腹減ってます！」

見事に揃った元気な返事に、俺達は大笑いになったのだった。

机も椅子も修理中なので、石の地面に座り込んだ。

「作り置きのサンドイッチで良いな。サクラ、忙しいところ悪いけど俺達に朝飯出してくれるか」

俺の言葉に、動きを止めたゴールドスライムからニュルンって感じでサクラが抜け出して来てくれた。

「へえ、そんな事も出来るんだ」

「うん、だけどサクラが抜けると作業が出来なくなるからね」

そう言って、次々とサンドイッチやバーガーを色々と大きなお皿に取り出してくれた。

コーヒーの入ったピッチャーも出して俺を見る。

「後は何がいる？」

「そうだな、ベリー達に果物を出してやってくれるか。後はええと……お前らは、腹は大丈夫か？」

横で寛いでいる肉食チームを見ながら質問すると、大丈夫だと揃って元気な返事をされたよ。

「じゃあこれだけだね。一応、大きい方の水筒も置いておくね」

最初にシャムエル様からもらった、いくらでも水の出て来る水筒も一緒に出してくれて、果物の入った大きな木箱を置いてそそくさとサクラは皆のところへ戻って行った。またスライム達が動き出す。

成る程、全員揃わないとゴールドスライムになれないから作業が止まるのか。

ベリーが嬉しそうに木箱の蓋を開けて、フランマやウサギコンビ、アヴィ達に果物を配っている。

それを見ながら、俺はサクラが出してくれた山盛りのサンドイッチを見る。

タマゴサンドといつものベーグルサンドを取った俺は、マイカップにコーヒーを入れて座った。

話をしていた三人も、それぞれ好きに取って食べ始めた。

「いつも机があるのに慣れていたから、無いと変な感じだな」

俺の呟きに三人も笑って頷いていた。

しかし、何も考えずに今の状況だけ見れば、良い天気の河原で弁当食っている図だよ、これ。

暑すぎず寒すぎず、優しい風が吹き抜ける河原。ちょっと昼寝したくなるくらいに気持ち良いんだけど、ついさっき、ここで何があったか考えたら……。


タマゴサンドを一口食べたところで手を止める。

「これは、置いておくべきだな」

飯抜きは可哀想だ。ナイフでタマゴサンドを半分に切り、自分で収納しておく。

そんな感じで、俺達はのんびりと修理が終わるのを待ちながら遅い朝食を楽しんだのだった。

「なあ、気になっているんだけど、一つ質問しても良いか？」

何となく、足元の石を転がしながらそう尋ねると、集まって話をしていた三人が振り返った。

「ああ、良いぞ。どうした？」

「あそこで収穫した激うまのリンゴとブドウって食っても大丈夫なのか？　マジで美味かったから、もう食うなと言われたらちょっと悲しいぞ」

俺の質問に、脱力した三人がほぼ同時に吹き出した。

「大丈夫だよ。あれ自体には何ら問題ない。しかしまあ、もう手に入らない貴重な果物だからな。俺達で大事に食うとしよう」

「ええ、マギラスさんにレシピ聞く気満々だったのに」

「ああ、そっちか。その程度なら構わないぞ。あいつももう手に入らないって言えば、無茶は言わないよ」

さすがは元冒険者仲間。その辺りの信頼感は強いみたいだな。

「じゃあ、この後は予定通りに東西アポンだな」

「どっちが先でも良いぞ。カデリーで何とかって食材を探すんだろう？　それを手に入れてから西アポンへ行った方が良くないか？　それならマギラスに、新しい食材でのレシピだって聞けるかもしれないしさ」

ギイの提案に、俺も納得して頷いた。

「じゃあ、ここの安全確認が終われば、カデリー経由で西アポン、それでその後ハンプールだな」

「何処かへ行くたびに、予定が狂いまくっているけどな」

オンハルトの爺さんの渾身の混ぜっ返しに、全員同時に笑い出して大爆笑になった。

まあ、何であれ飯が美味くて笑っていられるって最高だよな。

俺も笑顔で、側に来てくれたマックスに抱きついたのだった。

第58話　新しい飛び地とレアなジェムモンスター

一体化したゴールドスライム達は、まだ俺のテントを飲み込んでモニョモニョやっている。

何となく話題も途切れて、スライムを眺めながらぼんやりしていると、座っていた俺の膝の上にいきなりシャムエル様が現れた。

しかも、何故だか毛皮がボサボサで妙にみすぼらしく見える。

「ああ～ご飯に間に合わなかった～！」

鼻をひくひくさせて周りの空気を嗅いだ後、いきなり半泣きになって俺の膝をバンバン叩き始める。

「こらこら、落ち着けって」

「ずるいずるい。自分達だけ食べて。私がヘトヘトになって後始末して来たっていうのに～！」

みすぼらしく見えていたのは、気のせいじゃなくて本当に疲れていたみたいだ。

「だから落ち着けって。ちゃんとシャムエル様の好きなタマゴサンドを置いてあるよ。ほら、飲み物はコーヒーで良いか？」

俺の収納から、さっき片付けた半分のタマゴサンドを取り出して見せてやると、いきなり俺の手に飛び付いて来た。

「嬉しい！　やっぱりケンは分かってくれているよね。さすがは我が心の友だね」

……俺、いつから創造主様の心の友になったんだろう？　遠い目になったが、ここは大人な対応をすべきだろう。

「あはは、シャムエル様の好物のタマゴサンドを見て、全部食べる程意地悪じゃないよ」

笑いながらそう言って、さり気なくややいつもよりもボサボサな尻尾を撫でて揉み揉みしてやる。

「どさくさに紛れて。私の大事な尻尾を弄ぶんじゃありません！」

空気に殴られて仰け反った俺を見て、ハスフェル達が吹き出す。

「だあ！　暴力反対！」

腹筋だけで起き上がり、顔を見合わせて、俺達も同時に吹き出して揃って大笑いになった。

タマゴサンドを完食したシャムエル様は、コーヒーを一気に飲み干して大きなため息を吐いた。

「ご馳走様。美味しかったです！　疲れた時はタマゴサンドに限るね」

すっかり機嫌を直したシャムエル様はそう言い、俺の膝に乗ったまま毛繕いを始めた。

「フリーダムだなあ」

さすがは神様だよ。もう笑うしかない。

「あ、テントが出来上がっている」

振り返ると俺のテントはもう終わって、今はハスフェルの大きなテントを再生している。しかも、もうほぼ出来上がっているっぽい。頷いて膝の上のシャムエル様を見る。

「なあ、肩に移ってくれよ。テントを回収するからさ」

そう言いながら軽く膝を揺すってやると、一瞬で定位置の俺の右肩に移動した。

立ち上がってテントを一旦収納しておく。

「へえ、収納って慣れると便利だな。しかも、思っていたよりもかなりの量が入る感じがする」

「うんうん。かなり使いこなせているね。良いよ良いよ。その感じでどんどん使って広げようね」

「おお、頑張る……ん？　今なんか……広げるって、何を？」

思わず右を向くと、あっ、って感じに手を口に当てて無言で俺を見返す。

「今の聞いた？」

「ええと、聞いちゃいけなかった？」

「いけないって事はないいんだけどさ。ああ、うっかり言っちゃったよ。驚かせてやろうと思ったのに」

悔しそうに足をじたばたさせながら不思議な事を言う。意味が分からなくて首を傾げていると、笑ったシャムエル様が種明かしをしてくれた。

「以前言ったけど、ケンにあげた収納量はその鞄十個分くらいだって」

確かにそう聞いていたので、素直に頷く。

「だけど、使いこなしていると量が大きくなれるんだよね。ほら、硬い鞄だとあまり入らないけど、使いこなして柔らかくなってくると、案外沢山入ったりする事ってあるでしょう？」

「ああ、確かにあるある。つまり、俺の収納の量も、もう少し大きくなれる可能性があるって事？」

納得した俺がそう言うと、シャムエル様は苦笑いしながら頷いてくれた。

「いつか、すごく大きな物を収納出来て、ケンがびっくりするのを見ようと思って楽しみにしてたのに。残念」

口を尖らせてそんな可愛い事を言うシャムエル様を、俺は笑って突っついてやった。


「ところで、今回のあの問題の原因は分かったのか？」

聞こえた声に振り返ると、三人が真顔でシャムエル様を見つめている。

どうやら、彼らにとっても今回のあの事件は看過出来ないものだったらしい。

「碌《ろく》でもない話だけど、聞きたい？」

「碌でもない話であろうと無かろうと、聞かんわけにはいくまい」

嫌そうなオンハルトの爺さんの言葉に、ハスフェルとギイも同じく嫌そうに頷く。

「はるか昔の話。まだ小さかったあの飛び地に迷い込んだ一人の男がいた。彼の人生に何があったのかまでは解らない。彼は誰かを気が狂う程に憎んで、そして恨んでいた。恨みつらみを吐き出し続けて、あの辺りで力尽きて亡くなった。そしてそこから新しい植物が誕生した」

その瞬間、俺達は揃って口を覆った。

「ああ、言っておくけど、マナの強い箇所で生き物が死ぬと、稀に新種が誕生する事があるんだ。それは言ってみれば、その魂を浄化させてやり、次の新しい命の糧となってもらうための仕組みだよ。元々この世界を構築した時に最初から組み込んである仕組みだから何ら問題は無いよ。普通は徐々に広がっていき、この世界の中に同化していくんだけど、あそこは閉鎖空間だったからね。あの中で、ひたすら成長と崩壊を続けていたんだ。だけど、これで一旦全部この世界に同化させたから、あの甘くて美味しい果物もいずれ世界の一部になると思うよ」

「いや、だけど……」

「それがさ。その男の憎しみと恨みは死してなお消えなかった。まあ、あれだけ強い地脈の吹き出し口、つまりマナの濃い場所でそれほどの強い思いが残ったもんだからさ、それがどうやらあの閉鎖空間に悪い影響を与えたらしくてね。普通なら与えるだけの平和な場所の筈なのに、核になり得る程の強い木がその感情を引き受けてしまった。その結果、あんな事になった訳。こんな事は私も初めてでさ。もう原因を探る為に千年分ものあの地の記憶を遡ったんだよ。本気で全部放り投げてやろうかと思うくらいに大変だったんだからね」

「そ、それはご苦労だったな」

「ああ、全くだ。それは大変だったな。まあゆっくり休んでくれ」

ハスフェルとギイはそれを聞いて完全にドン引いているし、オンハルトの爺さんはもうずっと笑っている。

「そりゃあお疲れさんだったな。お前さんの手際の良さと勤勉さに心からの賛辞と感謝を贈るよ。我らの創造主殿に祝福あれ」

一瞬、右手で何かを描くように動いた爺さんの手が、そのままシャムエル様の頭をそっと撫でる。目を細めたシャムエル様は撫でられてなんだか嬉しそうだ。

「まあ、そんな感じで原因も判明したし、彼の魂は出来る限りの浄化処置を施して、あの場は念入りに消去したからね。今頃きっと無垢な魂に戻って新しい身体を探しているよ。今度こそ、良い人生を送れると良いね」

「それなら良かった。彼の魂が安らかであるよう願うよ」

オンハルトの爺さんはそう言うと、スライム達を見て笑顔になった。

「おお、テントの再生が終わったようだぞ。では行くとするか」

駆け寄って、綺麗になったテントを一瞬で収納する。ギイも同じく自分のテントを一瞬で収納した。

「それじゃあもう一度、あそこへ……やっぱり行くの？」

「当たり前だろうが！」

振り返って嫌そうにそう言うと、三人だけじゃなくシャムエル様にまで声を揃えてそう言われた。

俺は……やっぱり間違ってる？


諦めてハスフェル達に続いて飛び地へ入ろうとしたが、ここでまさかの事態が発生した。

馬が怯えて、どうしても飛び地へ入ろうとしない。必死になって脚を踏ん張って、意地でも動くもんか！　って感じだ。

そりゃあ、あんな怖い目にあったんだから、行きたくない気持ちはすっごくよく分かるぞ！

馬に情けない親近感を覚えていると、ため息を吐いたオンハルトの爺さんが首を振った。

「これは駄目だな。こうなるとやはり俺も何か乗れる従魔が欲しい。借りてもよいが……ケンよ、確保は自分でやるからテイムしてくれるか」

「ああ、良いぞ。自分で確保してくれるんならテイムくらいするよ」

嬉しそうに頷いたオンハルトの爺さんは、笑って周りを見渡した。

「さて、この辺りに乗れそうなのはいるかな？」

「あ、エルクはどうだ？　よく走るぞ」

「エルクって鹿か。へえ、良いんじゃないか？」

納得した俺を見て、ハスフェル達も頷いている。

「テイムするなら雄にしろよな、あの角は格好が良い」

ギイが目を輝かせて横からそんな事を言う。

「まあ確かに、鹿の角って格好良いよな」

俺がそう言うと、ベリーがいきなり姿を現した。

「エルクなら亜種が良いですよ。あれは良く走るし持久力も馬とは桁違いです。亜種なら攻撃力も高いですから旅の安全度も増しますよ。見つけてあげますから行きましょう！」

同じく、姿を現したフランマも嬉しそうにベリーの後を追って走って行ってしまい、あっという間に見えなくなってしまった。

「あはは、確保を手伝ってもらえるらしいぞ」

そう言って振り返ると、三人も頷いて笑っている。

「頼もしい援軍が貰えたところで、それじゃあエルクの生息地へ行こう。ここからならすぐだぞ」

ハスフェルがそう言ってシリウスに飛び乗る。俺も慌てて鞍を付けたマックスに飛び乗ったよ。

鹿って言うから奈良公園の鹿を思い出して大丈夫だと思った俺……いい加減学習しろよな。この世界のジェムモンスターが、俺の常識とは色々とかけ離れているんだって事をさ！


少し走って雑木林が途切れた場所にあったのは、かなり広い草地。ハスフェルの指示で俺達は雑木林に潜んで待つ事になった。

突然、興奮したベリーの念話が届いた。

『エルクの亜種を見つけました！　少し弱らせてから追い込みますので、充分注意してください！』

『おう、待ってるからよろしくな』

気軽に念話を返して身構える。

マックスとニニが俺のすぐ側で身構え、猫族軍団を始め、従魔達全員が巨大化してやる気満々だ。

しばらくするとガサガサという茂みを掻き分ける音と共に、そいつは俺達の目の前に飛び出してきた。

「うわあ、ちょっと待ってくれよ！　マジであれをテイムするのかよ！」

思わず叫んだ俺は間違ってないと思う。

飛び出してきた巨大な角を持ったその鹿は、見かけは普通の鹿だったけど、マックス達と変わらない大きさだった。いや、足や首が長い分、エルクの方が大きく見えるくらいだ。

額に生えた二本の枝状に大きく広がった太い角は、先の部分が細くなって尖っている。あれに突撃されたら一瞬で人生の終了だぞ。

エルク舐めていたよ。草食動物なんだから楽勝だと思っていたのに、まさかのマックスよりもデカいサイズ。しかも鋭利な角付き！

本気で気が遠くなった俺だったが、三人の意見は違ったらしい。

雑木林から出て来たエルクを見るや即座に飛び出し、三人掛かりでエルクの背中や首に飛び乗りその太い首を腕や足を使って締め上げ始めたのだ。

頭を振って嫌がるように何度も跳ね回るが、彼らはエルクの身体から全く落ちる気配がない。

おお、相変わらず凄え筋肉だな。

彼らが首を確保したのを見て巨大化した猫族軍団が襲いかかり、見事なまでに爪も牙も使わずにエルクを横倒しにして押さえ込んでしまった。

何が起こったのか俺が理解した時には、もう全部終わっていたよ。

三人掛かりで首を絞められ、挙句に巨大な捕食者に勢揃いで押さえ込まれてしまい、しばらくもがいていたエルクだったが、最後には大人しくなった。

「もう大丈夫だな。ケン、頼むよ」

首元を締め上げていたオンハルトの爺さんの言葉に、俺は頭を押さえつける様にして上から覗き込んだ。

「俺の仲間になるか？」

嫌がる様にもがいたが、ハスフェルとギイの二人にまたしても締め上げられて大人しくなった。

「分かりました。貴方に従います」

一瞬光った後、意外に若々しい声で答える。こいつは雄。

三人と従魔達が手や口を離してくれたので、その場にエルクはゆっくりと起き上がった。

「紋章はどこに付ける？」

右の手袋を外しながらそう聞いてやると、エルクは嬉しそうに頭を下げた。

「ここにお願いします」

丁度角の根元辺りを撫でてやり、オンハルトの爺さんを振り返る。

「名前の希望はあるか？」

「それならエラフィで頼むよ」

「了解。お前の名前はエラフィだよ。お前は俺じゃなくて、別の凄い人のところへ行くんだ。可愛がってもらえよな」

右手を額に当ててそう言ってやると、もう一度光った後、どんどん小さくなった。

「丁度馬くらいになったな」

笑ってそう言い、エラフィをオンハルトの爺さんの前へ連れて行く。

「ほら、この人がお前のご主人だよ。彼を背中に乗せてやって欲しいんだ。出来るか？」

「オンハルトだよ。よろしくな」

爺さんが嬉しそうに手を伸ばしてエラフィの鼻先を撫でる。

「よろしくお願いします。新しいご主人」

嬉しそうにその手に頬擦りするエラフィを見て、俺も笑顔になる。

これで全員に良い従魔が手に入ったので、良かったと安堵したのもつかの間。またしても大興奮のベリーから念話が届いた。

『フランマが凄いのを見つけましたよ！　ぜひテイムしてください！』

言うだけ言って返事も聞かずにぶち切られる。

「ええと……分かった。俺がテイムする」

考えたら、蹄《ひづめ》のある子はいないもんな。せっかくだから俺もテイムしたい。

「じゃあ、確保は私達がしてあげるね」

猫族軍団が進み出てくれたので、素直にお任せしておく。

しばらくして茂みから飛び出してきたのは、さっきよりも小柄な、だけど確かに特別な子だった。

何と全身真っ白。大きな角も真っ白で瞳は真っ赤。これは珍しいアルビノ種だ。

そして俺がそんな事を考えていた数秒の間に、猫族軍団が一瞬で白いエルクを確保してしまった。

エルクがいくら強くても、肉食の猛獣には敵《かな》わなかったみたいだよ。

「おお、ありがとうな。では、俺の仲間になるか？」

角に気を付けながら近付き、角の根本を押さえつけてそう言ってやる。

一瞬嫌がるように首を振ろうとしたが、さらに力を込めて押さえると大人しくなった。

「はい、貴方に従います」

一瞬光って若い男の声でそう答える。よし、久しぶりの雄の従魔だ。

起き上がった真っ白なエルクの額に改めて手を当てる。

「お前の名前は、ヒルシュ。よろしくな」

また光ったヒルシュの額には、いつもの肉球マークがくっきりと刻まれていた。

「では、普段はこれくらいで良いですかね？」

俺の横にいる、鞍を付けたマックスを見たヒルシュは、ちょっと残念そうに笑って小鹿くらいのサイズになった。豪華だった角も小さくなって、しかも二叉《ふたまた》くらいになった。

これくらいなら先も尖っていないから怖くないぞ。

「おお、小さいとまた可愛いなあ」

嬉しそうな俺の声に、ヒルシュも嬉しそうに軽く跳ねて俺の腕に飛び込んできた。

抱きしめたその手触りは、短い毛が柔らかくて気持ちがいい。だけど撫でると意外なくらいに筋肉がしっかりしている。これは確かに強そうだ。

「ええと、蹄があるなら宿の部屋には入らない方が良いかな？」

仲良く挨拶を始めた従魔達とヒルシュを見て、少し考えながら小さく呟く。

「それなら、エラフィと一緒に厩舎にいてもらうのが良いんじゃあないか？　俺のデネブも普段は厩舎にいるから寂しくなかろう？」

ギイの提案にヒルシュもそれでいいと言ってくれたので、宿では基本的に厩舎にいてもらう事になった。草食なので、普段の食事は、厩舎の干し草と一緒に追加で果物なんかをあげればいい。それならスキンシップは出掛けた時にしっかり、だな。そう考えて俺も満足のため息を吐いたのだった。

馬の鞍と手綱をエラフィに装着する。ギイが飛び地前の岩場と草地に結界を張ってくれたので、怯える馬はそこで留守番してもらう事になった。

「うう、やっぱり気が進まないよ」

マックスの背中に乗って、岩場から巨大な草が生茂る草原へ入ったが、そこは前回と殆ど変わらないように見える。

そして頭上には、やはり太陽の無いよく晴れたのっぺりした空が広がっている。

「本当に再生しているんだな。それにしても、あれが割れるって……」

思わずそう呟いて身震いする。

「だから大丈夫だって。念入りに確認したけど、今のところ不自然な歪みや傷みは一切無いからさ」

俺の右肩に座って尻尾のお手入れに余念がないシャムエル様の言葉に、俺は諦めのため息を吐いたのだった。

前回、貴重なジェムとアイテムを乱獲した大木のある場所に到着した。

「ええと、もしかしてまた狩りタイム？」

「当たり前だ。お前、ここがどれだけ貴重な場所であるかもう忘れたのか？　ありったけ狩っていくぞ」

真顔で言われて、俺はもう諦めて腰の剣に手を掛けた。

「ええと、最初は……あれ？」

見上げた巨大な木には、前回とは違う半球体があちこちに張り付いている。

「カメレオンビートルじゃあないのか？」

思わずそう呟き、目を細めてよく見てみたがあの特徴的な角が無い。

「お前、そう来るか」

いきなりハスフェルが笑い出した。

「だってせっかくだから、色々あった方が嬉しいかと思ってさ」

何故だかドヤ顔のシャムエル様が、俺の肩の上で胸を張る。

「感謝するよ。カメレオンレディバグのジェムは持っているが、素材の前羽は手放してもう無いんだ。実は欲しかったんだよ」

「レ、レディバグって、女性の虫？　あ、分かった！　てんとう虫か！」

思わず手を打ってそう叫んだ。

巨大な木の幹にいるからあまり大きく見えないけど、直径1メートルどころではない。コロンと丸い形は案外可愛いと思うが、相手は超レアなジェムモンスターだ。もしかして、尻から毒針が出ても不思議は無いぞ。そう考えて身構えたが、ハスフェル達は至って呑気なものだ。頭上を見上げて、どこへ落とすかとか相談しているし、どうやら危険は無いみたいだ。

「なあ、あのてんとう虫の素材は何？」

少し下がって木を見上げながらシャムエル様に質問する。

「背中の丸い前羽は、薄くて硬いから装飾用の素材として重宝されるよ。それに、加工次第では完全な透明にもなるね。翅脈は無いからショウケースのドームに加工されたりもするね。クーヘンなら喜ぶんじゃない？」

「へえ、そうなんだ。じゃあ頑張ってみようかな」

ちょっとやる気になってハスフェル達を見ると、丁度、彼らの相談も終わったみたいだ。

「ケン、ここは槍がいいぞ。ミスリルの槍を出しておけ」

「おう、了解」

ハスフェルの言葉を聞いて飛んできてくれたアクアゴールドが、サッとミスリルの槍を取り出して渡してくれた。

ギイが、セミ捕りの時に使った長い棒を組み立てている。

「俺がこの棒であいつらを払い落とすから、腹側を槍で突き刺してやれ、軽くな。あの背中側の丸い前羽が素材で、球形の素材は貴重だから何処でも喜ばれる。だから、出来るだけ傷を付けないようにな」

「おう、気をつけるよ。軽く突き刺す程度で良いんだな」

「貫通させると前羽に穴が空く。そうなると素材としての価値は一気に下がるんだよ」

「そりゃあ勿体無いな。出来るだけ無傷で確保するよ」

ミスリルの槍を手にした俺を見て、ギイが大きく頷く。

「それじゃあ頑張れよっと！」

ギイが長い棒を横に振って木の幹を撫でるようにして払った。

「うわあ、どれだけいるんだよ！」

鱗《うろこ》が剝がれるみたいに、ボロボロと半球体が地面に落下して来る。

転がってもがいているやつの腹に、軽くミスリルの槍を突き刺した。

「ああ！　いきなりやっちまったよ。貫通したあ！」

思わずそう叫んでしゃがみ込む。

ごく軽く突き刺したつもりだったのに、ミスリルの槍は、呆気なくその身体を貫通してしまった。

巨大なてんとう虫はジェムと素材になって転がったが、貴重な前羽の二枚のうちの一枚を、ミスリルの槍が見事に貫通して地面に縫い付けていたよ。

「だから言っただろうが、勿体無い」

呆れたようなギイの言葉に、俺は叫んでいた。

「無理だって！　アクアゴールド！　以前使っていた古い槍を出してくれ！」

「はい、これだね」

背後からアクアゴールドの声がして、以前ハスフェルから借りて使っていて、そのまま貰った鋼の槍を取り出してくれたので、受け取ってミスリルの槍を返す。

慌てて周りを見回したが、残念ながらもうてんとう虫はどこにも転がってなかった。

「良いな、もう一度落とすぞ」

鋼の槍を手にした俺を見て、ギイが再び木の幹を払う。

またバラバラと落ちて来るてんとう虫を見て、駆け寄った俺はさっきよりもかなり慎重に腹側を突き刺した。

「よし、これくらいだな。もう分かったぞ」

今度はジェムと一緒に綺麗な前羽が転がるのを見て、すぐ側でまだもがいていたもう一匹の分も確保した。

周りにある他の木でも、ベリー達や従魔達がてんとう虫を大喜びで叩きまくっている。

マックスとニニが嬉々として大暴れしているのは、球形のジェムモンスター相手のお約束だよな。お前らボール遊びが大好きだもんな。

そして新しい仲間のエルクのヒルシュの攻撃力も凄い！　転がるてんとう虫をガンガンと蹄で蹴って、一瞬でジェムにしていたよ。ううん、エルクの蹴りの威力、予想以上だ。半端ねえ。

だけど上手に蹴っているから素材は無事。いやあ器用なもんだね。

ギイが何度も払い落としてくれ、ようやく一面クリアーした頃には、俺でもかなりの数のてんとう虫のジェムと素材を確保していた。

せっせと拾い集めるスライム達を見て、少し息の切れた俺はその場に座り込んだ。背負っていた鞄から水筒を取り出して飲む。

「はあ、水が美味え」

そう呟いてもう一度水を飲んでから、地面に背中から転がった。

「腹が減ってきたな。何か食うか?」

俺の言葉に、三人が揃って嬉しそうに手をあげる。

「お願いします！」

笑って起き上がり木から離れようとした時、頭上で何かが動くのが見えた。

「ええ、もう出たのかよ。今度は何……」

そう言って見上げた俺は、驚きのあまりそこから動けなかった。

俺の頭上の巨大な木の幹に突然現れたヘラクレスオオカブトは、何と角だけでも2メートル近くある。俺達が一度だけ遭遇したやつの倍以上はある、超デカい亜種だったのだ。

下向きになったそいつは、まるで威嚇するみたいに大きく二本の角を噛み合わせた。

剝き出しの金属同士を擦り合わせたような、甲高い音が辺り中に鳴り響く。

そして、そのヘラクレスオオカブトは、間違いなくすぐ下にいる俺を見た。

驚きのあまりすぐに反応出来なかった俺は、ゆっくりと降りて来るその巨大な二本の角が開くのを、ただ呆然と見上げている事しか出来なかった。


「う、うわあ……デカい……」

完全に逃げるタイミングを逸してしまい、真正面からほぼ向き合った状態で幹を伝って下に降りて来る超巨大なヘラクレスオオカブトを呆然と見上げていた。

『ケン、そのまま静かに後ろに下がれ』

緊迫したハスフェルの念話が届くが俺は動けない。泣きそうになりながら小さく首を振る。

『目がさ……完全に俺を見ているんだよ。今、後ろに下がったら間違いなく突っ込んで来る……』

何とかパニックになりそうな頭の中で、必死になってそう答える。

『分かった。そこを動くなよ』

短い言葉が届いたきり念話が途切れるのが分かった。急に心細くなって本気で泣きそうだ。

ここへ来たばかりの頃に比べたらそれなりに腕は上がったと思うが、さすがにあの巨大な角と正面から対峙出来る腕は無い。

少し冷静になってきた頭で、どうしたら良いか必死になって考える。

剣を抜くのは恐らく最悪手。角と同程度の長さの武器を俺が抜いたら、間違いなく戦いのゴングが鳴り響く。でもって瞬殺される未来しか見えねえよ。だからそれは却下。

「となると、とにかく逃げられれば俺の勝ちなんだけど……」

試しに少しだけ下がってみたら、開いていた角が大きくまた打ち鳴らされる。

足が震えて思った様に身体が動かない。完全に恐怖で身体が硬直しているよ。

『ケン！　その場にしゃがめ！』

突然、頭の中にハスフェルの大声が聞こえて俺は咄嗟にその場にしゃがんだ。まあ、腰が抜けて座り込んだとも言うな。

次の瞬間、誰かに思いっきり肩を踏まれて悲鳴を上げげつつも咄嗟に踏ん張る。

後ろから駆けて来たハスフェルが俺を踏み台にして飛び上がったのだ。その手には、愛用の巨大な剣が抜身で握られている。

勢いよく飛び上がったハスフェルは、ヘラクレスオオカブトの背中に見事に剣を突き刺した。

「ギガガガガ！」

奇妙な鳴き声を立ててもがいていたヘラクレスオオカブトが、巨大なジェムになる。そして、ハスフェルと一緒にあの巨大な角が真っ直ぐ下に向かって落ちて来たのだ。

「ひええ〜〜〜！」

どっちに当たっても余裕で俺の人生終わる。情けない悲鳴を上げて必死で後ろに転がった。

「ご主人！」

声が聞こえた直後、俺はマックスの大きな手に払われて勢いよく横に吹っ飛んだ。

しかし、そこには合体して大きく広がったスライム達が待ち構えていて、俺は頭から突っ込んでようやく止まった。


「おい、生きてるか？」

笑いを堪えたハスフェルの言葉に、恐怖に硬直してスライムに突っ込んだ体勢のまま壊れた玩具みたいに何度も頷いた。

「なんだ。また血塗《ちまみ》れで瀕死《ひんし》のお前さんを介抱しなきゃならんのかと思って、張り切ったのになあ」

オンハルトの爺さんの残念そうな言葉に俺は思わず吹き出し、その場は大爆笑になった。

ようやく身体が動く様になったので、なんとか自力で起き上がり振り返る。

「これは見事だな。ここまで大きな亜種は俺も初めて見たよ」

ハスフェルの手から受け取った大きな角を、オンハルトの爺さんが感心した様にそう言って撫でている。

俺もたった今確保した大きな角を見せて貰う。

長さも太さも、俺が持っているのとは桁違いだ、しかも、色がこれ以上ないくらいに真っ黒で、見つめていると吸い込まれそうだ。ツルツルで光沢のある角の表面には、傷の一つも見当たらない。

「すっげえ……」

確かにこれは他の素材とは桁が違う。

なんと言うか、手にしただけで王者の貫禄みたいなものさえ感じられて息を呑んだ。

「ほら、これも殺され掛けた記念だ。その角と一緒にお前さんに進呈するよ」

笑ったハスフェルが、地面に転がる巨大なジェムを拾って渡してくれ、俺は慌てた。

「いやいや、これはハスフェルが仕留めたんだからお前のものだよ。俺はもう持っているって」

返そうとしたが、ハスフェルは笑って首を振っているだけで受け取ってくれない。

「もう一度見せてくれるか」

そう言われて、オンハルトの爺さんに二本の角を渡す。

「本当に素晴らしいな。良い剣になるだろう」

そう言って二本の角の先にそっとキスを贈った。一瞬角が光ってすぐに元に戻る。

「ほら、大事に持っていなさい」

「あ、ありがとうございます」

お礼を言って角を返してもらった。改めてそれを撫でてから、アクアゴールドに角を返した。

「気を付けろ。そろそろ、次が出るぞ」

少し離れたところで黙って見ていたギイが、笑いながら上を指差す。

見上げた俺はもう何度目か分からない悲鳴を上げた。

だって、また大きなヘラクレスオオカブトが現れてこっちに向かって威嚇していたからだ。

「良いか。あれの攻略法を教えてやる。よく聞けよ」

剣を抜いた真顔のハスフェルの言葉に、息を呑んで頷いた俺も、腰の剣を抜いた。

「さっきのお前の様に、正面側から向き合うとまずあの角にやられる。だから、絶対に正面近くから戦ってはいけない」

さっきの恐怖を思い出して、何度も頷く。

「逆に背中側、つまり真上か背後は死角になるので安全だ。ただし背中側も前側近くは角を大きく振られる危険があるので、これも駄目だ」

そう言って降りて来るヘラクレスオオカブトから視線を外さずに少し下がる。

この巨木の周りは、まばらに雑草が生えているだけで、河原近くのような背の高い草は生えていない。

お陰で視界も足場も余裕で確保出来る。ゆっくり下がる俺達に向き合うように、ヘラクレスオオカブトが地面に降り立つ。最初ほどではないが、これもかなり大きい。

「攻撃するのは、背中の前羽の合わせ目。つまりあそこさ」

いつの間にか後ろに回り込んでいたギイが、一気に飛び上がって背中の前羽の間に見事に剣を突き立てた。

地面に縫い付けられたヘラクレスオオカブトは一瞬硬直した後、これも大きなジェムと角になって転がった。

一大決心して剣を抜いたけど、戦う間も無く勝負はついてしまった。

「じゃあ、これはお前の分だな」

ギイが、当たり前のようにハスフェルに角とジェムを渡す。

「分かったか？　ヘラクレスオオカブトは武器を構えている人間に向かう性質がある。なので、必ず二人以上で組んで、一人が囮《おとり》になって正面側で武器を構える。それでその間に仲間が背後から攻撃して仕留める。そしてジェムと角は、一番危険な正面側に出て囮になった奴に所有権がある。分かったか？　だから、さっきのジェムと角は正面側にいたお前さんに権利があるんだよ」

「囮になったつもりは無かったけどな」

納得して苦笑いしながらそう呟くと、ハスフェルはギイと二人揃って大笑いしていた。

「しかし、お前さんは本当に災難に見舞われる奴だな。よほどの事が無い限り、素手でいる時にヘラクレスオオカブトに目を付けられる事なんて無いんだけどなあ」

呆れたようなギイにそう言われて、俺はもう数える気もない大きなため息を吐いたのだった。

第59話　フィーバータイムと地面の下からこんにちは

「そろそろ次が出るぞ。せっかくだから一面クリアーするまで頑張ろうぜ」

ギイがそう言いながら、大きな木を見上げる。

今俺達が立っているこの場所が、ヘラクレスオオカブトの出現場所の真ん前。

「次は誰がやるんだ？」

同じく見上げながらそう言うと、背後から声が聞こえた。

「それでは私達は向こうへ行きますから、皆さんはここで狩りをしてください」

姿を現したベリーとフランマが嬉々としてそう言うと、遠くの大きな木に走って行った。

オンハルトの爺さんは、ここは参加しないつもりのようで少し離れて椅子なんか出して、すっかりお寛ぎモードだ。

マックス達は、俺達の後ろでつまらなそうに並んで座っている。

「あれ、お前達は参加しないのか？」

振り返ってそう尋ねると、マックスが尻尾をバンバン叩きつけながら答えてくれた。

「見た所、ヘラクレスオオカブトの出現する木は二本だけのようなんですよ。少しは私達にも残しておいてくださいね、ご主人！」

不平感満載のその答えに、思わず右肩に座っているシャムエル様を見る。

「詳しくは企業秘密だけど、ジェムモンスターの出現率や出現数もある程度設定してあって、例えば絶対王者と呼ばれるティラノサウルスやヘラクレスオオカブト。まあ他にもあるけど、それらの個体は出現数そのものが少ないんだ。だからこそ、それらの素材は貴重なの。当然でしょう？」

そう言われて納得した。確かにここでのジェムモンスターは、出てくる絶対数が他よりも少ない。いつもだったら湧き出すほどにあふれ出てくるけど、ここでは一匹ずつ、もしくは出ても外の半分程度だ。

「そっか、じゃあ俺達が一通り戦ったらお前らも戦うか。だけどあの角には気を付けてくれよ。怪我はごめんだぞ」

俺がそう言った瞬間、全員が一気に巨大化して座り直した。

「もちろん！　じゃあ、ご主人の狩りが終わるのをここで待っています！」

見事に声を揃えてそう言われてしまい、思わずハスフェル達を振り返った。

「お前なあ……まあいい、とりあえず一面クリアーするまでは、俺達が遊ばせてもらうぞ。お前らはその次な」

苦笑いしたハスフェルにそう言われて笑ったよ。どうやら彼らは、単に自分達が暴れたかっただけみたいだ。皆、血の気が多いねえ……。

「それじゃあ、一度ケンもやってみろ。背中側から突くだけだからミスリルの槍でも良いぞ」

前回、即返品されたミスリルの槍をアクアがサッと出してくれる。

「じゃあ、折角《せっかく》だからやってみるよ。そう言えばあの前羽は素材にならないんだな」

ミスリルの槍を持ってそう言うと、ハスフェルが後ろに下がりながら笑って頷いている。

「確かに聞いた事がないな。恐らくだがヘラクレスオオカブトの亜種は、硬化の成分を全部角に回しているんだろう」

「硬化の成分？」

また初めて聞く言葉が出て来た。

「ああ、亜種が硬化して素材を落とすのは、金属や鉱物などを取り込んで、その成分がジェムと一体化する事によるんだ」

「ああ、それは一番最初にシャムエル様から聞いた覚えがあるな」

俺の言葉に、ハスフェルが頷く。

「その一体化した部分が硬化して素材になるんだよ。だから、金属を取り込めば硬くなるし、ガラスの成分を取り込めば透明な素材になる。確かに同じ種族でも、カメレオンビートルは前羽の素材も残すな。折角デカい体をしているんだから、前羽も残してくれれば良いのにな」

笑いながら教えてくれたその内容に納得した。

要するに、初期設定時のボーナスポイントが亜種にはあって、ヘラクレスオオカブトはそのポイントを角の硬化に全振りしたわけだな。多分この考え方で間違ってないだろう。

「無駄話はそこまでだ。次が出て来たぞ」

剣を抜いたギイの声に、慌てて身構える。

「待て待て、武器は一旦下げろ。構えるんじゃない」

頭を押さえられて、俺は慌てて槍を下げて下に降ろした。

そりゃあそうだ、横で剣よりもっと長い武器を構えてたら、絶対こっちに向かってくるよな。

「攻撃するのは地面に降りてからで良い。お前なら大丈夫だと思うが、絶対に前には出るなよ」

「了解、気を付けます」

気を引き締めて深呼吸をする。

最初程じゃないが、これまた大きいのが出て来た。

一度だけ角を噛み合わせて甲高い音を立てた後、ゆっくりと幹を降りてきた。


「ここを新しくした時に、ジェムモンスターの種類や出現率もかなり変更したんだ。特に今は初めて人が入ったから、いつもより多めに出るようにしてあるんだ。頑張ってしっかり集めてね」

得意気なシャムエル様の言葉に、吹き出す俺。

成る程、今は初回特典で出現率アップのフィーバータイム中な訳か、そりゃあ頑張らないとな。

目の前では、剣を構えたギイに向かって地面に降り立ったヘラクレスオオカブトが向き直る所だ。

ハスフェルの合図で思い切り走って行って、ミスリルの槍をその大きな背中の羽の合わせ目に力一杯叩き込んだ。

呆気無いくらいに簡単に貫通して、槍が地面に突き刺さる。

「ええ、こんなに柔らかいんだ」

あまりにも簡単で逆に驚いた直後、ジェムと素材が転がるのが見えた。

お礼を言ったギイが素材とジェムを確保するのを見て、槍を抜こうとしてまた驚いた。

「よっと。あれ……抜けないぞ」

かなり深く刺さったミスリルの槍が、まさかの地面から抜けない事態に俺は大いに焦った。

「ふんっ！」

今度は両手で握って力一杯引っ張る。

「ふぐ〜〜〜〜ん！」

歯を食いしばって脚も広げて踏ん張り、必死になって抜こうとするがマジで抜けない。

「何をやってるんだ。お前は」

呆れたような声が背後から聞こえて、俺は負けを認めて振り返った。

「抜いてくれるか、マジで抜けない」

二人同時に吹き出す声がして、俺も笑いながら悔しいけど下がる。ここは無駄に鍛えているあの筋肉の出番だろう。

「お、確かにこれは……」

右手で槍を抜こうとしたハスフェルの声が、驚いたように途切れる。

しばらく考えて、さっきの俺のように両手で握って抜こうとするが全く抜ける気配がない。

眉を寄せて手を離したハスフェルが振り返る。

「おいギイ。ちょっとこいつを抜いてみろ」

真顔のハスフェルの声に、笑ってやろうとしていた俺達は口をつぐんだ。

しかし、ギイが力一杯引いても全く抜ける気配はなく、見かねたオンハルトの爺さんもやってくれたが結果は同じ。半ば呆然と顔を見合わせた俺達は、頷き合って四人揃って槍を握った。

「いくぞ」

ハスフェルの合図で全員一緒に、タイミングを合わせて同時に引っ張る。

僅かに動いた気配がして喜んだ直後、異変が起こった。

突然地面にヒビが入り、何故か地面が盛り上がって来たのだ。

呆気に取られていたのは一瞬で、直後に全員同時に槍を手放して後ろに大きく飛んで下がる。

ひび割れた地面から出て来た、槍が突き刺さったそれを見て、俺は本気で悲鳴を上げた。

「無理無理無理無理！　これは絶対に無理〜！」

悲鳴を上げた俺は転がって下がり、後ろにいたニニに咄嗟に飛びついた。

「ああ、癒されるよ、このもふもふ……」

思わずニニのもふもふな首回りの毛に埋もれて現実逃避する。

だって、だって巨大化したセルパンの倍以上あるミミズだぞ！　太さは俺の胴回りなんかより遥かに太いって。

ニニにしがみ付いて必死になって死んだフリをしていると、いきなり後頭部を叩かれた。

「こら、何を現実逃避しておる」

呆れたようなオンハルトの爺さんの声に、俺は必死になって首を振った。

「だから俺には無理だって。お願いします。お願いしますからサクッとやっつけてください！」

「こら、誰をサクッとやっつけるんだよ。全く好き嫌いの激しい奴だな。大丈夫だからこっちを見ろ」

同じく呆れたようなハスフェルの言葉に、俺は恐る恐る振り返った。

「へ？　いや、無理無理！」

チラッと振り返ると、蛇のように頭をもたげた巨大なピンク色のミミズがこっちを向いている。

ミミズの何処に目があるのかは知らないけど、そいつは確かに俺を見ている気がした。

「久しぶりだねウェルミス。そっか、今はここにいてくれたんだね」

俺の右肩に座ったシャムエル様の言葉に、俺は気が遠くなった。

まさかとは思うけどどこの巨大なミミズさん……またしても神様の化身か何かっすか？　しかもその頭の上には、俺のミスリルの槍が突き刺さったままだよ！

「おお、シャムエルではないか、久しぶりだな」

ミミズ喋ったー！　本気で気が遠くなりそうだが、これがまた腹が立つくらいにイケボ。

いやそこのミミズさん。今どこで喋ったか、聞いていい？

「そりゃあ、いきなり新しい土地に丸ごと挿《す》げ替えられてみろ。其方《そなた》にとっては簡単な事だろうが、大地の世界にとっては一大事だぞ。せっかく育てた土の子達が全滅してしまったのだからな。始まりの土以外は全くの真っ白な状態だ。このままでは育ちすぎた巨木達が立ち枯れてしまう。それで我が来て大地の子達に直接力を与えていたのさ」

「そうだったんだね。実はちょっと緊急事態でさ。土の子達まで気が回らなかったんだ。ごめんなさい」

俺の肩に座って、ミミズに向かって今回の事件の顚末《てんまつ》を話しているシャムエル様。

何、このシュールな絵面は……。

「シャ、シャムエル様……土の子って何ですか？　でもってあのミミズ……何者？」

「彼はウェルミス。大地の守り神だよ。まあ、正確に言うと大地の神、レオの眷属《けんぞく》だよ」

「そうか、レオは確か大地の神様だったよな。ええと、つまり彼の部下？」

「まあ、ケンに分かりやすく言えば、それかな？」

確かにミミズって土を作るんだもんな。見かけはどうあれ、土壌生物の中でも大事な生き物だって聞いた覚えがある。

「で、土の子って何？」

「土の中に住み土を肥やしてくれる、目には見えないけれど大切な生き物達だよ。それらがいなければ、土は何の力も無いただの砂になってしまう」

巨大ミミズが、それはもう聞き惚れそうな無駄に良い声で教えてくれる。

「要するに土壌生物全般の事だな。成る程、分かりました」

のけ反りながらそう答える。

何処を見ているのかわからない顔の無いミミズは、正直言ってかなり怖い。

「其方が、主人の言っていた異世界人だな。我らの世界を救ってくれた事、心より感謝する」

「あはは、その件に関しましては俺に言われてもさっぱりなので、こちらへお願いします」

笑って誤魔化し肩に座っているシャムエル様を示す。

「ああ、また私に丸投げしてるし」

「それよりあの……」

「ん？　如何した？」

巨大ミミズが首を傾げると言う、最高にシュールな光景を眺めて俺は虚無の目になる。

「頭に、その、俺のミスリルの槍が、突き刺さっているんですけど……」

俺がそう言った瞬間、ハスフェルとギイが同時に吹き出した。お前ら覚えてろよ！

しかし、ミミズは至って呑気に顔を上げて身震いした。すると、ポコって感じに抜けた槍がそのまま落ちてきたのだ。

「うわっと。あっぶねえ！」

咄嗟に後ろに飛んで難を逃れた。危ない危ない、あの位置だと下手したら足に刺さっていたよ。

駆け寄って引くと、今度は簡単に抜けた。

苦笑いして、とにかく物騒な槍を収納する。

「珍しく地表近い位置で土作りをしていたら、いきなり頭がチクッとしてな。そうか、これだったのか」

平然とそんな事を言われて、俺はまた気が遠くなった。

まあ、神様の部下だもんな。ミスリルの槍如きでやっつけられるわけ無いか。

「あの、知らぬとは言え大変失礼致しました。ええと、良かったら万能薬がありますので……」

かなりビビりつつ話しかけると、巨大ミミズは首を振った。

「お気遣い感謝する。大丈夫だ。我の体はかなり頑丈ゆえ、人の子の武器などチクリとする程度だよ」

「あはは、それなら良かったです」

笑って頷き、ちょっと後ろに下がる。

あの巨大なミミズがあんまり怖くなってきたぞ。慣れってすげえ。

密かに感心していると、ギイに肩を叩かれた。

「悪いが、次が出ているんだけどな」

笑いながら頭上を指差している。

慌てて見上げると、これまた大きなヘラクレスオオカブトが現れて戸惑うように俺達の方を向いていた。

「おやおや、狩りのお邪魔をしてしまったようだな。では私は戻らせていただこう」

巨大ミミズがそう言って体をくねらせて戻りかけて止まる。

「異世界人よ、良ければ我からの祝福を受けてはくれぬか？」

「ああ、ケンで良いですよ。それより祝福ですか？」

首を傾げると、シャムエル様が嬉しそうに頷いている。

「あ、はい……お願いします」

神様が何かくれるって言うんだから貰っておいて損は無かろう。その程度の軽い気持ちだった。

「ケン、大地の恵みが常に其方と共にあらん事を」

シャムエル様の時みたいに更なる良い声でそう言ったミミズは、何と、俺の額にまるでキスするかのように伸びてきた頭の先をくっ付けたのだ。

その瞬間、ものすごい寒気のようなものが全身を駆け巡った。完全に硬直して動けない俺からミミズが離れる。

「これで良い。ではさらばだ」

満足気に頷いたミミズは、先程出てきたあの地面に開いた穴に、モゾモゾと体をくねらせて潜り込んで行った。

「うわあ、これまたシュールな光景」

「失礼な事言うんじゃないよ！」

思わず口に出してしまい、シャムエル様に叩かれたよ。


土の中に巨大ミミズが消えた瞬間、まるで待ち兼ねたかのようなヘラクレスオオカブトの角を打ち鳴らす音で我に返る。

「おお、すっかり忘れていたよ。ええと次は誰だっけ？　あ、俺か！」

苦笑いした二人が頷くのを見て、大きく深呼吸した俺は急いで剣を抜いた。

構えた俺にヘラクレスオオカブトが向かってくるのを見て、二人が後ろへ回る。勝負がつくのはあっという間だった。

結局、その後まだまだ出てくるヘラクレスオオカブトと戦い続け、ようやく出てこなくなった時には、三人とも二桁になるジェムと大小の角を手に入れていたのだった。

「まさか、これほど手に入るとは思わなかったな。これなら俺達も剣を作っても良いな」

嬉しそうなハスフェルの言葉に、ギイも頷いている。

俺も少なくないジェムと素材を手に入れて、もう苦笑いするしかないよ。

「こうなったら、最初に手に入れたあの角は、逆に記念に持っておいて、剣にするならこっちから選べば良いよな」

まさかの大収穫に、大満足の俺達だった。


「それはそうと、腹が減っているんだけどな」

ハスフェルの言葉に、ギイとオンハルトの爺さんも笑って頷いている。

俺も腹が減っているのは自覚していたので、一旦この場は撤収して岩場まで戻りもう一泊する事にしたよ。夕食にはがっつりステーキを焼いた。

「ま、どんな時でも飯が美味いのは大事だよな」

そう呟き、振り返って緑の波がさざめく草原を眺める。

日が暮れないここでは、時間の感覚も分からなくなりそうだ。だけど、何となく分かる。恐らく外ではもう夜中なんだろう。

「飯を食ったらもう休むか。それで、明日はもっと奥へ行くぞ」

ステーキを食べかけていた俺は、思わず手を止めた。

「もっと奥って……もしかして、あのリンゴとブドウのあった場所か？」

「そうさ。一応、あの後どうなっているのか確認しておく必要があるだろうからな」

正直言って絶対行きたくない。だけど、安全を確認しておかなければならないと言うのも分かる。出来れば俺抜きで行って欲しいんだけど、全員で行くのはもう確定事項みたいだ。

「了解。じゃあ食ったら早めに休むとするか」

諦めのため息と共に、肉の最後の一切れを口に入れた。

「日が暮れないと、夜になった気がしないな」

スライム達に、汚れた食器やフライパンを綺麗にしてもらいながらそう言うと、同じく空を見上げたハスフェルとギイが苦笑いして頷いている。

「こういった飛び地は、閉鎖空間であるが故に陽の光が差さない。その為、中にいる人間の体内時計を容易《たやす》く狂わせる。此処が普通の人間には非常に危険な場所である一つの理由にもなっているな」

その言葉に、思わず俺の手が止まる。

「待て待て、また聞き逃せない事をサラッと言ったな。そんなのめちゃめちゃ危険だろ。大丈夫なのかよ」

「心配するな、俺達は安定した体内時計と体内コンパスを持っているから、そうそう迷う事も狂う事も無いよ」

右肩に戻って尻尾の手入れをしているシャムエル様を見ると、満面の笑みで頷いてくれた。

「ケンにも、ハスフェル達と同じ体内時計と体内コンパスを与えてあるから安心してね」

「お、おう、ありがとうございます……そりゃあ心強いよ」

ため息と共にそう言って、もう考えるのをやめた。

もうこうなったら、とことん奥まで行ってやろうじゃないか。何しろ同行者は全員神様なんだから、確かにこれ以上無い安全なパーティーだよ。

悶々としている頭の中のいろんな事を、全部まとめて明後日の方向にぶん投げておく事にした。


そこで今日は解散となり、三人が各自の張ったテントに戻る。

見送った俺も、開けていたテントの垂れ幕を降ろして大きく伸びをした。

「もう、安全なんだよな？」

「大丈夫だって言っているでしょう。安心して休んでOKです！」

ちっこい手で頬をバンバン叩かれて、慌てて止める。

「痛いって。じゃあ、いつもみたいに防具は脱いでも大丈夫なんだな？」

「大丈夫です！」

断言されて、笑って肩を竦める。

サクラにいつものように綺麗にしてもらい、身軽になった俺は、スライムベッドの上で寛ぐニニの腹毛に潜り込んだ。

隣にマックスが寝転がり俺をサンドする。背中側にラパンとコニーが巨大化して並び、俺の胸元にはタッチの差でフランマが潜り込んできた。タロンは俺の顔の横で丸くなる。

お陰で俺は、全身余すところなくもふもふに埋もれたよ。

出遅れたソレイユとフォールとヒルシュは、ベリーの所へ行ったみたいだ。

「では、おやすみなさい」

ベリーの声に顔を上げる。

「ああ、おやすみ。明日は平和になるように、マジでお願いするよ……」

もふもふに埋もれた俺は、そう呟いたきり、そのまま気持ちよく眠りの海に垂直落下していったのだった。


ぺしぺしぺし……。

ふみふみふみ……。

カリカリカリ……。

つんつんつん……。

ぺろぺろぺろ……。

「おう……起きてるよ……」

ぼんやりとした頭で返事をした俺は、大きな欠伸をして、もふもふのニニの腹毛に顔を埋めた。

「こら、起きなさい」

頭を叩くシャムエル様の言葉に、俺はうつ伏せのまま返事をした。

「ふああ、まだ眠いよ……」

そう呟いて、何とか起き上がって大きな欠伸と共に立ち上がる。

「ああ、まだ私達が起こしてないのにご主人起きちゃった」

「ええ、つまんないの」

笑いながら文句を言うソレイユとフォールの二匹を捕まえて、両手でおにぎりの刑に処する。

戯れていると、タロンとフランマも乱入してきたので、交互にこちらもおにぎりにしてやる。

こうやって比べると、フォールの首の太さが半端ねえよ。

「ご主人、私も」

そう言ってニニが俺の背中に頭突きをしてくる。

「こらこら、また落ちるって」

笑って大きなニニの首に抱きついて首回りのもふもふを堪能する。

うん、今日も良いもふもふっぷりだね。

「あれ？　さっきの最後のぺろぺろって……？」

なんだかメンバーが増えていた気がしてそう呟くと、小さくなったヒルシュが甘えるみたいに俺の腕に鼻先をこすりつけて来た。

ヒルシュは頭に角があるから、ニニ達みたいな頭突きは禁止だもんな。

「あはは、そっか。さっきのぺろぺろはヒルシュか！」

笑って腕を伸ばして、お外限定モーニングコール追加要員を抱きしめて撫でまわしてやった。

おお、小さくなっていると毛の柔らかさがさらにパワーアップしているよ。短い毛も良いもんだなあ。

のんびりと従魔達と触れ合っていると、ゴソゴソとあちこちで起きてきた気配がする。

「おはよう、起きてるか？」

テントの外からギイの声が聞こえて、テントの垂れ幕が上げられる。

「おはよう。寝ている間も特に問題無かったみたいだな」

「おはよう。此処はもう安全だよ」

笑ってテントを片付けるギイの言葉に、俺も立ち上がって大きく伸びをした。

寝ていたスライムベッドは、あっという間に分解してバラバラになる。

「ご主人綺麗にするね～！」

ニュルンと伸びてきたサクラの声と同時に、俺の身体は包まれて綺麗になる。

脱いであった防具を手早く身に着けるまでが朝のルーティーンだ。

「よし、完璧」

最後の籠手《こて》をはめて出しっぱなしだった机を見る。

「それじゃあ朝は、サンドイッチで良いかな」

机に飛び乗ったサクラから、適当にいろいろ出してもらう。ベリー達の果物もな。

ハスフェル達も起きてきたので、作り置きのアイスコーヒーを出してやり、各自好きなサンドイッチを取って食べてもらう。

タマゴサンドの横で自己主張しているシャムエル様のもふもふ尻尾を突っついて、俺はいつものベーグルサンドとタマゴサンドを取って席に着いた。

「それじゃあ今日は、この奥へ行くのか？」

コーヒーを飲みながらそう尋ねると、ハスフェルとギイは顔を見合わせてから頷いた。

「もう大丈夫だと思うが、念の為な」

「了解。じゃあ食ったらテントを片付けないとな」

ステップを踏みながらお皿を差し出すシャムエル様に、タマゴサンドの真ん中部分を切ってやり、アイスコーヒーも盃に入れてやる。

残りのタマゴサンドを食べながら、諦めのため息を吐く。

「もうこうなったら、早いところ行って安全を確認して戻って来よう。うん、それが良い」

最後の一口を飲み込んで、残りのコーヒーを飲み干した。


テントを撤収して、また馬を残してその場を後にした俺達は、姿を現したベリーとフランマも一緒に奥へ進んで行った。

「此処に出現するジェムモンスターは混ぜたからね。何処で何が出るのかは、行ってみてのお楽しみだね」

「そうなんだ。まあ、芋虫以外なら何でもいいよ」

答える俺はもう諦めの境地だ。

黙々と奥へ進み、何となく見覚えのある起伏に富んだ草地に到着する。

段差部分に生えている茂みや低木樹があるのは前回と一緒だが、明らかに果物の大きさが違っていた。どれも普通のサイズで、よくあるリンゴと変わらない様に見える。

ブドウも最初に見つけた時くらいの小粒に戻っていて、まさしく種無しブドウみたいだ。

恐る恐る、小さくなったブドウを一粒取って口に入れる。甘くて美味しい。

ベリーがリンゴを一つもいで齧る。

「ああ、マナの濃さはほとんど変わっていませんね。小粒ですがこれも素晴らしいですよ」

一瞬身震いするみたいに大きく震えて、軽く足踏みすると硬い蹄の音が辺りに響いた。

「どうする、採っていくか？」

振り返ろうとしたその時、足元に小さな新芽が出ているのに気付いて慌てて下がる。

双葉からその次の芽が出たところだから、まさに芽吹いたばかりって感じだ。

「へえ、こんな風に出てくるんだ。これも種から育つんだよな？」

そう言って小さな双葉を突っついてやる。

すると、あのイケボのミミズの声が頭の中に聞こえた。

『その双葉を少しの土ごと掘り返して外の世界に持っていってやってくれぬか。そして、外の森のどこでも良い故《ゆえ》植えてやって欲しい。頼めるか？』

思わず足元を見る。

もしかして、さっきのイケボミミズのウェルミスさん、一緒に地下を進んで来ているのか。

シャムエル様を見ると、笑って頷いている。

「ええと、どうやって掘れば良い？　何か使えそうな物はあるかな？」

丁度アルファが足元に来ていて、その新芽を覗き込んでいる。

「スライムに……なあシャムエル様。これってこのまま収納出来る？」

「残念だけど、収納して枯れなくする事は出来るけど、それだともう植えても新芽は出ないよ。種の状態だと休眠しているから収納しても使えるけど、芽吹いちゃったら生きているから収納は不可です」

ちっこい手でばつ印を作る。

「駄目か。どうやって運ぶかなあ。これを外の世界に植えてくれって言われたのに」

しばし新芽を前にして考える。

「最悪、布か何かで包《くる》んで……あ、俺、最初の頃に買った布の袋がどこかにまだあったはずだ」

思わず手を打ちサクラを呼ぶ。

「なあ、サクラ。布の巾着ってまだあるか？」

「ええと、これだね」

十枚ほど、大小様々な大きさの巾着を出してくれる。

「ええと、これかな」

割と大きめのやつを手に取るが、さすがにスコップは持ってない。しかも、このあと違うジェムモンスターが出る場所へ向かうって聞いているから、持っているのも難しそうだ。外に出して持っていたら、戦ってる間に確実にぐちゃぐちゃになるぞ。

「困ったなあ、どうするかな」

腕を組んで考えていると、また頭の中に声が聞こえた。

『この後、まだ予定があったのか。では、また後ほど其方達が帰る時に頼む事にしよう』

そう聞こえた後、一瞬で地面に出ていた新芽は消えてしまった。

「へえ、こんな事も出来るんだ。まあ良いや、じゃあまた後でな」

地面に向かってそう言うと、周りを見渡す。皆、黙々とリンゴとブドウを収穫している真っ最中だった。

「そっか、もう一回ここで収穫祭をする訳か」

苦笑いした俺も、目の前のリンゴとブドウをせっせと収穫していった。

時折、自分でも収納したが、何故だか幾らでも入る。昨日もかなりの量を入れたと思ったけど、まだまだ入る気がする。

ううん、俺の収納量ってどうなっているんだろうな？


前回と同じ様に何度も大量に収穫した後、少し休んで数時間くらい昼寝してから揃って起きる。

たわわに実ったリンゴとブドウは、少しだけ大きくなっていた。

「あれほどの差は無いが、一応、前回と同じで最初よりは大きくなっているな」

「だな。この後どうなるか……」

リンゴを一つもぎ取り、ナイフで削いで食べてみる。

美味しいリンゴだ。全員が無言で口に入れて咀嚼する。

しばらく誰も口をきかなかった。


「大丈夫みたいだな」

「その様だな。よし、これでここは安心だな」

ハスフェルとギイの言葉に、オンハルトの爺さんも頷いている。

「よしよし、じゃあこのままもう一箇所の出現場所へ行くか。何が出るかは、行ってみてのお楽しみらしいからな」

妙に嬉しそうなハスフェルの言葉に俺達も笑っていたが、ギイが手を挙げた。

「それならここで何か食ってから行かないと、下手すりゃ食いっぱぐれるぞ」

「ああ、確かにそうだな。ケン。簡単に食えるものでいいから何か出してくれるか」

「おう、それじゃあ色々出すから好きに食ってくれよな」

机と椅子を取りだし、サクラから作り置きを色々取り出して並べた。

「あ、じ、み！　あ、じ、み！　あ〜〜〜〜〜〜〜〜〜〜〜っじみ！　じゃじゃん！」

今日は、片足立ちで腰を捻《ひね》ったポーズだ。もふもふ尻尾がいい仕事しているよ。

「はいはい、今日も格好良いぞ」

シャムエル様には、いつものようにタマゴサンドの真ん中辺りを切って、アイスコーヒーも入れてやる。

「わあい、タマゴサンドだ」

嬉しそうに齧る姿を見ながら、俺も残りのタマゴサンドを口に入れた。

「この後って何が出るんだ？」

「まあお楽しみに。大丈夫だよ。危険なジェムモンスターはヘラクレスオオカブトくらいだって」

そう言われても、地下迷宮からこっち本当に碌な事がなくて、どうにもテンションが上がらない俺だったよ。


食事の後、少し休憩してからそれぞれの従魔に飛び乗る。

「何が出るかな？　何が出るかな？」

ご機嫌なシャムエル様が、これまた妙な音程を付けて歌っている。

「何が出るかな？　何が出るかな？」

からかう様に真似して歌ってやると何故か大喜びされたよ。

第60話　奥地のジェムモンスターと災いを呼ぶ男？

草地を走り抜け茂みを飛び越え、到着したのは雑木林の様な場所だった。ここの木もどれも大きい。

「さてと、何がいるのかな？」

ギイの言葉に、ハスフェルとオンハルトの爺さんも嬉しそうにしている。

俺も目を凝らしていて気付いた。

「あ、なんかいる。あれは……ああ、黄金虫か？」

50センチ近くある丸みを帯びたやや縦長のコロンとした形。メタルっぽい緑色の個体と、金色の個体がいる。

木の幹に、ウジャウジャと巨大黄金虫があふれていたのだ。

「あれはカメレオンスキャラブで素材は前翅。装飾品の素材としては最高級品だから、バイゼンへ持っていけば大喜びされるし、クーヘンも使うよ」

得意気なシャムエル様の言葉に、俺も頷いて剣に手をかける。

「直接の攻撃は無いいね。あの鉤爪みたいになった足でしがみつかれたら、相当痛いから気をつけるくらいかな。甲虫系の中では割と飛ぶ方だから、ファルコやプティラに上空の制圧をお願いすれば良いよ」

シャムエル様の言葉が聞こえたようで、巨大化したファルコとプティラが羽ばたいて上空に舞い上がる。

「槍の方がいいかな」

そう呟いて、俺が収納したままになっていたミスリルの槍を取り出してみる。

「よし、ちゃんと出せたぞ」

掴んで引き抜く動作で上手く出す事が出来た。

ギイが、またしても組み立て式のあの長い棒を取り出してくれた。

「じゃあ叩き落とすからな。手早く仕留めろよ」

俺とハスフェルは槍を構え、オンハルトの爺さんは少し離れた場所で鞭を取り出して構えた。お、格好いいぞ爺さん。


ボトボトと、払い落とされて地面に落ちる黄金虫達。

しかし聞いていたように、途中で羽を広げて逃げようとする奴が多くいる。しかしそうはさせじと、その上空に巨大化して飛び回るファルコとプティラ。

その姿に慌てて方向転換しようとして地面に落っこちる。そこを槍で軽く突いてやればあっという間にジェムと素材になって転がった。

飛んで来る時にしがみつかれないように避《よ》けさえすれば、拍子抜けする程危険は無かった。

しかし、俺は気を緩める事なく槍を振るい続けた。舐めてかかったら、絶対痛いしっぺ返しを食う事は学習済みだよ。

少し離れた場所では、爺さんが逃げようとする黄金虫を鞭で叩き落としていた。

目にも留まらぬ速さで伸びる鞭は、確実に黄金虫をジェムに変えている。

あれも有効な武器みたいだから、ちょっとマジでやってみても良いかも。

密かに感心しつつ、俺も目の前の黄金虫をひたすら突き続けた。

「はあ、樹海や地下迷宮みたいに、もっと強いジェムモンスターだらけなのかと思ったけど、案外普通なんだな」

ようやく一面クリアーして、休憩で体力回復用の水を飲みながらそう言うと、シャムエル様は目を細めて首を振った。

「地下迷宮や樹海とここの最大の違いはそこだね。本来のここは、来る事が出来た者に特別な素材やジェム、或いは実りを惜しみなく与えてくれる場所なんだ」

シャムエル様の言葉に、納得して頷いた。

確かにそうそう来られる場所ではない。ありったけの収穫を持って帰るのは重要だよな。

振り返って、地面に転がる大量のジェムと素材を見て、俺は笑って頷くのだった。

うん、あの素材をクーヘンが細工物に使えるのなら、もうちょい頑張ろう。


「それにしても頑張ったな」

苦笑いしながら振り返った地面には、一面にジェムと大きな硬い羽がゴロゴロ転がっている。しかも気が付いた。大量のジェムの中に僅かながら色が付いているのがある。

気になって、そのジェムを拾ってみる。

「へえ、金色っぽい色がついているんだけど、透明なジェムが普通だよな。色付きなんてあるんだ?」

色付きと色無しの両方のジェムを持って首を傾げていると、ハスフェルが教えてくれた。

「この色付きが亜種の最上位種ジェムだよ。カメレオンスキャラブのジェムは亜種の中でも最上位種のジェムだけが色付きになるんだ。こいつもバイゼンへ持っていけば大喜びで買ってくれるぞ。王都でも評判が高いから、クーヘンの店にも少し渡してやろう。絶対に、王都の商人達が狂喜乱舞するぞ」

「へえ、そんな珍しいジェムなんだ。それならここでもうちょい頑張ってみようかな」

見上げた目の前の木々には、のんびり話をしている間にまたしても巨大な黄金虫が大量発生し始めている。

「それなら交代しよう。今度は俺が払ってやるよ」

オンハルトの爺さんがギイから棒を受け取り木の下へ行く。

慌てて持っていた水筒を片付けて、俺も定位置について槍を構えた。

またしても、ワラワラと落ちてくる黄金虫を突き続け、三面目では俺とハスフェルが交代で叩き落とし役を務めて、かなりのジェムと前羽を確保する事が出来た。

「はあ、お疲れさん。かなり頑張ったな」

体力回復用の万能薬入りの水を飲みながらそう言うと、同じく水を飲んでいたハスフェル達も笑って頷いている。

「本来は、こうなんだよな」

「全くだ。本来、絶対に安全なはずの飛び地で、まさかあんな目に遭うとはな。本当にどうなってるんだか」

「そりゃあお前、彼がいるからだろうさ」

最後のオンハルトの爺さんの言葉に、ハスフェルとギイが遠慮なく吹き出して大笑いしている。

「なんだよそれ、人の事を災いを呼ぶ男みたいに言わないでくれよな」

俺も笑いながら文句を言ってやると、三人同時に振り返られた。

「な、なんだよ。そのもの凄いシンクロ率は」

思わず仰け反ってそう言うと、三人は苦笑いしながら顔を見合わせてまた笑ってる。

「だってなあ、そもそも俺と初めて会った時、大量発生したオオサンショウウオに喰われかけていたし、その後、樹海で……」

ハスフェルがいきなり途中で吹き出して誤魔化すように咳き込む。

樹海でのあの夜を思い出した俺は、無言でハスフェルの背中を一発殴ったけど、相変わらずコンクリートの壁を殴ったくらいに手が痛かったぞ。ハスフェル、マジでお前の体は何製だ？

「次々と仲間を増やしたのも、ほぼどれも実質押し掛け状態」

ギイの言葉に、ハスフェルとオンハルトの爺さんが揃って笑いながら頷く。

「ハンプールでの大騒ぎのレースの後、クーヘンの新店オープンの時は大活躍だったけど、その後のスライム大量テイムでうっかり死にかけ、地下迷宮に入った途端に、怪我はするわ穴に落ちるわ、挙句に恐竜に何度も殺されかけるわ。レアアイテムを手に入れるも、最後は危うく生き埋めになる所だったしなあ。ようやく安全な地上に出たと思って街へ行けば、下らない理由で誘拐事件に巻き込まれるし、口直しに収穫祭りをするつもりで飛び地へ来れば、いきなりその飛び地に喰われかける。再生して安全になった筈の飛び地では、丸腰でヘラクレスオオカブトに喧嘩売られていたしな。これを災いを呼ぶと言わずして何と言うんだ?」

ハスフェルが指折り数えて読み上げてくれる最近の事件の数々に、俺は本気で遠い目になった。

凄い、マジでよく生きていたなあ……俺。

黄昏《たそがれ》ていると、苦笑いしたハスフェルに背中を叩かれた。もちろん軽く。

「しかも軽率な部分はあるが、そのほぼ全てでお前さんに非はないって言うんだからな。だけどとんでもなく貴重なアイテムを手に入れたりもしているんだから、丸損って訳ではなかろう?」

「そう思ってないと、やってられないよ」

頭を抱えてそう言うと、ハスフェルたちが揃って大笑いしている。

「どうやら次が出たみたいだぞ」

嬉しそうなギイの言葉に俺は慌てて木を見上げた。

しかし次の瞬間、俺は悲鳴を上げてその場から走って逃げたよ。

だって、新しく出てきたジェムモンスターは、何と芋虫！　しかも一匹が1メートルクラス。はっきり言って悪夢以外の何物でもないよ。

「ごめんなさい！　これは無理無理無理無理〜〜〜！」

叫んだ俺は、悪くないよな。


「ああ、そうだったな」

「芋虫は駄目なんだったな」

「せっかくレアなジェムを手に入れる絶好の機会だと言うに」

呆れたような三人の声が聞こえるが、俺はもう完全に戦意を喪失してペシャンコだよ。

「仕方無い。そこで大人しく見学していろ」

ため息と共にハスフェルがそう言い、剣を抜く。そして、何と目の前の巨木を蹴飛ばしたのだ。

振動で、ボトボトと落ちて来る巨大芋虫。

俺はもうその場にしゃがみ込んで、必死になって見ないようにした。

あれは無理。見ただけで全身鳥肌。今の俺は、どうぞそこらの石ころとでも思っててください。

ドタンバタンと大喜びで暴れ回る従魔達の足音を聞きながら、虚無の目で座り込んでいたのだった。お願いだから、早く消えてくれ芋虫よ……。

しかし俺の願いも虚しく、その後完全クリアーまでには、全部で五面クリアーしなければならなかったのだった。

その間、俺が何をしていたかと言うと、一面目は死んだフリ、二面クリアーの時点で復活してももう少し離れ、三面目に突入した時点でシャムエル様に頭を叩かれてようやく復活し、サクラを呼んでとりあえず料理をする事にした。

だって、今の俺に出来る事って言えば、どう考えてもこれしか無かったからさ。あはは……。


サクラが出してくれた机や椅子を離れた場所に設置して、俺は夕食の準備に取り掛かっていた。

「さて、とは言え何を作るかね」

少し考えて、ハイランドチキンのもも肉でチキン南蛮を作る事にした。

これならパンに挟んでもご飯と一緒でも良しだもんな。

まずは鶏肉に塩胡椒をして、小麦粉をたっぷりまぶして軽く落としておく。それから深めのフライパンに油をたっぷり入れて加熱。鶏肉を溶き卵にくぐらせてからじっくりと揚げていく。

今回作っているのは、作り置きも兼ねてハイランドチキンのもも肉二枚分だから、かなりの量になった。これだけ作れば、いくら何でも余るだろう……多分。

最初の肉を油に入れた後、大急ぎで南蛮酢を作る。俺の好みで酢は強めだ。

鍋に醤油と砂糖と酢を量って入れてかき混ぜる。そこに黒胡椒をたっぷり。生姜《しょうが》の硬そうなところを切り取って鍋に入れ、火にかけて一煮立ちさせたら完成だ。

肉を揚げている合間に、タルタルソースも用意しておく。

「サクラ、茹で卵を二十個、殻をむいて出してくれるか」

「じゃあそれは、アルファがやりま～す！」

足元で元気な声がして、オレンジ色のアルファが飛び跳ねて机に上がって来た。

「あれ、向こうは大丈夫なのか？」

「あっちは、アクアとベータ達が頑張っているから大丈夫なんだって。アルファはご主人のお手伝いなの！」

そう言って、嬉しそうに伸び上がるアルファを笑って撫でてやる。

「そっか、ありがとうな。じゃあ、茹で卵の殻剝きを頼むよ」

サクラが出してくれた茹で卵を目の前に皿ごと置く。

「サクラはみじん切りをお願いします」

大きめの玉ねぎを四個取り出してサクラに渡す。

「出来たらここな」

大きなお椀を出しておき、そこに入れるようにお願いしておく。

「アルファ、茹で卵はサクラに渡してみじん切りにしてもらってくれ、それでそこの玉ねぎ入りのお椀に一緒に入れておいてくれるか」

「はあい、了解です！」

触手がにょろんと出て、手を上げるみたいに上に向けてから一瞬で戻る。うちの子達は、いちいち芸が細かいね。

「お、そろそろ鶏肉が揚がりますよっと」

そう言って、お箸で摑んで大きな鶏肉をひっくり返した。

揚がった鶏肉は熱いうちに南蛮酢にしばらく漬けておき、順番に取り出してお皿に並べて一旦サクラに預かってもらう。

「さあ、どんどん揚げるぞ」

鶏肉を溶き卵につけるのはアルファに手伝ってもらい、お皿に乗せて渡された溶き卵付きの鶏肉を、俺がせっせとフライパンで揚げていく。

揚がった鶏肉は、隣でサクラが南蛮酢に漬けてから順番に取り出して収納してくれるという完璧な流れ作業だ。

大量に用意した鶏肉が無くなる頃、丁度向こうもオールクリアーしたらしく歓声と拍手が聞こえた。

「お疲れさん。どうする、ここで食べるか？」

使った道具をアルファとサクラに綺麗にしてもらっていたところに、ハスフェル達が駆け寄ってくる。

「もう、さっきから良い匂いがして堪らないんだが、今日は何を作ったんだ？」

興味津々のギイが机の上を覗き込む。

「チキン南蛮を作ってみたんだけど、もう食うか？　それとも場所を変える？」

「それなら、この先に見晴らしのいい場所があるから、そこへ行こう」

突然、机の上に現れたシャムエル様が嬉しそうにそう言って目を輝かせる。

「そうなんだ。じゃあ待ってくれ。机と椅子を片付けるよ」

出してあった椅子と机を片付け、戻って来たマックスに飛び乗ってその場をあとにした。

「へえ、ここはかなり広い空間なんだな」

森を抜けたところでそう呟くと、マックスの頭に乗っていたシャムエル様が振り返った。

「来るのは大変だけど、出現するここは本来、広くて環境の良い場所なんだよ。まあ、たまには遊びに来てよ。出入りする度に、出現するジェムモンスターは適当に入れ替わるようにしておいたからさ」

「ええと、つまり一度外に出てまた入って来たら、出現するジェムモンスターがリセットされているって事」

「そうだよ、その方が面白いでしょう?」

得意気に胸を張ってそう言われて、俺はもう笑うしかなかった。

出入りする度に出現するジェムモンスターが変わるボーナスステージ。何それ、美味しすぎる。


そんな話をしながら林を抜けた時、俺は眼下に広がる景色に思わず歓声をあげた。

後ろではハスフェル達の感心したような呟きも聞こえる。

俺達がいる高台下の平原一面に広がっていたのは、満開に咲き誇る色とりどりの花畑だった。

「へえ、こりゃあ見事だ。じゃあ花を見ながら食事にするか」

マックスの背から降りて、見晴らしの良いその場所に机と椅子を取り出した。

まずは手早く味噌汁を取り出して温める。その間に小さい方の机には、いつもの布を被せて準備を整え、お皿に一人前のチキン南蛮と刻んだキャベツを並べ、切ったトマトも飾る。

「それから、タルタルをたっぷりな」

玉ねぎと玉子をみじん切りにして入れておいたあのお椀を取り出して、マヨネーズと酢、ケチャップを少しだけ入れて作った適当タルタルソースをたっぷりとかける。温まった味噌汁と、おにぎりも並べる。

「これはシルヴァ達の分っと」

そう呟いて目を閉じて手を合わせる。

顔を上げて、いつもの優しい手がお皿の上を撫でていくのを黙って見ていた。

手が消えた事を確認してから、三人分のお皿に二枚ずつ大きなチキン南蛮を用意する。

「タルタルソースは好きにかけてくれよな」

お椀にスプーンを突っ込んだ状態でハスフェルに渡す。

ハスフェルとギイはパン、俺とオンハルトの爺さんはご飯だ。

ナイフとフォークで適当に切り分けた所で、待ち構えていたシャムエル様がお皿を持って踊り出した。

「あ、じ、み！　あ、じ、み！　あ〜〜〜〜〜〜〜〜〜〜〜〜〜〜〜〜っじみ、ジャジャジャジャン！」

二回転してピタリと止まる。

「あはは、格好良いぞ」

笑って拍手してから、お皿にチキン南蛮のタルタルがたっぷり掛かったところを一切れと、キャベツもひとつまみ、ご飯はその横に取ってやり、小さなお椀に味噌汁を入れたら完成だ。

「はいどうぞ。今日はチキン南蛮定食だな」

「うわあ、これは初めて見るね。美味しそう！」

目を輝かせたシャムエル様は、そう言って豪快に顔からチキン南蛮に突撃していった。

それを見て、全員揃って吹き出したよ。

俺の好きな新作チキン南蛮は三人にも大好評で、結局あれだけ大量に作ったのに殆ど残らなかったよ。

相変わらずお前らは、食う量がおかしいって。

でもまあ、頑張って作ったものをあれだけ喜んで食ってくれたら、悪い気はしないけどな。


「なあ。あの花畑はここから見たら綺麗だけど、よく見ると花の形が見えるくらいにデカいんだけど？」

「ああ、勿論《もちろん》、どれもケンの背丈なんかよりはるかに大きいよ。それであの花畑は、シルバーレースバタフライの大切な餌場なんだよね。どの花も蜜が豊富な種類だからさ。大食漢のシルバーレースバタフライにとってはご馳走の花畑な訳」

得意気に答えたシャムエル様の言葉に、食後のお茶をのんびり飲んでいた三人の手が止まる。

「おい、シャムエル。今、シルバーレースバタフライと言ったか？」

「そうだよ。これも貴重なジェムモンスターだから頑張って集めてね。あ、出て来るのはあの森の横にある大岩の穴からだよ。今日の分はもう終わっちゃったみたいだから、出るのは明日だけどね」

シャムエル様の言葉に、三人が一斉に指差す方を見る。

そこにある大岩の亀裂のような箇所には、確かに底が見えない巨大な穴がポッカリと口を開けていた。多分、幅は1メートルくらいだろうけど、長さは20メートル位はありそうだ。

「それならもう一泊して行こう、シルバーレースバタフライなら絶対に羽根は確保したい」

「バイゼンへ行くんでしょう。そう聞いたから、良さげな素材が取れるジェムモンスターを集めたんだから感謝してよね」

得意気に胸を張るシャムエル様に、満面の笑みのハスフェル達が何度も頷く。

唯一、全く状況が分かっていない俺を見て、オンハルトの爺さんが教えてくれた。

「シルバーレースバタフライは、鱗粉《りんぷん》を持たない透明で繊細な翅を持った蝶だよ。蝶にしては身体が太くて大きいのも特徴だな。まあ、狩る側にしてみれば、出会えさえすれば狩る事自体は難しくは無い」

「へえ、蝶なのに鱗粉を持たない透明な翅って事は、セミ……じゃ無くて、さっきのカメレオンシケイダの翅みたいなやつか？」

「ああ、あれよりももっと繊細で綺麗な翅だぞ。翅はとても薄くて壊れやすいので、地面に落ちただけでも衝撃で割れたり欠けたりするんだよな。だから、傷がない状態で確保するのが難しいんだ。さて、どうするかな」

ハスフェルがそう言って、大穴を見ながら腕を組んで考え込む。

ギイと、オンハルトの爺さんまでもが困ったように考え込むのを見て、俺も必死になって解決策を考えた。

「あ、それならスライム達に働いてもらうべきじゃね？」

不意に思い付いて俺は手を打った。

「剣か槍で、俺達がまずはその蝶をやっつける。普段だったら、地面に落ちてから適当にスライム達が回収してくれるけど、今の俺達は、ばらけたら九匹以上のスライムを全員が連れているんだからさ。蝶って事は、翅の数は四枚なんだよな。それならスライム達に、それぞれの主人の倒したシルバーレースバタフライの翅が地面に落ちる前に、手分けして収納して貰えば良いんじゃないかな。ええと、出来るよな？」

「もちろん出来るよ！　地面に落ちる前に収納すれば良いんだね」

「そうそう、出来るだけ壊さないようにな」

「分かった～！」

「集めるよ～！」

そう答えて、アクアゴールドから一瞬でバラけたスライム達が、地面にボトボトと落ちて一斉に騒ぎ出した。

「はあい。いっぱい集めるね！」

大張り切りで、今にも花畑に飛んで行きそうなスライム達を慌てて止める。

「蝶が出てくるのは明日らしいからさ。やってもらうのは今すぐじゃないぞ。それは明日のお願いだよ」

「ええ～、今すぐやりたい！」

「やりたい、やりたい！」

足元で、文句を言いながら飛び跳ねるスライム達を撫でてやりながら、笑って三人を振り返る。

「なあ、このアイデアでどうだ？」

「確かにそれが一番安全そうだな。それじゃあ、翅集めはスライム達に任せよう」

「うむ。確かにそれが一番安全に翅を集められる方法だな」

ギイとオンハルトの爺さんの言葉に、ハスフェルも大きく頷いた。

「じゃあ、それで行こう。さてと、そうなると野営地まで戻っていたら時間が無くなりそうだな」

またしても困ったようなハスフェルの言葉に、思わず彼を見る。

「え？　ドユコト？」

「シルバーレースバタフライなら、出るのは夜明けから真昼までの間、つまり午前中だけなんだ。もう外の世界では深夜を過ぎているから、このまま野営地まで戻ったらとんぼ返りで戻って来ないと最初の出現に間に合わん。となると、寝る時間が無くなる」

納得して、花畑を振り返る。

「夜でも、ここでは花は閉じないいんだな」

「ここは外とは時間が切り離されているから、ある意味ずっと昼だし、ずっと夜なんだよ。だから、それぞれ好きなように育つんだ」

何となく思った事を言っただけだったが、俺のその言葉に、右肩に現れたシャムエル様が花畑を指差して教えてくれた。成る程。さっぱり分からん。

って事で、これもいつもの如く明後日の方向にまとめてぶん投げておく。

「じゃあどうする。ここで仮眠を取るか？」

ハスフェルとギイが、顔を見合わせて何やら真剣に相談を始めた。

「どう思う、ここで過ごしても問題無いだろうか？」

「一応、安全らしいが……」

腕を組んで、双子かと突っ込みたくなるレベルのシンクロ率で悩んでいる。

「なあ、何がそんなに問題なんだ？　ここにテントを張るのは駄目なのか？」

隣にいたオンハルトの爺さんに、小さな声で質問する。

「飛び地の中は、地下洞窟よりは安全なんだが、逆に言えばグリーンスポットが無い。つまり、いつ何時《なんどき》はぐれのジェムモンスターに会うか知れんのだ。洞窟のグリーンスポットなら、ミスリルの鈴の付いた縄を張れば簡易ではあるが安全地帯が作れる。しかし、ここのジェムモンスターにはそれが効かない。つまり、全くの無防備な状態で夜明かしせねばならん」

「ああ、成る程。テントを張って寝ていたら、彷徨《さまよ》っているヘラクレスオオカブトに、いきなり突っ込まれる可能性を否定出来ない訳か」

苦笑いして頷くオンハルトの爺さんを見て気が遠くなった。この場合……絶対に突っ込まれ役は俺だよな。もう、言われる前から予想が付くよ。

そしてまたしてもテントをボロボロにされて、下手すりゃスプラッタ再び……。

「うわあ、そんなの絶対嫌だぞ！」

その状況を想像してしまい、頭を抱えて叫ぶ俺を見てオンハルトの爺さんが盛大に吹き出した。

「ご主人、それならテントは張らずにここに野営してください。私達には何か来たらすぐに分かりますよ」

駆け寄って来たマックスがそう言ってくれる。

その後ろでは、猫族軍団を始め、恐竜達や草食チームまで、全員揃ってドヤ顔で頷いている。

「そうだよな。お前らはジェムモンスターの気配は判るもんな。それじゃあ、寝ている間の見張りは頼んでも良いか？」

「もちろんです。それでは私達が外側を囲みますから、ご主人達は、中で寝てくだされば良いですよ。今夜はスライムベッドで休んでくださいね」

「ああ、それじゃあそうさせてもらうよ」

そう言ってマックスの鼻先を撫でてキスをしてやった。それから順番に猫族軍団や草食チーム、ファルコやセルパン、アヴィも順番に心ゆくまで撫でまくった。

「それじゃあ見張りは従魔達に頼もう。そうだな、今の俺達には頼れる従魔達がいるんだから、ここは任せても良いな」

ハスフェル達も笑顔でそう言ってくれたので、今夜はこのままここで野営する事になった。

うん、若干不安は残るが、ここは気配に敏感な従魔達に任せるべきだよな。


「それでは、ご主人の為のベッドを作りま〜す！」

アクアの言葉に、バラけて大騒ぎしていた四人分のスライム達全員が、何とバスケットボールサイズになって一気にくっ付き合い、あっという間に巨大なスライムウォーターベッドが出現した。

「おいおい、他の主人のスライム達とは、くっ付かないんじゃなかったのかよ」

笑いながらそう言って巨大なスライムベッドを突っついてやると、元気なアクアの声が聞こえた。

「これは金色合成じゃなくて、ご主人の為に皆が手を取り合ってくっ付いている状態だよ」

「合成して一体化しているんじゃあなくて、単にくっついていま〜す！」

「くっついていま〜す！」

アクアの声に続いて、それぞれのスライム達が一斉にそう言って震え始めた。

おお、巨大ウォーターベッドが波打っております。

「あはは、成る程。それじゃあ、せっかくだから作ってくれた此処で休ませてもらうよ」

笑ってもう一度突っついてやり、念の為装備はそのままでスライムベッドに上がった。

「おお、いつにも増してポヨンポヨンだな」

上がって来たハスフェル達も、いつも以上の弾力に大喜びで飛び跳ねている。

「野郎四人で一緒にウォーターベッドで遊ぶって……何の冗談だよ。しかもこの後、同じベッドに四人で寝るんだぞ」

ふと今の状況を振り返ってしまい虚無の目になる。気にしてはいけない。誰も見ていない！

「ご主人、寒いといけないからこれを使ってね」

サクラがいつも使っているハーフケットを取り出してくれたので、受け取って横になる。

背負っていた鞄を枕にしてハーフケットを被ってみたが、どうにも落ち着かない。

困ったように起き上がって周りを見回すと、ハスフェル達は平然と鞄を枕にそれぞれ少し離れて横になっていた。

スライムベッドの周りでは、巨大化した従魔達が文字通り円陣を組むように俺達を取り囲むように移動してくれていた。

俺のすぐ横にマックスとニニ、その隣にベリー。そして巨大化した草食チーム。

その横では猫族軍団が、揃って何やら真剣に顔を突き合わせて相談している。しばらく揉めていたが、タロンがスルッとそこから抜け出て俺の側に来た。

何故だか巨大化したままで。

「ご主人の添い寝役は、私ね」

そう言って、スライムベッドの上で、俺の横にいつもニニがしているみたいに横になってくれた。

「おお、ありがとうな。それじゃあよろしく」

笑って起き上がり、毛布を持っていそいそとタロンのお腹に潜り込んだ。

いつもの長毛のニニの腹毛とは違う、何とも言えない柔らかでみっちりと詰まった短めの毛に顔を埋める。

「何この幸せ空間……お前ら、皆……最高だな……」

子猫のように潜り込んでそう呟いた後、俺の記憶はもう途切れていた。

どれだけ墜落睡眠なんだよ、俺って……。

第61話　シルバーレースバタフライとレアキャラ発見！

ぺしぺし……。

カリカリ……。

つんつん……。

ぺろぺろ……。

「うん、起きる……」

ぺしぺしぺし……。

カリカリカリ……。

つんつんつん……。

ぺろぺろぺろ……。

「うん、起きるってば……」

柔らかな腹毛に潜り込みながらそう呟いた直後、違和感に気付く。

「あれ、今日はタロンのふみふみが無かったぞ？」

思わずそう呟いて起き上がり、手触りの違いに驚いて下を見る。

「あ、そうだった……昨夜はタロンと一緒に寝たんだったな」

いつもと違う手触りと一面真っ白な毛に気付き、笑ってもう一度その腹毛に倒れ込む。

「起きなさい。早くしないと、朝ごはん無しで蝶退治に出かける事になるよ」

「飯抜きで戦闘は勘弁だな。了解、起きるよ」

仕方がないので諦めて起き上がると、背後から笑う声が聞こえて振り返った。

「お前は相変わらずだな。でもそろそろ起きてくれないと、シャムエルの言う通りで全員飯抜きのまま、時間切れでシルバーレースバタフライ狩りが始まっちまうぞ」

「ごめんごめん、それじゃあ何を出すかな」

俺がスライムベッドから降りた途端に、全員一気にばらけてアチコチに転がっていった。

「あはは、何やってるんだよ」

笑って見送り、跳ね飛んできたサクラに、まずは綺麗にしてもらう。

机と椅子を出し、サクラが在庫の少なそうなのから色々取り出して並べてくれる。

それぞれ席について、急いで食べ始めた。

「なあ、思っていたんだけど、俺の背丈よりも高い位置にある花だったら、蜜を吸いに来た蝶には手が届かないだろう？」

タマゴサンドの真ん中部分を大きく切ってやりながら、昨夜から気になっていた事をハスフェルに聞いてみる。

朝から二つ目のカツサンドを平らげていたハスフェルが、俺の言葉に顔を上げる。

「ああ、シルバーレースバタフライは、言ったように翅がとても繊細で壊れやすい、その為蜜を吸う際には、完全に羽を閉じて花びらの隙間に潜り込むようにして花の根本部分に頭を突っ込んで蜜を吸うんだ。だから、俺達は花を決めて茎を登って花のすぐ下で待ち構えて、蜜を吸いに来た所をやっつければ良いのさ」

「しかも、普通なら蜜を吸うのにかなり時間が掛かるから、言ってみれば順番待ちになる。だけど、俺達が狩れば、すぐに花が空くから次々に降りて来てくれるってわけさ。な、簡単だろう？」

「へえ、成る程ね。待ち構えて降りて来た所をやっつける訳か。じゃあ武器は剣でいいかな？」

三個目のカツサンドに突入したハスフェルが、コーヒーを飲みながら考える。

「俺達より手が短いお前なら、ミスリルの槍が良いかもな」

「いや、手も足も体も全部小さいって。了解。じゃあ、俺はミスリルの槍で戦う事にするよ。ってか毎回言っているけど、頼むからお前らを基準にして物事を考えるなよ」

その言葉に、ハスフェル達が揃って吹き出す。俺もコーヒーを飲みながら一緒に笑ったよ。


「それで、何処から降りるんだ？」

目的の花畑は遥か下だ。しかも途中に道らしきものが無い。これ、花畑に行くだけでも相当時間が掛かりそうだ。

「それじゃあ出発しますから、早く乗ってください」

鞍を付けたマックスが大興奮で俺にそう言う。

「まあそうだな。お前に乗せてもらった方が確実に早いな」

苦笑いしてマックスの背に乗る。

「それで何処から……」

そう言いかけた次の瞬間、マックスをはじめとした従魔達全員が、そのまま一斉に崖の向こうに飛び出したのだ。

「どっひぇえええええ～～～！」

俺の悲鳴が響き渡る中を、従魔達は断崖絶壁を軽々と飛び跳ねながら、崖下の花畑まで一気に駆け降りていったのだった。

「無理無理無理無理無理無理！　頼むから止まってくれ～～～～～！」

手綱を摑んで必死になって叫ぶ俺に構わず、マックスは嬉々として断崖絶壁を駆け下り、花畑の中へ見事に着地した。

俺はもう、途中からマックスにしがみついたまま悲鳴を上げる事も出来なくなっていた。

はい、正直に言います。ちょっと良からぬ所が……冷たいんですけど……。

硬直したまま動けない俺のところへ、アクアゴールドがパタパタと飛んで来てくれる。その場で俺を包み込み、一瞬で全部綺麗にしてくれた。

取り除いたそれがどうなったかとか、俺の名誉のためにも深く追及してはいけない……って事で、これもまとめて明後日の方向に全力でぶん投げておいた。

「おお、ありがとうな。ちょっと今ので色んなものが抜け落ちた気がするよ……」

乾いた笑いをこぼしながら涙目になる俺を、ハスフェル達は苦笑いしながら見ている。

いやいや、俺の反応が普通だぞ。あの断崖絶壁を平然と降りて来たお前らがおかしいんだからな！

「全く、鵯越《ひよどりごえ》の逆落《さかお》としかよ」

誤魔化すように首を振ってそう呟くと、右肩に現れたシャムエル様が不思議そうに覗き込んで来た。

「ひよどり……何、それ？」

「ええと、俺のいた世界の昔の戦争の話。まあ実際にあった事かどうかは分からないんだけど、物語の一場面としては有名な話だよ」

「へえ、どんな話なの？」

興味津々のシャムエル様にそう言われて、俺は記憶を探る。

「ええと、確か……国を二分する大きな戦いで、一方の軍がこんな感じの断崖絶壁を背にして陣を張るんだよ。当然、背後から襲われる心配をしなくて良いから、前方ばかりを気にしていたんだ。そうしたらもう一方のいくさ上手な若武者が、地元の猟師から鹿ならあそこを駆け下りられるって聞いて、それなら馬でも降りられるはずだ！　って言って、その断崖絶壁を馬で駆け下りて急襲するんだ」

「それでそれで？」

「当然、奇襲を受けた方は大混乱。その場は大勝利だった……はず。で、その駆け下りた断崖絶壁の地名が鵯越だったのさ。言っとくけどかなり前にちょろっと読んだだけだからな。曖昧な記憶だから、それ以上は詳しく聞かないでくれ」

顔の前でばつ印を作って見せると、シャムエル様はわざとらしくがっかりしていたよ。だけどごめん、俺も人に話して聞かせられるほど真剣に読んだ訳じゃあないから、これ以上は聞かないでくれ。あはは……。

「それで、その蝶はまだ出て来ていないのか？」

話を変えるように周りを見渡すと、遥か遠くに数匹の小さな影が見えた。

だけど、花の大きさに比べたら、それはかなり小さいように見える。それに何だか影が薄くてよく見えない。目的の蝶じゃないのかもしれない。

まあ、大きさについては、そもそも異常に大きな花と比べてって事だから、小さいと言って良いかどうかは微妙だ。比較対象がおかしいだけだからな。

「ああ、そろそろ消え始めたね。それならもうそろそろ次が出ると思うよ」

「消え始めた？」

意味が分からない言葉に、不思議に思って振り返る。

その時、遠くに見えていた小さな虫が、まるで虹が消えるみたいにすうっと溶けるように消えてしまったのだ。

「ええ、消えたぞ！」

「言ったでしょう。一定時間を過ぎてもこの飛び地から出られなかったジェムモンスターは、ジェムごとこの地に同化して消滅するって。そのうちまた新しいジェムモンスターとして出て来るよ」

「ああ、この地の地脈がどうのって話の時に、確かそんな事を言っていたな。ええとつまり、あの蝶は時間切れで消滅したって事なんだ」

「シルバーレースバタフライは、あの翅が弱いためにあまり飛ぶ力もなくて、中々外の世界に出てくれないんだよね。もうちょっと強くしてやっても良いかと思うんだけど、そうするとあの独特の繊細さが失われちゃうんだよ。だから、頑張ってたくさん集めて外の世界へ持って行ってあげてね」

「成る程、そういう考え方もあるんだな。了解、じゃあせっかく死ぬ思いして辿り着いた場所だもんな。狩れるだけ狩っていくよ」

「うん、頑張ってね！」

そう言って、ちっこい手をあげて俺の頬を叩くと、シャムエル様は消えてしまった。

「相変わらず、神出鬼没なお方だね。それじゃあ、頑張ってその貴重な翅を集めさせてもらいましょうかね」

そう言って収納していたミスリルの槍を取り出す。よしよし、かなり出し入れがスムーズになって来たぞ。

顔を上げて見た大きな花畑は、まるでジャングルジムのように、直径30センチ近くある電信柱のような茎が、遥か頭上まで直立している、上の方では、ひまわりのような丸くて大きな花が咲いているのが見えた。

「へえ、だけどこの茎を登るのは大変そうだな」

困ったように見上げていると、ハスフェルが登り方を教えてくれた。

「この茎は、頑丈でそう簡単には折れないから、こうやって登るんだよ」

そう言って、茎の途中にある横に突き出している葉の根元に足を掛けて軽々と登っていったのだ。

「うわあ、あれを俺にやれってか……」

半ば呆然と登っていく彼を見送り、少し考えて一番太そうな茎に目標を定めた。

「ええとアクアゴールド、一応落ちたら守ってくれよな」

苦笑いしながらそう言うと、顔の横を飛んでいたアクアゴールドが得意気にパタパタと飛び回った。

「任せて、ちゃんと守ってるよ！」

「おう、よろしくな」

一旦取り出した槍を収納してから、俺は意を決して茎を登り始めた。

「下を見てはいけない。下を見てはいけない……」

言い聞かせるように呟きつつ、上だけを見て必死になってよじ登った。

終わった後、どうやって降りるのかは、もっと考えてはいけない……。


「うわあ、良い眺め！」

必死になって登り切ったその花は、直径２メートルはあるマーガレットみたいな丸い花だった。

花自体も妙に平たい上に花のすぐ下に左右に張り出す大きな葉が出ている為、足場としては完璧な状態だ。葉の上にいたら、花の真ん中部分がすぐ手の届く位置になる。

ハスフェル達も葉に登って位置についているみたいだ。

「よしよし、無事に登ったな。後は足元に気をつけてな」

笑ったハスフェルの言葉に、ギイとオンハルトの爺さんの吹き出す声も聞こえる。

「おお、落ちないように気を付けるよ。お前らも落ちるなよ」

悔しくなって言い返してやったら鼻で笑われたよ。

「ご主人を守りま〜す。足元の心配はしなくて良いからね」

そう言って跳ね飛んで来て、俺の両足をホールドしてくれたのは真っ赤なデルタだ。

「おお、ありがとうな。おかげで安心して戦えるよ」

手を伸ばして伸びた体を撫でてやる。プルプル波打つ伸びた体で遊んでいると、ギイの声が聞こえた。

「お、出て来たぞ」

慌てて槍を構えて見上げると、何とも不思議な蝶が飛び出して来たのだ。

「へえ、確かにこれは綺麗だ」

思わずそう呟く。

出て来たそれは、本当に広げたレースみたいな翅の蝶だった。

かなり小さめの翅を区切る翅脈は細くて白く、翅の縁取りは銀色。透明な翅を持った小さな蝶だったのだ。

胴体が多分50センチくらい。翅の大きさも広げて3メートル程。翅の大きさはゴールドバタフライの半分以下だ。

思わず見惚れていると、ハスフェルが花の下から腕を伸ばして、剣で胴体部分を切りつけるのが見えた。

呆気なくジェムになって消える。

翅が落ちた瞬間、スライムの触手が伸びて翅をキャッチして収納するのも見えた。

「へえ、あんな風にするんだ。よし、じゃあよろしくな」

足元を見ると、いつの間にか上がって来ていたスライム達が、左右の葉や茎に巻きついて一斉に伸びたり縮んだりし始めた。

「早く早く！」

「お願いします！」

「順番も決めたんだからね！」

何と言うか、スライム達の、早くやれ圧が凄い。

「おう、それじゃあよろしくな」

思わず仰け反ってそう言い、正面に向き直った。

大きな花びらの隙間から持っていた槍を突き出して、花に留まった蝶の胴体を上手く貫く。

ジェムになって消えた蝶の背にあった透明な翅が、フワリと浮き上がって落ちる。その瞬間、ニョロンと触手が伸びて、一瞬で四枚の翅とジェムを収納した。

「おお、上手いもんだな」

笑ってそう言い、また降りてきた蝶を腕を伸ばして突いた。

確かに聞いていた通り、次から次へと蝶が降りてくるので、俺はせっせと槍を突き出しているだけだ。何、この楽な狩りは。

「いやいや、飛び地のジェムモンスターを甘く見てはいけない。油断していると、いきなりデカくて凶暴なのが出てきたりするかもしれないじゃないか」

慌てて首を振ってそう呟き、深呼吸をしてから槍を握り直した。

しかし、そう思って身構えている時って、絶対大丈夫なんだよな。

俺の不安なんて関係無いと言わんばかりに、切れ目なく岩の隙間から飛び出してくるシルバーレースバタフライ達。

いくら楽な狩りだとは言っても、ずっと腕を上げ続けているわけだからそれはそれでキツイ。いい加減俺の腕が痺れ始めた頃、ようやく目に見えて出現する数が減ってきた。

『なあ、そろそろ一面クリアーかな』

槍を下ろして念話でそう言うと、三人の笑う声が聞こえた。

『お疲れさん、そろそろ終了みたいだな』

『かなり頑張ったぞ』

『うむ、確かにかなり確保出来たな』

『確かにこれなら、クーヘンの所に渡してもまだかなり余裕がありそうだ』

念話で話しながら、飛んできた最後の一匹を突いてジェムに変える。

身を乗り出して辺りを見回したが、本当に、これでどうやら一面クリアーしたみたいだ。

「お疲れ様、かなり確保出来たみたいだね」

右肩にいつの間にか戻っていたシャムエル様にそう言われて、俺は持っていた槍を一旦収納した。

「おう、頑張ったぞ。それじゃあ戻る……」

いつものようにそう言って、うっかり下を見てしまった俺はその場で恐怖のあまり固まった。

地面が遥かに遠い。

「うわあ……見なきゃ良かった。これ、降りられるかなあ……」

あらぬところがヒュンってなって縮こまる。今まで高所恐怖症なんて思った事は無かったがこれは駄目だ。無理やり顔を上げて必死になって深呼吸をする。

「なあ、シャムエル様……」

思いっきりビビりながら震える声でシャムエル様を呼ぶ。

「何、どうしたの」

「これ、ここ、から、降りるの、って……どう、やるか、知ってる？」

「そんなの来た時と同じだよ。降りるの。茎沿いに、葉を伝って降りるだけだよ」

あまりにも予想通りの答えに、俺は悲鳴を上げて空を見上げた。

「やっぱりそうだよな。それしか無いよな。うああ……マジで降りられるかな俺……」

ちょっと本気で魂がどこかに飛んでいったぞ。

「まあ、もう一つ方法はあるよ」

シャムエル様の言葉に、俺は飛びついた。

「何々、何か出してくれるの？」

「まあ、それならケンは何もしなくて良いんだけどね」

「ふおお、是非是非、是非ともそれでお願いします！」

「了解。じゃあ、ハスフェル達もそれで良い？」

『別に俺はどっちでも構わんが、一体何をするんだ？』

ハスフェルの念話が聞こえて、俺も首を傾げた。

「じゃあ、お願いね」

しかし、俺が何かを言う前にシャムエル様はいつの間にか金色合成したアクアゴールドに向かって手を上げた。

「はあい、それじゃあご主人を下へ降ろしてあげま〜す」

そう言った瞬間、俺は自分の足元を見た。

当然だが、金色合成が完了しているって事は、今の俺の足元には真っ赤なデルタがいない。

恐怖に硬直したまま、目の前でパタパタと飛んでいるアクアゴールドを見た時、なんとアクアゴールドは、目の前でいきなり薄く伸びて大きく広がった。

両端から伸びてきた細い触手が、するりと俺の両腕に絡みつく。

「待て待て。お前、何する気だよ！」

嫌な予感に俺が叫んだ瞬間、広がってパラシュートみたいになったアクアゴールドは、俺を掴んだまま葉から飛び出したのだ。

「ふぎゃあああああ〜〜〜〜！」

またしても、情けない俺の悲鳴が響き渡る。

ハスフェル達の吹き出す声に文句を言う間も無く、見事に空気を含んで広がったアクアゴールドに確保された俺は、スライムパラシュートでゆっくりと地面に降りて行ったのだった。

はい、正直に言います。あらぬところが……本日二度目のべしょ濡れになりました。

もう、ここから消えてなくなりたい……。


「到着～！」

得意気なアクアゴールドの言葉に、完全に腰が抜けた俺は、地面に投げ出されてそのまま起き上がれない。

「あれ？　ご主人汚れているね。綺麗にしま～す！」

いっそ無邪気なアクアゴールドの声に、涙目になって転がっていた俺は、その涙まで一瞬で綺麗にされたよ。

「ありがとうな……あはは、地面って素晴らしい……」

大の字になって地面に寝転がり上を見上げる。

遥か上空に見える大きな花に、さっきまであそこにいたのかと考えたらまた泣きそうになったので、転がって横を向いた。

「うう、マジで立てるかな。俺……」

なんとか手をついて座るところまでは出来たが、立てない。

完全に膝が笑っているよ。

「全く、何をやっているんだお前は。ほら、しっかりしろ」

苦笑いしたハスフェルとギイが来てくれて、手を引っ張って起き上がらせてくれた。

「あ、あは。ありがとうな」

誤魔化すように笑って、何度か屈伸をして震えている身体を解した。

ようやく落ち着いて息が出来るようになったので、大きく伸びをしてから振り返った。

「あれ、あそこ……もしかして、取り損なった翅か？」

俺が指差したそこには、緑の雑草の茂みの中に、明らかに色が違う白いレース模様がちらりと見えていたのだ。

「ええ、全部集めたよ？」

「一枚も落として無いよ！」

「落として無いよ～！」

「全部集めたもんね！」

アクアゴールドの言葉に続き、三人が連れているゴールドスライム達も口々にそう言っている。

「ええ、それならあれは何だよ。明らかにレース模様だぞ？　勝手に翅だけ落ちて残る事なんてあるのか？」

時間切れで消滅した蝶を思い出して、首を傾げながらそう呟いて近寄って覗き込んだ。

その瞬間、レース模様が動いて悲鳴を上げた。

「な、何なんだよこいつ！」

咄嗟に後ろに下がった俺は、一動作で腰の剣を抜いて身構えた。

ハスフェル達も剣を抜く音が聞こえて、俺はパニックになりそうな自分を落ち着かせるためにゆっくりと息を吐く。

剣を構えたまま少し下がったところで、再びレース模様が動いた。

動きを止めると、レース模様も動きを止める。

その時、足音を忍ばせてニニと巨大化した猫族軍団が俺のすぐそばまでやって来た。

「大丈夫？　ご主人」

小さな声でニニにそう聞かれて、俺は剣を構えたまま頷いた。

「ああ、驚いただけだよ」

答えつつも、視線は茂みの中にいるレース模様から離さない。

しばし睨み合い、と言うか双方動けないまま時間だけが過ぎる。


「なあ……あれって、素材じゃなくてジェムモンスターなんだよな？」

隣にいるニニに小さな声で質問する。

「もちろん。だけど妙ね。絶対にこちらに気づいてる筈なのに襲ってくる訳じゃなく、かと言って逃げもしないなんてね」

「って事は、危険なジェムモンスターじゃない可能性もある？」

「ご主人。何をもって危険というかは、相手によるわね」

呆れたようにそう言われてしまい、苦笑いした俺は、剣を一旦下ろした。

何故だか分からないけど、危険は無い。そう感じたからだ。

「じゃあ俺が相手ならどうだろう。危険かな？」

すると、いつの間にか消えていたシャムエル様が、また俺の右肩に現れた。

「ケンは、あれに危険は無いと感じた？」

真剣な声でそう聞かれて、戸惑いつつも頷く。

「うん、何故かは分からないけど、何となくそう思ったんだよな」

改めてレース模様を見ていると、いきなりそいつは茂みの中に消えていなくなった。

「あ！　消えたぞおい」

剣は手にしたまま、茂みにゆっくり近づく。

ハスフェル達は、後ろで様子見のつもりみたいだ。

まあ、俺が第一発見者だから見て来いって事なんだろうけどさ。

ゆっくりと剣の先で茂みをかき分ける。

その時、ガサガサと音がして、左側の茂みが大きく動いたのだ。

「いたか！」

剣を構えたら、茂みからレース模様がチラッとだけ見えてすぐにまた見えなくなった。

「あれ？　なんて言うか……もの凄く覚えがあるぞ。この展開……」

そう呟き、パタパタと俺の顔の横に飛んできたアクアゴールドを見る。

間違いない。こいつらをテイムした時と状況が全く同じだ。

深い茂み、小さな気配とガサガサとした音。そして危険は全く感じない事。

ひとまず抜いていた剣をゆっくりと鞘に戻し、鞘ごと剣帯から外す。

『おい、何をしている？』

『何故武器を仕舞う？』

心配そうなハスフェルとギイの念話が届く。

『うん、多分危険は無いから見ていてくれるか』

念話でそう答えて、鞘ごとの剣を持ったまま俺はゆっくりと前に出る。

「さて、何処にいるのかな？」

探るようにゆっくりと茂みをかき分けていき、気配を感じたところで一気に大きく茂みを剣で切るように草を倒した。

「いた！」

予想通り、そこにいたのは何とも可愛いらしい、透明でレースのような細やかな網目模様の入ったスライムだった。

しかも、よく見るとその模様は単一ではなく、本物のレースのように葉っぱのような模様や三角っぽい柄も見えた。

「ええ、レース模様のスライムかよ」

笑った俺はゆっくりと見つけたスライムに近付いていった。

すっかり怯えて縮こまっているが、ここは貴重な飛び地。いきなり巨大化して襲ってくる可能性だって無い訳じゃない。

そう思ってスライムから目を離さずにゆっくり剣を振りかぶった俺は、狙いを定めてレース模様のスライムを剣の横面でぶん殴った。

スポーンと間抜けな音を立ててレーススライムが吹っ飛ぶ。

そのまま奥にあった木の幹にぶち当たって、へしゃげた状態のままずり落ちていく。

この展開も見覚えありありだって。

レース模様になった木の幹に駆け寄ると、足元にずり落ちていったレーススライムはその場に丸くなって震え出した。

左手で、バレーボールくらいになったそいつを掴んでやる。

「お前、俺の仲間になるか？」

いつものように声に力を込めて、スライムをじっと見つめてそう言うと、一瞬だけ光ってすぐに戻った。

「はあい、よろしくです！　ご主人！」

これまた妙に可愛い声でそう答える。

「紋章は何処につける？」

そう聞いてやると、その瞬間にアクアゴールドが一瞬でばらけて地面に転がった。そして全員がレース模様に見せるかのように一列に並んだ。見事なまでに同じ位置に肉球模様が整列している。

「同じ所にお願いします！」

その声に笑って掴んでいた左手を上に向けて離してやると、手のひらの上でモゾモゾと動いた後、俺に向かって伸び上がった。

「ここにお願いします！」

「ここで良いか？」

右手で上の部分を撫でてやるとうんうんと言わんばかりに上下に動いた。

「お前の名前はクロッシェだよ。よろしくな、クロッシェ」

そう言って、手袋を外した右手で軽く押さえてやる。ピカッと光って元に戻った時にはもう、額に俺の紋章が刻まれていた。

「ありがとうございます！　わあい、名前貰った！」

ポヨンポヨンと手の上で跳ねていたクロッシェを撫でてやると、細い触手が出て俺の腕に遠慮がちに絡みついた。何だよこれ、めちゃ可愛い。

「そのままじっとしていてね」

腕を伝って手首まで降りて来たシャムエル様がそう言い、ちっこい手を伸ばしてクロッシェに触れる。

「収納と保存、浄化の能力を与える。主人に尽くせ」

いつもの神様の声でそう言うと、もう一度スライムが光って元に戻った。

「おお、ありがとうな。シャムエル様」

また一瞬で右肩に戻ったシャムエル様にお礼を言って、足元に並ぶスライム達を見る。

俺の手の上からそれを見たクロッシェが、コロンと地面に落ちて並んでいるスライム達の所へ転がっていった。

「クロッシェです。よろしくです！」

「はあい、よろしくね。アクアだよ」

「サクラだよ、よろしくね！」

KEN

全員が仲良く挨拶する声が聞こえた後、アクアとアルファがくっつくのが見えたら、もうそこにいたのは、いつもの金色に羽の生えたアクアゴールドだった。

「あれ、クロッシェは？」

「一緒にいま〜す」

細い触手が伸びて俺の腕を突っついてすぐに引っ込む。

「へえ、金色合成したら模様は消えるんだ」

感心したようにそう呟き、アクアゴールドをおにぎりにしてやった。

「仲良くな」

「はあい！」

全員の揃った声で返事をされて、俺は堪えきれずに、吹き出して大笑いしたよ。

「何だかよく分からないけど、いかにもレアキャラっぽい模様入りのスライムをゲットしたぜ！」

「おめでとう。希少種のスライムをテイム出来たね」

嬉しそうなシャムエル様の言葉に、俺は握ったままのアクアゴールドを見る。

「やっぱりこいつって、他にもいる超レアな隠しキャラ？」

「まあそんなところ。さっきのレース模様の子は、私の自信作なんだよね。すごく綺麗だったでしょう？」

確かに綺麗だった。すると、俺の視線を感じたのか、アクアゴールドが一瞬でバラバラのスライム達に戻った。

　レース模様のクロッシェが、ポンと飛び跳ねて俺の手の中に飛び込んで来る。

「面白い柄だな。残念だけど、金色合成したら、このレース模様は消えちゃうのか」

「残せるよ！　ではレース模様を残しま～す！」

　アクアの声にオレンジのアルファが飛び込んで来てアクアと一体化すると、見事なレース模様の金色スライムが現れた。

「おお、すげえ。だけど金色の羽が生えたスライムでも普通はいないんだから、この上にレース模様が付いたら……」

　万一、うっかり誰かに見られた時の騒ぎが容易に想像出来る。

「駄目だ。これは封印だな」

　そう呟き、アクアゴールドを見る。

「じゃあ、いつもの金色合成に戻ってください」

「はあい、これで良い？」

　クルッと空中で一回転して戻った時には、いつもの羽付き金色スライムになっていたのだった。

　笑った俺は、もう一度アクアゴールドをおにぎりの刑にしてやった。

「なあ、こいつの他にもまだ隠しキャラはいるんだよな？」

　確認するようにそう尋ねると、俺の右肩に座っていたシャムエル様が目を細めて頷いた。

「もちろん。スライムには三段階のレアがあってね。アクアちゃんやサクラちゃん、それからアルファ達レインボースライムはレア度が一番低い第一段階。色の種類はまだまだあるよ。クロッシェちゃんやアクアゴールドちゃんは第二段階だよ。さあ、第三段階の子を見つけられるかな？」

驚きに目を見張る俺に、シャムエル様がドヤ顔になる。

「あ、それじゃあクロッシェちゃんを自力発見したケンには、お祝いに特別大ヒントね。第三段階の最高級超レアスライムは一匹だけだよ。第二段階の子は、他にもいます」

「ええ、マジ？」

「マジマジ」

ドヤ顔のシャムエル様にそう言われて、俺は堪えきれずに吹きだした。

「ええ、アクアゴールドが最高峰だと思ってたよ。これよりレアがあるんだ？」

「もうこれ以上はヒント無し！　頑張って自力で見つけてください」

「おお、了解。じゃあそれは今後の旅のサブクエストにするよ」

笑ってもふもふの尻尾を突っつき、振り返った。

ハスフェル達は、何故だか呆然と俺を見つめている。


「お、お前……今、自分が何をしたのか分かっているか？」

ギイの言葉に、俺は首を傾げる。

「へ、何が？」

「いや、何がって……」

ハスフェルとギイは困ったように顔を見合わせ、それからほぼ同時に吹き出した。

「まあ、ケンだものな」

「そうだな。ケンだもんな」

ハスフェルの言葉にギイが頷き、隣では、オンハルトの爺さんまでが腕組みをしてうんうんと頷いている。

「何だか、またものすご～く馬鹿にされている気がするんだけど。何が変なんだ？」

不満げな俺の言葉に、三人がほぼ同時に大きなため息を吐いた。

「あのな。今、お前がテイムしたそのレース模様のスライムは、この国の先王が以前、どうしても欲しくて、物凄い額の賞金をかけてテイマーや魔獣使い達に国中を探させた超レアスライムに間違いないぞ。今でもそのお触れは有効の筈だ。だからそいつを王都へ持って行けば、とんでもない金額の賞金と貴族の称号、それから王都に屋敷と郊外の領地が貰えるぞ」

ハスフェルの呆れたようなその説明に、今度は俺が絶句する。

「……マジ？」

「マジマジ」

さっきのシャムエル様みたいな返事で、三人同時に大きく頷く。

「ええ～今の俺は皆のおかげで使い道に困るくらいに金は有るし、ジェムもあるし、今のところ定住する予定は無いから家なんか貰っても困るし、そもそも貴族なんて面倒なのは御免だよ。絶対嫌だ。俺は異世界を好きに見て回るって決めているんだ。自由人万歳～！」

そう言って、両手を上げて万歳のポーズを取る。

「……まあ、ケンだからな」

「そうだな。ケンだもんな」

さっきと同じ事をハスフェルとギイが言いながら笑っている。

「全くだ、欲が無いにも程がある」

オンハルトの爺さんまでが、腕を組んで同じように笑いながらそんな事を言ってる。

「ええ、だってせっかく自由に楽しくやってるんだから、今更、身分や地位を気にしたり、義理やしがらみに束縛されたりするのは嫌だよ」

顔の前で大きく手を振り、そう言ってから俺の顔の横で飛んでるアクアゴールドを振り返る。

だけど冷静に考えたら色々とまずい気がする。

「うう、これはちょっと気を付けないと駄目だな。万一にも、誰かにクロッシェの存在を知られたら、この間の誘拐騒ぎどころじゃあねえぞ」

金や身分が欲しくて堪らない人は、恐らくこの世界でも大勢いるだろう。

万一にも、そんな奴にクロッシェの存在を知られたら……それこそ、俺を殺してでも手に入れようとする奴が現れないとも限らない。

「うわあ、揉め事は御免だぞ。どうするべきかなあ、これ……」

頭を抱えてしゃがみ込む。

一度テイムして名前を与えたクロッシェを放逐するってのは、あり得ない選択だからこれは無し。となると、一緒にいて守るしかない。

「ごめんよ。せっかく滅多に誰も来ない飛び地に隠れていたのに、勝手に思い付きだけでテイムしてさ」

アクアゴールドを見ながら、思わず謝ってしまう。

見逃すって選択だってあった筈なのに、俺は何も考えずにテイムしちまったんだよ。

ここでも、考え無しな行動が裏目に出たよ。

しかし、アクアゴールドからするりと抜けて出てきたクロッシェは、一度地面に落ちた後、ポンと跳ね飛んで俺の腕の中に飛び込んで来た。

それから細い触手を伸ばして、俺の頬を慰めるみたいに何度も撫でてくれた。

「そんな事言わないでよ、ご主人。ずっと一人だったから名前を貰えてすごく嬉しいよ。だけど、クロッシェがここにいる事でご主人の迷惑になるのなら……」

「ああ、待った待った！」

次の台詞が容易に想像出来て、俺は慌てて逃げようとしたクロッシェを掴んだ。

「出て行くのは無しだぞ。そんな事したら、従魔達総動員で、捜索隊を、つ、く、る、ぞ」

両手で握って、言い聞かせるようにそう言ってやる。

すると、クロッシェだけでなくアクア達スライム全員がポンポンと飛び跳ねて次々に俺の腕の中に飛び込んで来た。

「ありがとうご主人！」

「大丈夫だよ！」

「そうだよ、大丈夫だよ～！」

「皆で守るからね～！」

口々にそう言うスライム達を、俺は呆気に取られて見ていたのだった。

「ええ、ちょっと待てお前ら。一体何をする気だ？」

思わず叫んだ俺の言葉に、バラけたスライム達が得意気にポンポンと地面を跳ね回っている。

「クロッシェ、こっちへ来て～！」

サクラの声に呼ばれて、俺の手の上にいたクロッシェがストンと地面に落ちてサクラ達のところへ転がって行った。

すると、スライム達は金色合成する事もなく押し合いへし合いしながら、なにやら寄り集まって早口で相談を始めた。

時々、クロッシェの名前が聞こえる他は、何故だか何を言っているのかさっぱり分からない。

「なあ……あれ、おしくらまんじゅうしながら何言ってるんだ？」

右肩に座るシャムエル様に質問すると、俺を見たシャムエル様は、嬉しそうに目を細めて口に指を立てられた。

いわゆる、子供がやる、静かにして！　ってアレ。

仕方がないので、大人しく黙って待っていると、しばらくしてスライムまんじゅうが分解した。

そして、俺の前にアクアとクロッシェが跳ね飛んできて並んで止まった。

「決まったよ。普段は、アクアとクロッシェはアクアと一緒にいる事にします！」

それだけを言うと、アクアとクロッシェは俺の目の前でいきなりくっ付いて一体化してしまった。

「ええ、クロッシェが消えたぞ！　アクアゴールドと違って、二匹だけでも合体なんて事も出来るのか？」

一匹だけになった、足元のアクアを抱き上げてマジマジと見つめる。

「あれ……ここにあるちっこい白いのが、もしかして……クロッシェか？」

肉球マークの指の間に、多分5ミリくらいの小さな白い粒が見えて、俺は必死で目を凝らした。

「ご主人正解〜！」

嬉しそうなクロッシェの声が、アクアから聞こえてくる。

「ええと……これはどういう状況なんだ？」

アクアを抱いたまま不思議そうに首を傾げていると、右肩のシャムエル様がいきなり笑い出した。

「君達最高だね。うんうん、それなら人前に出ても大丈夫だね。スライムは、消化中の物を体内に留めていたりする事があるから、もしも他のテイマーや魔獣使いに会っても、アクアちゃんに内包物があっても疑問に思われる事は無いよ」

「へ、へえ……そうなんだ。俺、魔獣使いだけど、そんな事今ここで初めて知りました」

無意識に、抱いているアクアをモミモミしながらそう呟くと、背後で吹き出す声が聞こえた。

「全くお前は。だが確かにそれなら大丈夫だな。クロッシェは、こういった郊外の人のいない所で自由にさせてやれば良かろう」

ハスフェルの言葉にギイとオンハルトの爺さんも笑って頷いてくれた。

「そうなんだ。じゃあこれで行くか。あ、だけどこうやっていても、中にいるクロッシェに負担は無いのか？　食事は？」

不意に思い付いたら心配になった。

「いや待て、その前に、そもそもアクアの中にいて呼吸は出来るのか？」

「ケン、スライムは君達みたいな息をしているわけじゃないよ、体全体で息もすれば食事もするんだからさ。そもそもアクアちゃんもクロッシェちゃんも、同じスライムなんだから、一体化するのに何の問題も無いって」

「へえ、そうなんだ」

自信ありげに言われても、そうとしか言えない。

「大丈夫だよ。アクアが食べている時に、クロッシェも一緒に食べられるからね」

得意気なアクアの言葉に、クロッシェも一緒になって大丈夫だと言っている。

もう俺には何が何だかさっぱり分からんよ。だけどまあ、創造主様が大丈夫だと言っているんだから、大丈夫なんだろう……多分。って事で、これも疑問は全部まとめて明後日の方向にぶん投げておく。

「それじゃあ、しっかり守ってやってくれよな」

笑って、抱いているアクアに向かってそう言ってやる。

「はあい、一緒にいるから大丈夫だよ！」

俺の言葉に、アクアが伸び上がってポヨンポヨンと跳ねる。

そのまま手を離してやると、地面を転がり、そのままアルファに激突して一瞬で金色合成した。

パタパタと小さな金色のスライムが顔の横に飛んでくるのを見て、笑って突っついてやった。

🐾

「さて、どうするかな。一度街へ戻って宿の精算もしておくべきだろうしな」

「確かに、いつまでも放っておくと、後で文句を言われそうだな」

「それなら一旦ここは終了にしよう。それで予定している一通りの用事が済んだらまた来ればいい。

その時にはまた出る種類が変わっているのだろう？」

頷くシャムエル様を見て、ハスフェル達はさっさとそれぞれの従魔に飛び乗る。

「じゃあ、行こうか！」

得意気なシャムエル様の言葉に従い、俺もマックスの背中に飛び乗った。

「なあ、まさかとは思うけど、どうやって上まで行くんだ？」

あの断崖絶壁は、いくら何でも上がれそうにない。

「大丈夫だよあっちから行けるからね」

ちっこい手が指差したのは、さっきのシルバーレースバタフライが出てきた穴とは逆の方角にある、もう一つの岩場だ。

「た、確かに。あそこなら……マックス達なら上がれそうだな」

引きつった顔でそう言う俺に、嬉しそうにマックスがワンと吠えて一気に駆け出した。

「いや待て！　行って良いとは言ってないって！　マックス！　ステ〜〜〜〜〜〜イ！」

俺が止める間も無く岩場に突っ込んで行ったマックス達は、軽々と岩場を飛び終えて、あっという間に上まで駆け上がって行ったのだった。

そして、上まで駆け上がってから平然と伏せの体勢になった。

お前、今の「ステイ」は、絶対聞こえていたけど知らん振りをしただろう！

マックスの背から転がり落ちるようにして降りた俺は、そのまま地面に大の字に転がった。

ああ、動かない地面って、安心するよ……。

「全くお前は相変わらずだな。いい加減慣れろ」

軽々と岩場を越えて上がって来たハスフェルに、笑いながらそう言われて、俺は思わず腹筋だけで起き上がった。

「いやいや。あれを平気とか、お前らが変なんだぞ！」

うう、ハスフェルの奴、俺の抗議を鼻で笑ってる。

「大丈夫ですよ、ご主人。上がれると判断したから行ったんですよ。もし、自分には無理だと思ったら、たとえご主人に命令されても行きませんよ。それは無理だとはっきりと言います」

擦り寄って来たマックスにそう言われて、苦笑いした俺はむくむくの首元に抱きついた。

「まあそうだよな。お前らの運動能力は凄いもんな。でも俺はひ弱な人間だから、一応そこの所は考えてくれたら嬉しいよ」

俺の言葉に、マックスは鼻で甘えるように鳴いて大きな頭を擦り付けて来た。

もう一度抱きつき、むくむくを堪能してから立ち上がった俺は周りを見渡した。

少し奥に雑木林みたいな感じの木が植わっている場所があり、それ以外は草が生えた平地になっている。

「お疲れさん。それじゃあ、一度街へ戻るのか？」

「そうだな、あまり長く留守にしていたら、アーノルドに死んだかと思われそうだしな」

ハスフェルの言葉に、ギイが吹き出して大笑いしている。

「まあ、俺達は良いとしても、ケンとオンハルトは確かにそう思われていそうだ」

「人を勝手に殺すな！　それじゃあまあ、生きているって報告を兼ねて一度街へ戻る事にしよう」

俺も笑ってそう言い、金色合成したアクアゴールドを見た。

「なあ、ちょっと思ったんだけどヒルシュの従魔登録の時に、クロッシェも従魔登録するべきか?」

俺の質問にハスフェルとギイが黙る。

「ううん……まあ、登録の際に、いちいちどの従魔かまで確認しないからな。スライムとだけ書いて名前は登録しておけ。いざとなったら、オンハルトの連れている黄緑色のフュンフを見せて従魔登録すれば良かろう」

「ええと、アーノルドさんでも、本当の事を言わない方が良い?」

困ったような俺の言葉に、ハスフェルとギイは揃って頷いた。

「彼自身は、信頼出来る人物だよ。だが、アクアと常に一体化しているのなら、万一何らかのトラブルに巻き込まれてもアクアと一緒な訳だからな。それを考えると、無理に知らせる必要は無かろう。秘密を知る人物は少ない方が良い。クロッシェという名前のスライムをお前が従魔にしている事実だけは、念の為登録しておけ」

「了解、それじゃあ、フュンフに替え玉になってもらう事にするか」

苦笑いした俺に、オンハルトの爺さんの所から黄緑色のスライムが跳ね飛んできた。

「最初のご主人、それじゃあ登録の時はフュンフが代わりを務めま〜す!」

「ああ、よろしくな」

笑ってプルンプルンの額を突っついてやると、嬉しそうに伸び上がった後、跳ね飛んでオンハルトの爺さんの所に戻って行った。

「それじゃあ、一旦戻る事にするか。ここへはまた、時間が出来た時に来てじっくり攻略する事にしよう」

嬉しそうなギイの言葉に、ハスフェルとオンハルトの爺さんが頷いている。

多分俺も一緒に行く事になっているんだろうな。

ちょっと気が遠くなったけど気にしない事にした。

うん、もうここに危険は無いんだよ……な？

俺の不安など素知らぬ顔で、平然と草原を抜け森の中を走って行く。

今更何か言ったところで仕方がないので、俺も諦めて大人しく後について走った。

　・・・

「おお、ようやく抜けたな」

見覚えのある、石の河原に到着し、いったんそこで止まる。

振り返った飛び地は、相変わらず頭上にのっぺりした太陽の無い明るい空が広がっているだけで、何処かから突然稲光が轟く事も無ければ、何処かの地面から木の根っこが襲ってくる事も無かった。

「それじゃあ戻るか」

馬を回収してから、ハスフェルがそう言って河原にシリウスを進ませる。

それぞれの従魔と馬が、早足で河原を駆け抜けて行きすぐに対岸の森に到着した。

「それじゃあまた、俺が先頭だな」

一瞬で金色のティラノサウルスになったギイが、ガジガジと足元を踏みつけながら森に分け入って行く。

シリウスとマックスがそれに続き、巨大化したブラックラプトルのデネブが残った枝を踏みつけてオンハルトの爺さんが引く馬が歩きやすいようにしてやる。エラフィとヒルシュも蹄があるから足元が大丈夫か心配したけど、全然平気そうに二匹ともいばらのあとを進んでいた。

足元に気を付けつつ慎重に進み、ようやく森を抜けた時には辺りはすっかり暗くなっていた。

「おお、普通に日が暮れたな」

火を入れたランタンを手にして空を見ながら思わずそう呟いた俺に、ハスフェル達も笑って頷いている。

森を抜けた時、俺達の頭上に広がっていたのは、久し振りに見る夜空一面を覆い尽くす満天の星だった。

俺達は、ランタンを下ろしてしばらくの間無言でその見事な星空に魅入っていた。


「そう言えば飛び地では、一度もランタンを使わなかったな」

手にした火の入ったランタンを見ながらそう呟く。

「ずっと明るいままだったからな」

オンハルトの爺さんの言葉に、俺はもう一度ランタンを見つめる。

「確かに。だけど太陽が無いのにずっと空が明るいって、考えたら変だよな」

「まあ、飛び地は、樹海と同じで異空間だからな。この世界の中にあって、この世界の理《ことわり》から外れた場所なんだよ」

ハスフェルが平然とそんな事を言うものだから、思わず俺は言い返した。

「そんな恐ろしい場所に、よくも気軽に連れて行ってくれたな」

怨みがましい俺の言葉に、三人揃って同時に吹き出す。

「まあ、心配しなくてもあんな事はそうは起こらんよ。飛び地は、そこへ到達する事そのものは大変なんだが、辿り着いてしまえば、後半のようにそれほど危険なジェムモンスターも出ないし、ジェムも素材も取り放題さ。あそこへ行けるだけの腕を持った者にとっては、珍しいジェムや素材が集まるだけの良い場所なんだよ」

ギイの慰めるような言葉にオンハルトの爺さんも笑って頷いている。

「でもまあ、お陰で珍しいジェムや素材が相当手に入ったではないか。バイゼンに行くのが楽しみだな」

嬉しそうな爺さんの言葉に頷きながら、俺はサクラの中にある作り置きの食料を思い出した。

「街へ戻ったら、もう少し食料の買い出しと料理をしておきたいんだけどな。ここでは作り置きを食べていたから在庫もかなり減ったしさ。ううん、だけどどうするかな。逆にここはすぐに引き払って、このままカデリー平原に飛んでそこで食材の買い出しと料理をした方が良さそうだな。それで、その後に西アポン経由でクーヘンのいるハンプールへ行って、その後バイゼン。よし、この日程でどうだ？」

「いいんじゃないか。ま、予定は未定って事で」

ハスフェルのからかうようなその言葉に、俺は思わず吹き出したのだった。

「たまには俺にも行き先を決めさせてくれよ！」

俺の抗議に、三人が揃って笑っている。

「まあ、いずれにせよ今夜は久しぶりに屋根のある所で眠れるさ」

ギイの指差す方角に、街道が見えて俺達は揃って歓声を上げたのだった。

いやあ、気軽に狩りに行ってすぐに戻るつもりだったのにな。

「ま、予定のない旅ならではの楽しみだと思っておこう」

嬉しそうに頷くシャムエル様の尻尾を突っついて、ようやく到着した街道を俺達は揃って進んで行った。

番外編　オンハルトの呟きと新しい従魔達の事

俺の名前は、オンハルトロッシエ、仲間達からはオンハルトと呼ばれている。物作りを司る鍛冶と装飾の神である。

長年の友人であり創造神でもあるシャムエルが作ったこの世界で、そこに住む人々が作る様々な装飾品や鍛冶仕事などの、主に物作りに関する部分の健やかな発展と普及を担当している。

具体的には、俺自身が直接技術や考え方を個別に教えるのではなく、世界の裏から様々な気付きや祝福を人々に与えて、職人個人の知識と技術を育てる補助のような事を主にしている。

人の子達の中には、本当に素晴らしい才能を秘めた子がごく稀にだが現れ、突出した全く新しい技術やデザインを見せてくれる事がある。それらは決して、誰かに教えてもらって出来るようなものではなく、文字通りその本人にしか思いつけないし出来ない唯一無二の技術や知識だ。

実現されたそれらのうちのいくつかの知識や技術は、ゆっくりとこの世界へと広がっていき、やがては人々の生活の役に立ったり趣味の一部となったりして同化していく。

時には、俺自身でさえも驚かされたり教えられたりする事があるくらいだから、人の子の秘めたる才能と成長には本当に上限が無いのだなと思う。素晴らしい事だ。

シャムエルが作ったこの世界には、俺と同じくシャムエルの古くからの友人である、火、水、風、土の四大精霊を司る神々をはじめ、それ以外にも多くの神々が、様々なやり方で世界の創設当初から手を貸していて、それぞれのやり方でこの世界を陰になり日向になり支え守っている。

シャムエルの愛情と優しさが全て詰まった箱庭のようなこの小さな世界は、なかなかに上手く出来ていて俺達も気に入っている。なので、出来れば長持ちして欲しいと思っていたから、手間のかかる世話も遣り甲斐があったし楽しかったよ。

しかし、そんな我らの思いをあざ笑うかのごとく、突然起こった大きな地脈の乱れと激減に伴いこの世界そのものが崩壊の危機に瀕する事態となってしまった。

だが、突然現れた一人の異世界人の存在により、一転して乱れていた地脈は安定し、この世界そのものも無事に安定を取り戻す事が出来た。

来てくれた本人にはさっぱり意味の分からない出来事だったのだろうが、我らは皆その人物に心から感謝したものだ。

その後、救世主となってくれたその異世界人の事を気に入ったシャムエルだけでなく、この世界の守護神として創造当初から人の子の姿を取って存在している戦神の化身であるハスフェルや、同じく調停の化身として存在しているギイまでもがずっとその人物と行動を共にしているのだと聞き、ケンと名乗るその異世界人がどのような人物なのかと、我々の間でしばらくの間、話題を独占していたのだった。

皆、彼に興味津々だったよ。

その後、早駆け祭りを口実にしてその人物の危機にかの世界へ皆で駆け付け、無事に彼を守り切る事が出来た。その際に、予定外ではあったがクライン族の細工師達の様々な作品を見る機会にも恵まれた。

まだまだ作り手としては拙い部分もあったが、決して簡単には習得出来ないであろう技術による素晴らしい作品の数々に、自分のしてきた事が間違いではなかったのだと知れて、本当にとても嬉しかったよ。

願わくば、彼らには今後もさらなる発展を見せて欲しいものだ。


そして、これも予定外だったが新しい地下洞窟の探索にまで同行出来た。いやあ、あれは楽しかったぞ。

まあケン本人は、ずいぶんと地下迷宮では酷い目に遭っていたようだったが、あれで死なないというのもある種の才能かもしれないと割と本気で思ったのは内緒だ。

それにしてもさすがはシャムエルだ。人の子の体を一から作るのが初めてにしては、なかなかに上手く作れていると思うぞ。


地下迷宮探索を終え、シルヴァ達が神界へ帰った後も、俺はケンや仲間達と行動を共にしている。

ケンがこの後バイゼンへ行く予定なのだと聞き、そこまではご一緒させてもらう事にしたからだ。

何しろ俺は鍛冶と装飾を司る物作りの神である。

せっかくこの世界に人の子の姿でやって来たのだから、この世界の物作りの本拠地であるバイゼンを見ずに帰れないのは当然の事だ。

まあ、元々一人でバイゼンへ行くつもりだったので、ケン達と一緒にいられる口実を見つけたと密かに喜んだのは内緒だけれどな。

何故わざわざ自分で行くかと言うと、俺は自分自身の目や耳となってくれる眷属、つまり直接使役する事の出来る精霊を持たないからだ。

なので、例えばバイゼンで行われている何かを知ろうと思ったら、直接その場へ赴かなければならない。

四大精霊の神であるシルヴァ達ならば、それぞれの属性の精霊達が眷属として常に身近にいてくれる。

だが、物作りのいわば技術と知識を司る俺には、そもそも眷属となってくれる精霊そのものがいない。

それでも、実際に現場へ行けば話は別だ。

例えば、バイゼンへ行きさえすればその場にいる四大精霊達の力を借りられるので、物作りに関する情報収集は容易だよ。

特に今回の場合は、先に帰って行ったシルヴァ達が、有り難い事にそれぞれの眷属を俺に直接引き継いでいってくれたからな。

おかげで元々最上位まで使えていた火と風の術以外にも、彼女達ほど巧みには使いこなせないだろうが一通りの術は上位まで使えるようになったよ。

とは言え人の体を持つ今の自分には、出来る事はかなり少ない。

例えば、神界にいる時であれば、見たい場所の様子を覗き見る程度の事など容易だったのだが、この世界では簡単な事ではない。まず誰かの視線を借りて、その人物が見ている光景自体をお皿などに転写するなど、なかなかに手間も暇もかかる。

まあ少々不自由ではあるが、それもまた楽しいものさ。


そんな風に不自由も楽しみつつのんびり構えていたら、なんと新しい街へ着いた途端に、ケンの従魔のファルコと幻獣のタロンが何者かに誘拐されてしまった。

訳が分からずパニックになるケンをなだめ、俺達はとにかく事件の解決に奔走した。

まあ、終わってみれば何ともばかばかしい、本当に巻き込まれただけの事件とも言えないような一件だったのだが、お人好しで面倒見の良いケンは、最後には迷惑をかけられたはずの貴族の息子であるこの騒ぎの原因の坊ちゃんと仲良く話をしていて、従魔を紹介しては生き物の飼い方や命を預かる際の大切な心得などを、嬉々として教えていた。

問題の貴族の息子も、甘やかされて育った単なるわがままな子供かと思っていたが、案外素直にケンの話を聞いているのを見て、これは将来有望だなどと密かに感心したものだよ。

一連の騒動の後始末が全部終わってギルドに戻った後は、冒険者仲間達と打ち上げと称した大宴会なんかもやっていたから、最後は彼も何のかんの言いつつも楽しんでいたみたいだ。もちろん、皆と一緒に食べた肉はとても美味かったよ。

そのあと、皆の気晴らしを兼ねて、ハスフェル達が最近新たに見つけた飛び地という面白そうな場所へ行ってみたのだが……彼の不運っぷりは、どうやらここでも健在だったみたいだ。

今度は、飛び地の空間そのものが我々に牙を剝くなどという、まさかのとんでもない事態に遭遇する事となった。これはもう、正直に言って予想外どころの騒ぎではない。お前さん、絶対に何かに呪われているだろうと突っ込みたくなるくらいの確率の不運さ加減だと思うぞ。

明らかに故意に閉鎖された空間の中、我らを捕らえようとする木々や根っこと戦い、最後にはあまりの衝撃で天が割れて並行世界を繫ぐ狭間《はざま》の世界までがわずかとはいえ見えたのだからな。

さすがにケンがいる手前平静を装ってはいたが、実は俺達全員揃ってわりと本気で焦っていたよ。

あれ、よく完全に割れなかった事だと、後で密かに胸を撫で下ろしていた我らだったよ。

結果としては無事に逃げおおせる事が出来たが、相当に危険な事態であったのは否定しない。

もしも我らがただの冒険者であったとしたら、間違いなくあの場に喰われてそのまま一巻の終わりになっていただろう。

うむ、久し振りに命の危機というものを感じた、なかなかに貴重な体験となったよ。

勤勉な創造神であるシャムエルの働きにより、今回のとんでもない事態の原因が判明して、その後の処理や問題の場所の入れ替えも無事に終わった。

そうなると、本当に安全になっているかの確認をしておくのは、万一何かあっても対処出来るだけの能力がある我らの役目であろう。

それを聞いてケンは中に入るのを思い切り嫌がっていたが、もちろん彼も一緒に連れて行くぞ。

万一、もしも何かあった時の事を考えると彼を一人で残す方が心配だからな。


だが、ここでまさかの事態が発生した。

俺が乗っていた馬が、すっかり怯えてしまい飛び地へ入ろうとしないのだ。

そりゃあまあ、いくら我らが総出で祝福を与え加護を与え、気力体力の底上げを図っていたとしても、天が割れるほどのあの恐ろしい事態は、馬にとっては到底理解出来ない恐怖以外の何物でもなかっただろうからな。なので、またそこに入るとなれば怯えるのは馬にしてみれば当然なのだろう。

特に最後の飛び地からの逃走の際には、風の精霊達が密かに追い風を吹かせて後押ししてくれていたとはいえ、本当に心臓が止まる寸前まで走らされたのだから怖がるのも無理はない。


さすがにあそこまで怖がっているのに無理強いするのもかわいそうなので、あの馬に乗って飛び地の中に入るのは断念する事となった。

それで相談の結果、鹿のジェムモンスターであるエルクならば近くの森にいるはずなので、それをケンにテイムしてもらう事にした。

まあ、この世界に長居するのであれば出来ればいつかは騎獣が欲しいとは思っていたからな。少々急ではあるが、テイムしてもらえるのなら有り難くお願いする事と致そう。特に、エルクは、実を言うと欲しかったからかなり嬉しい。

ベリー達までが協力して付近一帯を捜索してくれた結果、とても素晴らしいほれぼれするほどの立派な角を持ったエルクの亜種を見つける事が出来て、無事にケンがテイムしてくれたよ。

それから予定外だったがケンもエルクの亜種をテイムしていた。真っ白のあれは、恐らくアルビノ種の亜種。これもそれは見事な角を持つ雄のエルクで、ケンも大喜びしていたよ。

そのあと改めて入った飛び地では、すっかり一新されたジェムモンスター狩りを楽しませてもらった。

その際にエルクは相当の戦力である事が分かって、感心したよ。

何しろあの角だ。枝ぶりの良い木々のごとく大きく広がった枝分かれした角。そしてその先端部分は鋭利に尖っていて、頭を低くしての突撃攻撃は相当な殺傷力だ。

それに、蹄の蹴りも相当なものらしく、二匹ともジェムと素材を量産してくれていた。

だが、途中でまさかの笑える事態が起きた。

それはケンが苦手な巨大芋虫の出現回の時の出来事だ。

巨大芋虫を見るなり悲鳴を上げて逃げ出したケンが、そのまま早々に戦線離脱してしまい結局彼抜きで戦う事になった。

まあ、ケンにはその間に美味い飯でも作っていてもらう。

俺の従魔であるエルクのエラフィとケンの従魔のヒルシュの二匹は、仲良く揃って馬くらいのサイズになって一緒に並んで戦っていたのだが、ある時何と、突撃攻撃で仕留めた芋虫のジェムが、ヒルシュの角の隙間に入り込んでしまったのだ。しかも、そのジェムが角の隙間にめり込んだまま完全にはまってしまい、一向に落ちてくる様子が無い。

嫌がるように何度も飛び跳ねて頭を振り、最後には近くの巨木の幹に角を叩きつけるようにして暴れ始めたヒルシュ。しかも、その隣ではエラフィの角にも同じようにジェムがめり込んで落ちずに挟まっていて、当然エラフィも嫌がるように頭を振りまくって大暴れしている。

それを見て危険を感じたのだろう、他の従魔達は慌てて下がり、二頭から少し離れたところで戦い始めた。

「お前達は何をしておる」

仕方がないので、戦う手を止めてエラフィに駆け寄ってやる。

「ご、ご主人助けてください！　角にジェムが挟まって取れないんです！」

「ぼ、僕も助けてください」

エラフィだけでなく、ヒルシュまでもがパニックになって駆け寄ってくる。ヒルシュのご主人は、今は呼んでも絶対にこっちを向いてくれないだろうからな。

「どれ、見せてみろ……ふむ、これはまた見事にめり込んでおるなあ」

腕を伸ばしてジェムを掴んでみたが、全く動く気配が無い。がっちりと隙間にめり込んでいて、下手に力を入れたらジェムが割れるどころか角の方が折れてしまいそうだ。

ジェムモンスターなのだから少しくらい角が傷んでもすぐに回復するだろうが、気に入っている角を折るのはためらわれた。

「むむ、これはどうするべきだ？」

困ったようにそう呟き、エラフィだけでなくヒルシュの角も見てやったが、全く同じ状況だ。

「これ、痛みはあるのか？」

ジェムがめり込んで痛みがあるようなら何としてでも助けてやるつもりだったが、二頭は揃って首を振った。

「いえ、ちょっと不快感があるくらいで、別に痛くもかゆくもありませんよ」

エラフィの言葉に、ヒルシュもうんうんと頷いている。

「ふむ、痛みなどが無いのであれば、ひとまずここはそのままにしておいてジェムの採取を優先すべきだな。構わないか？」

俺の言葉に頷いた二頭は、一つため息を吐いてから芋虫のいる木へ並んで突撃していった。

そして、まるで八つ当たりするかの如く、後ろ脚で思いっきり木を蹴りつけ、ぼとぼとと落ちてくる芋虫を次々にジェムに変えていった。

それを見て負けじと俺も乱入する。仲間達と先を争うようにして、次々にジェムを確保していった。

ようやく出現が止まったのは、ハスフェル曰く五面目をクリアーした後の事だったらしい。

「ふむ、なかなかに楽しい時間を過ごさせてもらったな」

小さくそう呟き満足して剣を収めた俺は、振り返ってエラフィとヒルシュを見た瞬間、堪えきれずに思いっきり吹き出す羽目に陥った。

何しろ、二頭の巨大な角には、まるで角の飾りのごとく、あちこちにジェムが何個もめり込んで綺麗な輝きを放っていたのだから。

俺の吹き出す声が聞こえたらしく、ハスフェルとギイも何事かとこっちを振り返って揃って吹き出していた。

「おいおい。いったい何をどうしたらこんな事になるんだ」

「ずいぶんと賑やかな角だなあ。日の光があればそりゃあキラキラだったろうに。ここには太陽が無くて残念だな」

ハスフェルの笑い声に、ギイも遠慮なく大爆笑している。

「あはは、確かに日の光があればさぞかし綺麗だったろうな」

笑った俺達の言葉に、エラフィとヒルシュが揃っていやいやとばかりに大きく首を振り、それを見た二人は、また大笑いになったのだった。


「しかし、まあ見事に挟まっているなあ。ううん、全く動かんぞ」

「どれどれ……ううん、確かにこれはちょっと……」

ひとしきり笑って気が済んだらしい二人に頼み、角に挟まっているジェムを取れるかやってみてもらう。

だが、あの二人の腕力をもってしても、驚いた事にジェムが外れないのだ。

「ううん、これ以上無理すると角が折れそうだよ。さすがにこの見事な角を無理に折るのはやりた

KEN

くないしなあ」

「まさか、ここまでがっちりとめり込んでいるとはなあ。まあ、角の隙間とジェムの大きさが奇跡的にぴったりだったんだろうさ。それにしても、これはどうするべきだ？」

結局、ハスフェルがやってもギイがやってもジェムは一向に外れず、俺達は無言で顔を見合わせる事になった。

「まあ、にぎやかでいいだろうが……さすがにこのままはまずいな」

「確かに、この飛び地の中は百歩譲ってこのままでいいとしても、外へ出たらさすがにこれはまずいだろう」

「そうだな。無理に角を折ってでも、ジェムを手に入れようとするやつが現れるのは間違いないだろうからなあ……」

途方に暮れて、三人揃って腕を組んで考える。

エラフィとヒルシュは、しょんぼりと俯くみたいにして頭を下げてじっとしている。

そろそろ散らばったジェムをスライム達が拾い集め終えるので、終わればここは撤収しなければならない。

大きなため息を一つ吐いてエラフィとヒルシュを見た俺は、不意にある事実に気が付いて堪える間もなく吹き出した。

「あはは、そうか。そうだよ。それで良いではないか。何故……何故これに誰も気付かんのだ」

笑い過ぎて膝から崩れ落ちた俺を見て、ハスフェルとギイが驚いたように駆け寄ってくる。

「おいおい、大丈夫か？　一体何事だ？」

「俺達が、一体何に気付かないと言うんだよ？」

腕を引いて起こされながらも、俺の笑いは止まらない。

不思議そうな二人を見てもう一回吹き出した俺は、何とか笑いを収めて深呼吸をしてからエラフィとヒルシュを見て手招きをする。

慌てたように顔を上げた二頭が走って来て俺の前に並ぶ。その目は、助けてください！　と言わんばかりの、すがりつくような目をしている。

「いいか、よく聞くのだぞ。お前達」

顔を寄せて、少し小さな声で内緒話をするかのように話しかける。

慌てて顔を寄せる二頭のジェムだらけになっている角をそっと撫でてやり、俺が思いついたそれを教えてやる。

次の瞬間、二頭も同時に吹き出して大笑いしていた。

「た、確かにその通りですね」

「全然思いつきませんでした！」

笑い転げながらそう言う二頭を見て、ハスフェルとギイが揃って首を傾げている。

それを見てもう一回笑った俺は、改めて深呼吸をしてから二頭を見た。

「ほら、やってごらん！」

俺の声と同時に、巨大化して最大クラスになるエラフィとヒルシュ。

次の瞬間、角に挟まってガッチガチにめり込んでいたジェムが、ぼとぼとと音を立てて地面に転がり落ちる。

そうだよ。こいつらはジェムモンスターなんだから、巨大化すれば当然角もデカくなる。

そうすれば隙間に挟まっていたジェムは、当然だが広くなった隙間から転がり落ちるって寸法だ。

それを見てこれまた揃って吹き出した二人も大爆笑になり、顔を見合わせて涙が出るまで拍手をしながら笑い合ったよ。

ちなみに、これだけ大騒ぎしていたのにもかかわらず、こっちに背を向けて何かの料理をしていたケンは、全く以てたったの一度も振り返らなかったのだから、あっちの芋虫嫌いも大したものだよ。

ここでようやくジェムの回収が全部終わったみたいだ。

「あ、ここにもあった〜回収しておきま〜す！」

俺達の足元に転がっていたジェムに気付いたスライム達が集まって来て、あっという間に全部回収してくれた。

「ご苦労さん。それじゃあとりあえず一旦撤収するか。さて、先程からよい香りがしているのだが、一体何を作ってくれたのだろうな」

笑った俺の言葉に、ハスフェルとギイも嬉しそうに笑ってケンの元へ駆け出して行ったのだった。

あとがき

この度は、「もふもふとむくむくと異世界漂流生活」をお読みいただき、誠にありがとうございます。作者のしまねこです。

はい、何とか皆さまの元に、無事に五巻をお届けする事が出来ました。

今回は、いつも以上に改稿部分が多く、正直に言うとかなり苦労しました。

また、もう本編をお読みになった皆様ならお分かりかと思いますが、今回、単行本限定の新キャラがサラッと登場しています。ケンの従魔達の中では、貴重な雄の従魔になります。どうぞよろしく。

当初の予定では、もっと元気な暴れん坊キャラになる予定だったのですが、案外真面目な子だったようです。書き始めてみると思っていたようには全然動いてくれなくて、実を言うと少し展開に苦労しました。

でも、キャラを摑んでしまえばもう自由に動いてくれました。

今までの子達とは確かに少し性格の違うキャラなので、私自身も今後が楽しみです。

さて、前回の四巻のあとがきでも報告させていただきましたが、エイタツ様作画の、もふむくのコミカライズの連載が、コミックアース・スター様にて始まっております。

今回、この五巻発売に合わせて、コミックスの第一巻が発売の運びとなりました。

コミカライズの題名は少し違っていて「もふもふとむくむくと異世界漂流生活～おいしいごはん、かみさま、かぞく付き～」です。どうぞよろしくお願いします！

ケンが、ニニやマックスが、そしてシャムエル様やファルコ達までが本当に画面いっぱいに生き生きと走り回るさまが丁寧に描かれていて、完成原稿はもちろん、ネーム確認の時点で何度も感激のあまり変な声を上げてしまい、猫達に不審そうに見られつつも毎回悶絶している作者でございます。

いや、本当に漫画家さんって凄い。

そして、イラストを担当して下さっているれんた様と、コミカライズ担当のエイタツ様。お二方のデジタル作画のすごさにも毎回心の底から感動しています。

漫画やイラストと言えば、１００％手書き時代の超アナログ画しか知らない作者にとっては、もう、どれ一つとっても完全に未知との遭遇状態です。

本当にプロのイラストレーター様も漫画家様も、凄すぎます！

そんな技術を持たない作者は、ちまちまと文字を書く事しか出来ません。

日々、持病の腰痛と戦いながら、腰痛ベルトを装着してスタンディングデスクにかじりついて作業しております。

作者の体力はアレですが、まだまだ書きたい事は山積みなので、当分ネタが尽きる心配はありません。

ところで最近、気分転換を兼ねて部屋の模様替えをしました。

ですがその際に、自分の体力と腕力が記憶にある頃よりもかなり弱っていて、家具を動かすのに苦労してしまい密かに衝撃を受けたのは内緒です。

これはきっと部屋が暑かったのと、若干腰痛が残っていたからだよね。うん、きっとそうだ！と、現実からむりやり目を逸らす昭和生まれの作者です。

でも、頑張った甲斐あって散らかり放題だった部屋が、無事にそれなりの見た目になるくらいには片付きました。まあ、散らかっていたのを積み替えただけとも言いますが。

荷物が多すぎるのが散らかるそもそもの原因なので、実は全く問題の根本は解決されていないとも言う。あはは……。

それでも、すっかり不用品の荷物置き場になっていたソファーを救出したので、執筆の合間の休憩時間に座る場所が出来ました。そこに座って、やって来た猫を膝にのせてのんびりと寛いでおります。

はあ、もふもふが膝の上にいる幸せ……やっぱりもふもふは最高の癒しですね。

それから、同じく物に埋もれていた猫タワーも救出しました。

タワーの爪とぎの一部が、若干ボロボロになっていましたが、まだまだ大丈夫ですよ。

空いた場所に設置すると、早速ご機嫌で駆けあがって爪とぎを始めたのを見て、大変だったけど頑張って引っ張り出して良かったなあと、一人で喜んでいる正しき猫の下僕です。

今もこれを書いている横では、もふもふな子がいびきを豪快にかきながらへそ天状態で爆睡しています。

そうなんですよ。我が家の猫達って、二匹とも寝ている時にいびきをかくんですよ。

知らずに聞くと、人間のいびきかと思うくらいの音量と豪快さで……。

へそ天のお腹を突っついても全然起きないって、それって猫としてどうよ？　と毎回思っています。

まあ、可愛いから全部許すんですけれど。もふもふは正義！

そして最後になりましたが改めて、お忙しい中、今回も最高に素敵な挿絵を描いてくださったれんた様にも心からの感謝を！

本当にありがとうございます。

では、また次巻でお会いしましょう！

EARTH STAR NOVEL

もふもふとむくむくと異世界漂流生活 ⑤

発行 ―――― 2023年8月18日　初版第1刷発行

著者 ―――― しまねこ

イラストレーター ―――― れんた

装丁デザイン ―――― AFTERGLOW

地図デザイン ―――― おぐし篤

発行者 ―――― 幕内和博

編集 ―――― 佐藤大祐

発行所 ―――― 株式会社アース・スター エンターテイメント
〒141-0021　東京都品川区上大崎 3-1-1
目黒セントラルスクエア　7F
TEL：03-5561-7630
FAX：03-5561-7632
https://www.es-novel.jp/

印刷・製本 ―――― 中央精版印刷株式会社

ISBN 978-4-8030-1826-4